Lauren Barnholdt
HEAT OF THE MOMENT

Foto: © Aaron Gorvine

DIE AUTORIN

Lauren Barnholdt hat eine Vielzahl von Jugendbüchern veröffentlicht. Wenn sie nicht gerade schreibt, liebt sie es, sich in Büchern zu vergraben. Ihr Motto ist Carpe Diem. Lauren lebt mit ihrer Familie in Waltham, Massachusetts. Mehr über die Autorin unter laurenbarnholdt.com

Von der Autorin sind außerdem bei cbt erschienen:

Die verrückteste Nacht meines Lebens (30824)
Mein Sommer mit Noah (30853)

Lauren Barnholdt

HEAT OF THE MOMENT

Aus dem Englischen
von Bettina Spangler

Dieses Buch ist auch als E-Book erhältlich.

MIX
Papier aus verantwortungsvollen Quellen
FSC
www.fsc.org
FSC® C014496

Verlagsgruppe Random House FSC® N001967

1. Auflage
Deutsche Erstausgabe Mai 2016

Die amerikanische Originalausgabe erschien unter dem Titel »Heat of the Moment. The Moment of Truth Book 1« bei Harper Teen, an imprint of Harper Collins Publishers, New York.
Dieses Werk wurde vermittelt durch die Literarische Agentur Thomas Schlück GmbH, 30827 Garbsen.

Aus dem Englischen von Bettina Spangler
Lektorat: Christina Neiske
Umschlaggestaltung: init | Kommunikationsdesign, Bad Oeynhausen
Cover design by Annemieke Beemster Leverenz, unter Verwendung eines Fotos von
© Oriana Layendecker/ImageBrief.com
he · Herstellung: kw/ang
Satz: KompetenzCenter, Mönchengladbach
Druck und Bindung: GGP Media GmbH, Pößneck
ISBN: 978-3-570-31058-8
Printed in Germany

www.cbt-buecher.de

EINS

An: Lyla McAfee (lyla.mcafee@brightonhillshigh.edu)
Von: Lyla McAfee (lyla.mcafee@brightonhillshigh.edu)

Vor dem Abschluss werde ich … lernen zu vertrauen.

Ich hatte diese dämliche Mail schon eine Woche, nachdem ich sie geschickt hatte, wieder vergessen, und ich schwör's, seitdem hab ich nie wieder daran gedacht. Ich meine, hallo, wer schreibt so was überhaupt? *Vor dem Abschluss werde ich lernen zu vertrauen?* Das ist doch wohl das Dämlichste, was ich in meinem Leben je gehört habe.

Warum hab ich nicht was geschrieben, das ein bisschen … keine Ahnung, konkreter ist? Ihr wisst schon, einfach ein klein wenig … eindeutiger. So was wie: *Bevor ich meinen Abschluss mache, will ich mit dem Fallschirm springen.* Oder: *Vor dem Abschluss verliere ich meine Jungfräulichkeit.* Und damit will ich nicht sagen, dass das etwas ist, das man am besten schnell hinter sich bringen sollte, oh nein. Ist ja schließlich nicht zu vergleichen mit dem Benutzen von Zahnseide oder der lästigen Schuluntersuchung.

Obwohl …

Jetzt, wo ich so darüber nachdenke, vielleicht hätte ich das doch schreiben sollen. Ich meine, ich war damals erst vierzehn und frisch auf der Highschool, als Quinn, Aven und ich diese Mails an uns selbst schrieben und sie so vordatierten, dass sie erst unmittelbar vor unserem Highschoolabschluss abgeschickt werden würden. Damals machten wir drei eine ziemliche Emophase durch. Wir waren an den Strand gegangen und hatten ein Lagerfeuer angezündet, und dann wurden wir ganz trübsinnig und spirituell und beschlossen, dass jede sich eine Mail mit einem Vorhaben schicken sollte, das sie vor dem Abschluss noch in die Tat umsetzen wollte.

So im Nachhinein kommt mir das Ganze ziemlich lächerlich vor.

Klar weiß ich, wie Vertrauen geht.

Ich hätte echt lieber das mit meiner Jungfräulichkeit schreiben sollen.

Ich meine, das ergäbe wenigstens einen Sinn, weil ich daran nämlich am kommenden Wochenende arbeiten werde.

Ich starre auf die E-Mail, die ganz plötzlich auf meinem Handydisplay aufgepoppt ist. Dann lasse ich mein Telefon in der Tasche verschwinden. Ich hab ganz andere Sorgen, da kann ich nicht über eine dämliche E-Mail nachdenken, die ich mir vor fast vier Jahren selbst geschickt habe. Allem voran wäre da die Tatsache, dass ich schon viel zu spät dran bin. (Und damit meine ich jetzt nicht die Sache mit der Jungfräulichkeit, haha.) Nein, ich bin zu spät dran für die Abschlussfahrt nach Florida. Beziehungsweise zu spät für den Bus, der mich und meine Mitschüler zum Flughafen bringen soll.

Das ist echt ganz großer Mist. Erstens weil ich eigentlich nie zu spät komme; zweitens weil mir diese Reise superwichtig ist (siehe die zuvor erwähnte Sache mit dem Verlust meiner Jungfräulichkeit); und drittens weil es einfach keine Möglichkeit gibt, einen späteren Flieger zu nehmen, wenn ich den jetzt verpasse.

Es stand ja alles drin in dem Wust an Infoblättern, die sie uns geschickt haben: »SOLLTE EIN SCHÜLER/ EINE SCHÜLERIN DEN FLUG VERPASSEN, GIBT ES KEINE MÖGLICHKEIT, SICH DER GRUPPE ZU EINEM SPÄTEREN ZEITPUNKT ANZUSCHLIESSEN. DIE REISEKOSTEN WERDEN IN DEM FALL NICHT ZURÜCKERSTATTET.«

So was schreiben die ja oft, nur um die Leute einzuschüchtern, aber dieses Mal war ich mir ziemlich sicher, dass das ernst gemeint war. Es fuhren insgesamt fast hundert Schülerinnen und Schüler mit nach Florida, da konnten die es nicht brauchen, sich auch noch um zusätzliche Flüge und zu spät kommende Kids zu kümmern.

»Kannst du nicht ein bisschen schneller fahren?«, bitte ich meine Mom und rutsche unruhig auf dem Beifahrersitz ihres Jeeps herum.

Sie macht mich noch wahnsinnig. Aber echt!

»Ich fahre ja schon mit zulässiger Höchstgeschwindigkeit«, sagt sie und hebt ihre Hand an, um einen Blick auf den Tacho zu werfen. Offenbar ist ihr nicht klar, dass die zulässige Höchstgeschwindigkeit nicht das Gleiche ist wie die maximale Geschwindigkeit, die man fahren darf. Es geht nämlich noch drei Kilometer pro Stunde schneller, ohne dass man gleich aus dem Verkehr gezogen wird. So sieht es aus.

»Wenn ich den Bus nicht erwische, kriege ich auch den Flieger nicht«, sage ich. In dem Punkt war das Schreiben auch ziemlich eindeutig. Man darf nicht auf eigene Faust zum Flughafen fahren und dann erwarten, dass man sich einfach zu den anderen gesellen kann, sondern muss auf jeden Fall mit dem Bus hinfahren. Hat wohl was mit der Versicherung zu tun. »Und wenn ich den Flieger verpasse, krieg ich auch mein Geld nicht zurück. Keinen Cent. Nicht mal anteilig.«

Sie runzelt die Stirn und sieht wieder auf den Tacho. Eine Sekunde später bewegt sich die Nadel. Sie fährt jetzt zwei Stundenkilometer über der zulässigen Höchstgeschwindigkeit. Ich seufze. Meine Mom war schon immer ein wenig … zerstreut. Heute Morgen zum Beispiel. Da hat sie eine geschlagene Viertelstunde gebraucht, um sich eine Tasse Kaffee zu machen. Sie lässt sich dauernd von irgendwelchen unwichtigen Dingen ablenken. Und als wir dann ins Auto gestiegen sind, da hat sie doch glatt ihre Geldbörse rausgezogen, ein Foto von mir nach dem anderen zum Vorschein gebracht und was gefaselt von wegen, sie könne nicht glauben, dass ihr Baby auf Abschlussfahrt nach Florida gehe, und wie die Zeit doch verfliege, und wie gut sie noch wisse, wie verängstigt ich an meinem ersten Schultag gewesen sei und bla, bla, bla. (Gibt es überhaupt noch Leute, die Fotos in ihren Geldbörsen aufbewahren? Ich glaub fast, sie leidet an ADHS. Also, ziemlich sicher. In letzter Zeit hat sie reihenweise Ratgeber zum Thema »Wie man die Kontrolle über sein eigenes Leben wiedergewinnt« verschlungen – *Der Fünf-Minuten-Manager! Zeitmanagement im Alltag! Fokus: Nur nicht ablenken lassen!* –, bloß langsam glaube ich, dass sie mit einem Rezept für Ritalin besser bedient wäre.)

Ich sehe zu, wie die Digitaluhr im Auto die Minuten runterzählt.

Sechs Uhr achtundfünfzig. Sechs Uhr neunundfünfzig. Um sieben sollten wir eigentlich da sein. Um sieben Uhr zwei bleiben wir an einer roten Ampel stehen, und zwar dermaßen lang, dass ich mir auf die Lippe beißen muss, um nicht laut loszuschreien.

Als wir schließlich auf den Parkplatz der Schule biegen, ist da kein Bus.

Der Bus ist weg.

»Der Bus ist weg!«, schreie ich hysterisch los.

Ich krame mein Handy hervor und sehe nach, ob da eine SMS von Derrick ist. Derrick ist mein Freund. Der, an den ich kommendes Wochenende meine Jungfräulichkeit verlieren werde. Er hätte mir doch bestimmt eine SMS geschickt, wenn der Bus schon losgefahren wäre. Aber da ist nichts. Keine Nachricht. Kein »Wo steckst du?? Wir fahren gleich!«.

Hab' ich mich möglicherweise in der Zeit geirrt? Vielleicht fährt der Bus ja erst um acht, dann wäre ich ja eine Stunde zu früh dran! Panisch blättere ich das Infomaterial durch, das ich extra mitgenommen habe, aber da steht ganz groß SIEBEN. Toll. Echt grandios. Versäume ich jetzt die Abschlussfahrt? Ich *darf* sie nicht verpassen. Diese Fahrt ist wichtig! Das ganze Schuljahr freue ich mich schon darauf!

Meine Mom, die es offenbar nicht wahrhaben will, fährt unbeirrt auf das Schulgebäude zu. Sie hat es eindeutig noch nicht gerafft. Als der Wagen sich dem Kreisverkehr direkt vor der Schule nähert, sehe ich jemanden am Straßenrand, genau an der Stelle, an der eigentlich der Bus stehen sollte. Derrick! Vermutlich hat er auf mich gewartet! Schätze, er hat beschlossen, auch nicht mit nach Florida zu fliegen, wenn ich nicht mitkomme. Ich frage mich, ob er wohl den richtigen Riecher hatte, weil ich doch am Wochenende meine Jungfräulichkeit an ihn verlieren will. (Ich wette, er hat den Artikel auf meinem Handy gesehen. Da ging es darum, ob das erste Mal wehtut. Wie peinlich ist das denn!) Und ich überlege, ob das wohl der einzige Grund ist, weshalb er überhaupt mit auf diese Abschlussfahrt kommen wollte. Der Gedanke ist widerlich und aufregend zugleich.

Ich merke, wie ich rot werde. Wenn ich daran denke, fängt mein ganzer Körper an zu glühen. Klar, jetzt fahren wir nicht mit nach Florida, weil wir ja den Bus verpasst haben. Aber vielleicht hat es auch sein Gutes. Vielleicht kann ich meine Mom ja dazu überreden, dass sie uns trotzdem wegfahren lässt, und dann können Derrick und ich uns irgendwo ein Zimmer nehmen und das Wochenende damit verbringen … es zu tun. Ich hab gehört, je öfter man es tut, umso besser wird es, und in Florida kämen wir bestimmt nicht allzu oft dazu. Da sind ja überall Lehrer. Und Sex ist definitiv etwas, das sie mit größter Wachsamkeit versuchen werden zu verhindern. Das und unangemessene Badebekleidung. In den Infoblättern stand das überall, mehrfach wurde davor gewarnt, unangemessene Badekleidung mitzubringen. Ich hab keinen Schimmer, wie sie darauf kommen, dass unpassende Badesachen zu unserem Untergang führen könnten. Die Bikinis, die ich eingepackt habe, sind allesamt mehr als passend (na ja, alle bis auf einen), aber das hält mich nicht davon ab, mir dauernd auszumalen, wie …

Oh.

Moment.

Das ist ja gar nicht Derrick.

Der Typ, der da beim Kreisverkehr steht. Es ist nicht Derrick.

»Wo ist denn der Bus?«, erkundigt meine Mom sich, als sie den Wagen anhält. Als hätte ich ihr nicht gerade gesagt, dass er weg ist. Das tut sie manchmal – blendet mich komplett aus, weil sie abgelenkt ist und/oder denkt, ich übertreibe.

»Offensichtlich schon losgefahren«, schnaube ich, während ich eine SMS an Derrick schreibe, um rauszufinden, wie weit der Bus bereits gekommen ist. Vielleicht holen wir ihn ja noch ein. Wenn er an einer Ampel stehen bleibt oder so. Dann renne ich einfach hin und steige ein. Klar wird das ultrapeinlich. Alle werden sie glotzen.

Wo seid ihr?, tippe ich. *Hab den Bus verpasst.*

Gerade in dem Moment, als ich auf Senden gehe, klopft jemand ans Beifahrerfenster.

Ich schreie vor Schreck auf und lasse mein Handy fallen.

Es ist Beckett Cross. Vermutlich war er es, der da am Straßenrand stand.

Er lächelt mich an und signalisiert mir, ich solle das Fenster runterkurbeln.

»Hi«, sagt er.

»Hi.« Ich kenne Beckett nicht richtig, auch wenn ich schon den ein oder anderen Kurs mit ihm hatte. Er redet nicht viel – allerdings auf die coole Art. Also, er ist nicht ruhig oder schüchtern oder so was. Zu den superbeliebten Schülern gehört er auch nicht, aber er ist mit ein paar von denen befreundet.

»Wir haben den Bus verpasst«, stellt er fest. Seine Stimme klingt ganz cool, total ruhig, als würde es ihn nicht im Geringsten jucken, dass er die Abschlussfahrt versäumt. Vielleicht ist es ja wirklich so. Warum sollte es ihn stressen? Er ist ja hier nicht derjenige, der beschlossen hat, seine Jungfräulichkeit zu verlieren. Ich wette, Beckett ist längst nicht mehr Jungfrau, und sollte er was in Richtung Sex geplant haben, kann er das genauso gut auch hier tun, mit einer von diesen Frischlingsgören, die ihm reihenweise auf dem Gang hinterherdackeln wie liebeskranke Welpen. Nicht dass ich es ihnen verübeln könnte. Beckett sieht schon echt gut aus.

»Ich weiß«, sage ich. »Hast du eine Ahnung, wie lange sie schon weg sind?«

»Nein.« Er zuckt die Schulter. Offenbar kapiert er nicht, wie wichtig diese Abschlussfahrt für mich ist.

»Schon gut«, sage ich ganz cool. »Gibt ja noch einen späteren Bus.« Die Lüge ist über meine Lippen, ehe mir bewusst wird, was ich da sage. Es gibt natürlich keinen späteren Bus. Keinen Schimmer, wieso ich das jetzt behaupte.

»Einen späteren Bus?«

»Klar. Sollte in etwa zehn Minuten hier sein. Ist nur, du weißt schon, zur Sicherheit, falls jemand den Bus verpasst.«

Meine Mutter seufzt vernehmlich. »Lyla, warum hast du mir denn nicht gesagt, dass es auch einen späteren Bus gibt? Ich hab extra die Geschwindigkeitsbegrenzung übertreten, um rechtzeitig hier zu sein.«

Ich widersetze mich dem Drang, die Augen zu verdrehen. Bloß nicht zu viel Energie verschwenden auf den Irrglauben meiner Mom, sie wäre zu schnell gefahren, wo es doch eindeutig nicht so war. Ich hab im Moment weiß Gott größere Sorgen; zum Beispiel muss ich mir überlegen, wie ich jetzt schnellstens zum Flughafen komme, damit ich doch noch mit auf die Abschlussfahrt gehen kann.

Beckett beugt sich runter und lehnt sich ins Wageninnere, um meine Mom zu begrüßen. »Hallo«, sagt er freundlich. »Ich bin Beckett.«

»Hallo«, sagt meine Mom. »Tut mir leid, dass wir den Bus verpasst haben.«

»Kein Problem«, sagt Beckett, als wäre er der für alles verantwortliche Lehrer und nicht nur irgendein Schüler, der in der gleichen misslichen Lage steckt wie wir. Er lächelt meiner Mutter zu, richtet sich dann wieder auf und hält mir die Tür auf, ganz wie ein Chauffeur. Ich bin mir nicht sicher, wie ich reagieren soll, daher steige ich einfach aus.

Er steht am Bordstein und weicht nicht zurück oder so, daher bleibt mir nichts anderes übrig, als mich neben ihn zu stellen. Ich stehe mit dem Rücken zum Wagen und bin ihm derart nah, dass ich die schokobraunen Flecken in seinen grünen Augen erkennen kann. Fühlt sich komisch an, jemand anderem als Derrick so nah zu sein. Becketts Mundwinkel kräuselt sich nach oben zu einem Grinsen, fast so, als könnte er spüren, wie peinlich mir die Situation ist. Ich warte ab, dass er sich endlich bewegt und mich vorbeilässt, doch das tut er nicht. Er steht einfach nur da, als würde der Bürgersteig ihm gehören.

Er riecht nach Erdbeerkaugummi und nach einem würzigen Aftershave. Ich laufe rot an und schiebe mich an ihm vorbei zum hinteren Wagenteil, wo ich darauf warte, dass meine Mom die Tür entriegelt. Ich hole mein

Handgepäck vom Rücksitz. Es ist einer von diesen Rollkoffern, und er ist vollgepackt mit Zeug. Zum Glück mussten wir das Gepäck, das wir aufgeben wollten, gestern schon in der Schule vorbeibringen, damit die alles schon vorab in den Bus laden konnten. Man wollte sich heute Morgen nicht lange damit aufhalten. Zu dem Zeitpunkt fand ich das ja total nervig, aber jetzt bin ich echt froh darüber. Wenn ich es irgendwie nach Florida schaffe, ist wenigstens mein Koffer da.

»Na schön, tja, also bis dann«, ruft meine Mom uns vom Fahrerfenster aus zu.

»Du willst schon los?« Der Gedanke löst mit einem Mal Panik aus in mir. Was zum Teufel hab ich mir bloß dabei gedacht, dass ich ihr hier was vorschwindle, von wegen, es gäbe einen späteren Bus? Wie komme ich denn jetzt zum Flughafen? Und außerdem hab ich keine Lust, allein mit Beckett hier zurückzubleiben. Ich kenne ihn doch noch nicht mal richtig. Er gehört zu den Leuten, bei denen man nie weiß, was sie gleich sagen oder tun werden. Er ist echt unberechenbar. Und unberechenbar mag ich nicht. Deswegen hab ich es auch *geplant,* meine Jungfräulichkeit zu verlieren.

»Ich muss zur Arbeit«, erklärt meine Mom. »Schreib mir eine SMS, sobald du im Bus sitzt.«

»Wir kommen schon klar«, versichert Beckett. »Ich erinnere sie daran, dass sie Ihnen schreibt, keine Sorge.«

Meine Mom lächelt ihm zu, als wäre Beckett verantwortlich für ihr Leben oder so und nicht nur irgendein

Typ, den sie vor gerade mal fünf Minuten das erste Mal getroffen hat.

»Ciao, Lyla!«, ruft sie. Sie wirft mir durchs Fenster eine Kusshand zu. Und dann ist sie weg.

Beckett nimmt meinen Koffer und rollt damit rüber zum Kreisverkehr. »Wow«, sagt er. »Der ist aber schwer.«

»So schlimm ist es gar nicht«, sage ich und verdrehe die Augen.

Er wirft mir einen sonderbaren Blick zu und geht weiter. Er hat lange Beine, und außerdem macht er ganz schön große Schritte. Er trägt eine Baggy Jeans, ein frisches weißes T-Shirt und saubere schwarze Turnschuhe. Sein Haar ist zerzaust, und zwar auf die lässige Art, so von wegen, ist mir doch egal, wie meine Frisur aussieht, Hauptsache sexy. Nicht dass ich Beckett irgendwie sexy finden würde. Ich meine, ja, okay, ganz nüchtern betrachtet finde ich schon, dass er gut aussieht. Aber ich hab ja einen Freund.

»Was hast du denn da drin?«, fragt er, als würde es ihn ernsthaft interessieren.

»Ach, das Übliche.« Make-up, ein paar Kleider, ein Buch, meinen nicht ganz angemessenen Bikini (nur für den Fall, dass man unser großes Gepäck durchsucht; es hieß zwar, sie würden das nicht tun, aber wer weiß. Wenn es um die Schule geht, gibt es so was wie Privatsphäre nämlich nicht).

Beckett mustert mich aus dem Augenwinkel, als würde er argwöhnen, ich hätte irgendwas vor. Was könnte ich mit einem kleinen Handkoffer wohl groß anstellen? Hält er mich für eine Drogenschmugglerin, oder wie?

»Ich kann meinen Koffer schon selbst rollen«, sage ich.

Er achtet nicht auf mich und geht einfach weiter auf den Haupteingang der Schule zu, wo er stand, als wir angefahren kamen.

Am Randstein steht eine Reisetasche, neben der er meinen Koffer jetzt sachte abstellt. Er schaut mein Gepäck an, als würde er versuchen, einem Rätsel auf die Spur zu kommen. Dann streckt er die Hand nach dem Namensschild mit der Adresse aus und fährt mit dem Finger über die pinkfarbene Schrift.

»Du magst Pink?« Es klingt, als hätte er irgendein Problem damit.

»Hatte keinen anderen Stift.« Ist natürlich gelogen. Ich liebe Pink. Aber irgendwas gibt mir das Gefühl, als müsste ich meine Lieblingsfarbe vor ihm verteidigen, was echt lächerlich ist. Ich kenne ihn ja kaum. Ist ja wieder mal typisch. Wenn wir jetzt zwei Jungs wären, dann würde Beckett doch kein Wort über die Farbe auf meinem Namensschild verlieren, oder? Na ja, obwohl – wenn es Pink wäre, würde er vielleicht doch was sagen.

Wie auch immer. Der Punkt ist doch der, dass ich, wenn ich ein Kerl wäre, mich nicht rechtfertigen und lügen müsste bezüglich meiner Farbwahl. Ich sollte ihm einfach gestehen, dass ich Pink mag. Ist doch nichts Falsches daran, wenn man auf Pink steht. Hat doch nichts zu bedeuten. Ich bin eine starke Frau. Mein Notendurchschnitt liegt bei eins Komma null, ich belege in gleich drei Fächern den Leistungskurs (was Beckett wissen müsste, weil er nämlich in zwei von denen auch ist), und im Herbst gehe ich auf die Cornell. Zusammen mit Derrick. Wir wollen beide auf die Cornell-Universität. Ist das nicht einfach perfekt?

»Also«, sage ich, »äh, tja, danke für deine Hilfe.« Mein aktueller Plan ist der, Beckett loszuwerden, mir ein Taxi zu rufen und mich zum Flughafen fahren zu lassen. Ich ziehe mein Handy raus und google »billige Last-minute-Taxis«. Natürlich ist mir klar, dass selbst das billigste Taxi mich noch eine Schweinekohle kosten wird. Aber wozu besitze ich denn eine Kreditkarte? Die hab ich mir vor ein paar Monaten ausstellen lassen, nachdem man mir das Angebot per Post geschickt hatte. Meine Mom ist total ausgeflippt und meinte, ich würde meine finanzielle Zukunft aufs Spiel setzen. Bloß, wenn ich die Kreditkarte nicht für das Taxi benutze, dann steht meine *sexuelle* Zukunft auf dem Spiel. Und das scheint mir doch das weit größere Übel zu sein.

»Gern geschehen.« Beckett wirft einen Blick auf seine Uhr. »Wann kommt dieser spätere Bus denn eigentlich?«

Keine Ahnung, wieso, aber auf einmal hab ich Angst davor, ihm zu gestehen, dass es keinen späteren Bus gibt. Tja. Ist wohl so, wie wenn man sich ein Pflaster runterreißt – am besten bringt man es schnell hinter sich. »Es gibt keinen Bus«, sage ich leichthin.

»Was meinst du damit?« Er wirkt verwundert.

»Ich meine, es gibt keinen späteren Bus.«

Immer noch schaut er total verdutzt drein. »Was willst du damit sagen, es gibt keinen späteren Bus?«

»Ich will damit sagen, dass wir den ersten Bus verpasst haben. Und dass es keinen späteren Bus gibt.« Für jemanden, der gleich mehrere Leistungskurse belegt, hat er offensichtlich eine ziemlich lange Leitung.

»Warum hast du dann behauptet, dass es einen gibt?«, fragt er ganz langsam. Er sieht mich an, als wäre ich vollkommen plemplem.

Hmpf. Er würde mich garantiert nicht so ansehen, wenn er die Wahrheit wüsste. Dass ich dieses Wochenende schon seit Monaten exakt plane, seit ich mit meiner Freundin Juliana über das Thema gesprochen habe und mir klar geworden ist, dass ich so weit bin. Aber ich wollte, na ja, nicht einfach Sex mit Derrick haben. Ich wollte, dass es was Besonderes wird. Und was wäre da besser geeignet als eine Abschlussfahrt nach Florida?

»Hallo?«, fragt Beckett.

»Oh. Äh, tja, ich hab nur … Hör zu, das Problem ist, dass ich da echt mitwill. Aber meine Mom hätte mich nie fahren lassen, wenn sie nicht genau wüsste, dass ich sicher dort hinkomme.«

Er sieht mich mit offenem Mund an. »Du hast diesen späteren Bus also bloß erfunden?«

Ich nicke. Wow. Gibt gar nicht so viele Taxiunternehmen in der Nähe, die so kurzfristig verfügbar sind. Bei den meisten steht: »Bitte buchen Sie mindestens sechzig

Minuten im Voraus.« Sechzig Minuten? Was ist das hier, ein Pizzaservice? Sechzig Minuten, da schaffe ich es ja niemals rechtzeitig zum Flughafen.

»Und was ist mit mir?« Beckett legt meinen Koffer hin und setzt sich drauf. Das Material gibt unter seinem Gewicht nach.

»Was meinst du damit?«

»Ich will damit sagen, dass es nicht eben nett war, mir Hoffnungen zu machen auf einen späteren Bus, oder? Ich wollte gerade gehen, als ihr daherkamt.«

Oh. Klar, daran hatte ich gar nicht gedacht. »Bist du jetzt sauer?«

Er grinst. »Nicht ernsthaft.« Er spielt mit der silbernen Kette, die er um den Hals hängen hat. »Eigentlich finde ich es ganz cool. Wie heißt du eigentlich?«

Ungläubig starre ich ihn an. »Du willst mich verarschen, oder?«

»Pink?«, schlägt er vor.

»Pink?«

»Klar.« Er grinst auf die für ihn so typische, echt nervige Weise, dann greift er wieder nach dem Namensschild an meinem Koffer. »Weil du ja mit pinkfarbenem Stift schreibst. Nicht dass du so aussehen würdest. Wie Pink, meine ich.«

Keine Ahnung, ob er das jetzt negativ meint. Dass ich nicht aussehe wie Pink. Findet er Pink attraktiv und mich nicht? Oder ist es einfach nur eine Feststellung, so von wegen »du bist nicht blond« oder so?

»Ich kann echt nicht fassen, dass du meinen Namen nicht weißt«, sage ich. »Wir haben zwei Kurse gemeinsam.« Währenddessen scrolle ich mich immer noch durch mein Handy, bis ich auf die Nummer von »Kwiki Taxi« stoße. Hmm. Die versprechen, dass sie einen innerhalb von maximal zehn Minuten abholen. Ein bisschen bereitet mir Bauchschmerzen, dass die es nicht ganz so eng sehen mit der Rechtschreibung, aber ich kann es mir nicht leisten, wählerisch zu sein. Wird schon in Ordnung sein. Ist doch oft so eine Taktik von den Unternehmen, nur damit man auf sie aufmerksam wird und sie nicht vergisst. Wie bei diesem Lastwagen neulich, auf dem stand: WIR STOPFEN IHRE LÖCHER. Wie peinlich. Und trotzdem, ich hab ihn nicht vergessen.

Ich bin schon dabei, die Nummer zu wählen, als Beckett sich das Handy schnappt und es mir wegnimmt.

»Hey!« Ich strecke die Hand danach aus, doch er hält es außerhalb meiner Reichweite und beendet das Gespräch. »Was zum Teufel *tust* du da?«

»Willst du etwa ein Taxi rufen?«

»Klar!«

»Und dann was?«

»Wie meinst du das, und dann was?« Mein Herz fängt an zu hämmern, und langsam werde ich nervös. Mein Körper fühlt sich an wie ein überdehntes Gummiband, das jeden Moment reißen könnte. Mit jeder Sekunde, die verstreicht, entfernt sich dieser Bus weiter und weiter von uns. Mit jeder Sekunde, die verstreicht, rückt der Start unseres Fliegers näher, und dann stehe ich da. Ganz allein. Von allen verlassen. Mit intakter Jungfräulichkeit.

»Und was soll uns ein Taxi helfen? Soll uns das zum Flughafen bringen? Du hast doch gehört, was die von der Schule meinten. Man muss mit dem Bus hinfahren, wegen der Versicherung.«

»Das war doch bestimmt gelogen«, sage ich. »Klar lassen die mich mitfliegen.« Ich nehme ihm das Handy ab, und dieses Mal lässt er zu, dass ich es mir schnappe. Das ist alles höchst unbefriedigend. Mir wäre lieber gewesen, er hätte es wieder hochgehalten, denn dann hätte ich ihn zu Boden ringen müssen, um es zurückzuerobern, und es würde sich anfühlen wie ein richtiger Sieg.

Ich wähle die Nummer von Kwiki Taxi.

Es klingelt.

Einmal.

Zweimal.

Dreimal.

Viermal.

»Danke, dass Sie die Nummer von Kwiki Taxi gewählt haben ... Wir können leider keine neuen Aufträge entgegennehmen, da alle unsere Taxis derzeit im Dienste von Kunden unterwegs sind ...«

Was? So früh am Morgen schon? Gott, das sind vermutlich lauter Besoffene, die sich um die Zeit nach Hause fahren lassen. Wie nervig. Ich versuche es erneut, doch wieder das Gleiche.

Also lege ich auf und rufe Derrick an. Es klingelt noch

nicht mal, da geht schon die Mailbox ran mit der Aufforderung, eine Nachricht zu hinterlassen. Ich atme ein paarmal kurz, aber tief durch die Nase ein. Aber meine Brust ist so eng, dass mir das Ausatmen schwerfällt, daher behalte ich die Luft in den Lungen, bis sie anfangen zu stechen. Ich will nicht hierbleiben. Ich *kann* nicht hierbleiben. Tränen treten mir in die Augen.

»Hey, hey, hey«, sagt Beckett, der sich jetzt betreten mit den Fingern durchs Haar fährt. »Bitte nicht weinen. Himmel, wenn ich eines nicht ertrage, dann Mädchen, die heulen.«

»Tut mir leid, es ist bloß … ich wollte doch so gern mitfahren nach Florida.« Als ich schniefe, greift er in die Tasche und reicht mir ein Tempo.

Misstrauisch beäuge ich es.

Er verdreht die Augen. »Ist nicht benutzt.«

»Danke.« Auf einmal ist mir das alles total peinlich. Ich schnäuze mich und werfe das Taschentuch in den Mülleimer. »Ich möchte nur … ich wäre jetzt gern für eine Minute allein.« Damit greife ich mir meinen Koffer und rolle ihn von ihm weg auf die Tribünen des Sportplatzes zu. Ich muss mir dringend einen Plan zurechtlegen. Aber wie soll dieser Plan aussehen? Alle meine Freunde sitzen in diesem Bus und sind auf dem Weg zum Flughafen. Und meine Mom kann ich auf gar keinen Fall anrufen.

Ich brauche eine Sekunde, ehe mir bewusst wird, dass Beckett mir folgt.

»Okay, na schön«, sagt er in genervtem Tonfall, als

hätte ich ihn die ganze Zeit mit Fragen gelöchert. »Ich fahr dich hin.«

»Du fährst mich?«

»Zum Flughafen.«

Ich bleibe stehen. »Wie denn das?«

»Na, wie schon? Ich hab doch einen fahrbaren Untersatz.«

»Du hast ein *Auto?* Und da sitzt du die ganze Zeit bloß da und drehst Däumchen?« Was geht bloß in dem vor? Ist ihm denn nicht klar, dass das Flugzeug jeden Moment abhebt? Und dann sitzt er ganz allein hier, im beschissenen Nieselwetter Connecticuts, wo er doch auf dem Weg ins warme Florida mit seinen sonnigen Stränden sein könnte?

Er zuckt die Schulter. »Ich wollte erst rausfinden, ob diese Abschlussfahrt es überhaupt wert ist, den weiten Weg zum Flughafen auf mich zu nehmen.«

»Aber jetzt willst du uns hinfahren?« Mein Herz hüpft und springt vor Freude! Ich bin total aufgeregt. Flippe fast aus. Das ist doch alles zu schön, um wahr zu sein!

»Ja. Ich fahre uns hin. Na ja, zumindest dich. Ich glaub, ich fahr doch nicht mit.« Er macht eine wegwerfende Handbewegung, so als könnte er selbst kaum glauben, dass er je auf diese lahme Abschlussfahrt mitkommen wollte.

»Aber du hast doch selbst gerade gesagt, dass die uns nicht mit in den Flieger lassen. Du weißt schon, wegen der Haftung und so.« Ich hickse.

»Keiner wird mitkriegen, dass du nicht mit im Bus warst«, erklärt er voller Zuversicht. »Das können die nie und nimmer beweisen. Sieh einfach zu, dass jemand von deinen Freunden sich für dich verbürgt, dann denken die, sie haben dich bloß nicht abgehakt auf ihrer Liste.« Er zuckt lässig die Schulter wie jemand, der immer kriegt, was er will.

»Woher willst du das wissen?«, frage ich.

»Vertrau mir.« Er sagt das wie jemand, dem man nie im Leben vertrauen sollte.

Ich zögere. Mein Herz rät mir, dass ich mit ihm fahren sollte. Aber mein Verstand sagt mir, dass er ein seltsamer Typ ist, dass ich nichts über ihn weiß, dass er ein irrer Axtmörder sein könnte, dass es absolut unangemessen und grenzwertig ist, zu einem Kerl ins Auto zu steigen, der nicht der eigene Freund ist. Aber mal ehrlich, was hab ich denn für eine Wahl? Wenn ich auf diese Abschlussfahrt mitkommen will, dann muss ich zum Flughafen. Das ist so was wie ein physikalisches Gesetz oder so.

In dem Moment klingelt mein Handy.

Ich ziehe es raus und rechne mit einem Anruf von Derrick. Aber weit gefehlt.

Eine neue E-Mail.

Ich öffne sie.

An: Lyla McAfee (lyla.mcafee@brightonhillshigh.edu)
Von: Lyla McAfee (lyla.mcafee@brightonhillshigh.edu)

Erst stutze ich. Warum sollte ich mir selbst eine E-Mail schicken? Ist bestimmt so 'ne Art Phishing-Betrug, etwas, das von irgendeiner gefakten Mailadresse kommt und einen dazu bringt, sämtliche persönlichen Daten einzugeben, damit sie dir dein Geld klauen können. Als wäre bei mir was zu holen.

Daher gehe ich auf Löschen.

Und dann fällt es mir wieder ein. Der Strand. Das Lagerfeuer. Der Sand zwischen meinen Zehen und das Spannen meiner sonnenverbrannten Haut. Aven, Quinn und ich, lachend, während der Wind uns das Haar ins Gesicht peitschte. Wir hatten es so eingerichtet, dass die Mail gleich mehrmals an uns gehen sollte, damit wir sie auch ja nicht ignorieren können.

Vor dem Abschluss werde ich … lernen zu vertrauen.

Ich weiß, dass es nichts zu bedeuten hat. Bloß weil diese Mail ausgerechnet in dem Moment eintrifft, als Beckett mich bittet, ihm zu vertrauen, heißt das noch lange nicht, dass ich es auch tun muss. Ist doch bescheuert, das mit dieser Mail. Ich hätte schwören sollen, meine Jungfräulichkeit zu verlieren.

Aber wenn ich überhaupt die Chance haben will, dass das an diesem Wochenende was wird, muss ich irgendwie nach Florida kommen. Und um nach Florida zu kommen, muss ich zum Flughafen. Und um zum Flughafen zu kommen …

»Okay«, sage ich seufzend. »Fahren wir.«

ZWEI

Es ist kein Auto, sondern ein Motorrad.

Becketts fahrbarer Untersatz ist ein Motorrad.

»Du fährst ja ein Motorrad«, stelle ich fest. Meine Stimme klingt noch nicht mal erstaunt. Vielleicht weil es tatsächlich gar nicht so verwunderlich ist. Verblüffen würde mich eher, wenn Beckett was ganz Normales, Bodenständiges fahren würde, so was wie einen Nissan Sunny oder einen Honda Accord.

»Ja, ich fahre ein Motorrad. Na ja, zumindest ab und an. Gehört nicht mir.« Er öffnet das hintere Gepäckfach und wühlt darin herum. Darüber, wem das Motorrad denn in Wirklichkeit gehört oder wie er dazu kommt, lässt er sich nicht weiter aus. »Ich bin mir sicher, dass hier drinnen irgendwo noch ein Zweithelm ist«, murmelt er.

Jetzt wird mir doch ein bisschen flau. Ich steh nicht gerade auf schnelle Autos oder Fahrgeschäfte auf dem Rummel. Da wird mir nämlich schlecht.

Er bringt einen kleinen schwarzen Helm zum Vorschein und betrachtet ihn. »Keine Risse«, sagt er zufrieden, ehe er ihn an mich weiterreicht.

Eine Vision von mir, wie ich auf der Autobahn liege,

mein Gehirn um mich herum auf der Fahrbahn verteilt, jagt mir durch den Kopf. »Und was machen wir mit meinem Koffer?«, frage ich und deute auf mein Handgepäck.

»Den tun wir unter den Sitz.«

Er hebt ihn auf, steckt ihn ins Gepäckfach und klappt den Deckel runter. Dann schwingt er sein Bein über das Motorrad. Ich verkneife es mir, auf seine Beine zu starren, als er sich jetzt rittlings auf das Ding hockt. Im Grunde dachte ich auch immer, dass mich diese ganze Jungs-und-Motorräder-Sache total kaltlässt (Derrick fährt einen Nissan Sunny oder wahlweise den Toyota RAV4 seiner Mutter, wenn sie ihn lässt). Doch ich muss schon zugeben, Beckett sieht echt scharf aus auf dem Bike.

»Sei vorsichtig mit meinem Koffer«, sage ich gereizt. »Da sind alle meine Sachen drin.«

»Jeder interessiert sich heutzutage nur noch für materielle Dinge. Wir sollten doch alle lieber ein bisschen reduzieren, findest du nicht?«

Natürlich nicht. Ich hab Sachen für ganze drei Wochen eingepackt, obwohl wir bloß für vier Tage wegfahren. Aber ich will ja nicht rüberkommen wie ein Baby, daher sage ich nur: »Ich brauch meine Klamotten.« Meine Stimme klingt ein klein wenig … gepresst.

Er dreht am Zündschloss und sofort erwacht das Motorrad röhrend zum Leben. »Also, was ist jetzt?«, meint er grinsend. »Kommst du mit oder nicht?«

»Können wir nicht doch lieber ein Taxi auftreiben?«,

frage ich in meiner Verzweiflung. Es muss doch noch andere Taxiunternehmen geben. Oder vielleicht einen Fahrservice! Meine Cousine wohnt in New York, die nutzt öfter mal so einen Fahrdienst. So was gibt es hier doch sicher auch. Ihr wisst schon, für Geschäftsleute oder so. Wenn ich mir ein besonderes Supertalent aussuchen könnte, dann würde ich das wählen. Die Fähigkeit, aus dem Nichts ein Taxi herbeizubeschwören.

Beckett schüttelt den Kopf. »Das hast du doch schon probiert. Dauert ewig.«

»Wir könnten es noch mal versuchen«, erkläre ich lahm. »Selbst wenn es ewig dauert, heißt das ja nicht zwingend, dass wir den Flieger versäumen.« Der Bus sollte eh frühzeitig dort eintreffen, weil wir so viele Leute sind. So wie wenn man mit einer größeren Gesellschaft ins Restaurant gehen will, da ruft man ja auch vorher an und reserviert einen Tisch.

»Nein, Pink.« Er jagt den Motor hoch und hebt die Augenbrauen. »Und, bist du jetzt dabei oder nicht?«

Ich seufze.

»Ich bin dabei.«

Als wir endlich am Flughafen ankommen, ist mir speiübel, und meine Schenkel tun mir weh, so fest hab ich mich damit an dem Motorrad festgeklammert. Beckett ist zwar überraschend langsam gefahren, aber mir gefiel es ganz und gar nicht, dieses Gefühl ... so schutzlos ausgeliefert zu sein. Bei jeder Kurve musste ich mir vorstellen, wie meine armen Knochen auf der Autobahn verstreut liegen.

Also hab ich mich festgehalten, so gut es ging, weil ich mir dachte, wenn ich wenigstens aufrecht bleibe, passiert mir bei einem Unfall vielleicht nicht so viel. Klar hieß das auch, dass ich mich an Beckett festklammern musste, so gut ich konnte, was eher peinlich war. Der Wind presste meine Wangen hinten gegen sein T-Shirt. Es roch nach Waschpulver mit Frühlingsduft und sein Rücken war ziemlich, ähem, muskulös.

Wie wir also am Flughafen eintreffen, fährt Beckett direkt rauf auf die Spur zur Drop-off-Zone. Er stellt den Motor ab, steigt von der Maschine runter und nimmt den Helm ab. Er sieht mich an, zieht eine Braue hoch und hält mir dann die Hand hin, um mir runterzuhelfen.

»War cool, die Fahrt«, sage ich lässig. Meine Knie sind noch ein bisschen weich, weshalb ich einen unsicheren Schritt nach hinten mache und gegen den Motorradsitz pralle.

»Wow, aufgepasst, Pink«, sagt Beckett und schlingt mir den Arm um die Hüfte. »Du solltest dich besser hinsetzen.« Er begleitet mich zu einer der Bänke beim Eingang.

»Ist schon gut«, sage ich, während ich mich setze. Der Boden. Er dreht sich.

Er schüttelt unwirsch den Kopf. »Du hättest mir sagen sollen, dass dir bei so was schlecht wird.«

»Mir ist ja gar nicht schlecht.« Lüge, Lüge, Lüge.

»Ah ja.« Er setzt sich neben mich. »Beug mal den Kopf nach unten.«

»Was?«

»Du sollst den Kopf zwischen die Knie stecken. Dann fühlst du dich gleich besser, glaub mir.«

Ich tue ihm den Gefallen, in erster Linie deshalb, weil ich befürchte, ich könnte ihn sonst vollkotzen. Ihn oder den Boden. Und das wäre beides nicht so toll.

Er fasst mein Haar im Nacken zusammen und hält es hoch. Die kühle Morgenluft streift über meine Haut. »Atme tief durch«, weist er mich an.

Ich atme also möglichst langsam ein und aus. Sofort fühle ich mich besser.

»Und? Geht es wieder?« Beckett bläst mir seinen Atem ins Ohr.

Sofort kriege ich eine Gänsehaut an den Armen und die Härchen in meinem Nacken stellen sich auf. Mein Herz klopft schneller und mein Gesicht läuft knallrot an. »Ja«, sage ich ganz offen. »Danke.«

Er lässt mein Haar wieder fallen, und sofort wünsche ich mir, er würde mich noch mal berühren. Was ist denn mit mir los? Meine Hormone müssen ja echt verrücktspielen. Vielleicht bin ich so angespannt, weil ich ganze siebzehn Jahre lang – fast achtzehn! – keinen Sex hatte. Hmm. Da gibt es nur eine Lösung.

»Also«, meint Beckett beim Aufstehen. »Wenn es das war, dann fahre ich jetzt wohl wieder.«

»Du willst echt nicht mitkommen auf die Abschlussfahrt?«

»Nö«, sagt er. »Ich konnte Florida noch nie leiden. Viel zu kommerziell.«

Was soll das denn heißen? »Schon klar«, entgegne ich. »Ähm. Tja dann, danke fürs Mitnehmen.«

»Gern geschehen.« Er nimmt mir den Helm aus der Hand und hält ihn am Kinnriemen fest. »Bis dann, Pink.«

Dann dreht er sich um und geht zurück zu seinem Motorrad. Er schwingt das Bein drüber und fährt los. Ich hole noch mal tief Luft und betrete das Flughafengebäude. Erst in dem Moment fällt mir auf, dass mein Koffer noch im Fach von Becketts Motorrad ist.

»Da bist du ja!«, ruft Derrick, als er mich am Check-in in der Abfertigungshalle entdeckt. Überall wuselt es von meinen Mitschülern. Hier scheint keinerlei Ordnung zu herrschen, und niemand fühlt sich zuständig, was natürlich nur zu meinem Vorteil ist. So kann ich mich leichter in den Flieger schleichen.

Derrick kommt auf mich zugeschossen, sein Gesicht voller Sorge. Er trägt ein dunkelgrünes Sweatshirt und eine Baggy Jeans und sein Gesicht sieht frisch rasiert aus. Jetzt, wo ich neben ihm stehe, bin ich erleichtert und hab das Gefühl, alles wird gut.

»Ich hab mir ja solche Sorgen gemacht.« Er runzelt die Stirn und streicht sich das Haar glatt. »Was ist los, Schatz? Du wirkst so blass.«

»Echt?« Ich hab gar nicht das Gefühl, dass ich blass bin. In Wirklichkeit ist mir sogar … heiß. Aber das liegt eindeutig nicht daran, dass Beckett mir so nahe war. Wahrscheinlich eher daran, dass ich meinen Koffer in seinem Motorrad vergessen habe. Jetzt hab ich nämlich nichts als meine Brieftasche bei mir. Das Gute: Ich hab Geld, Kreditkarte und Ausweis. Weniger gut: Ein Teil meiner Klamotten, ein bisschen Unterwäsche, mein Make-up und mein unangemessener Bikini waren im Handgepäck verstaut.

»Ja, und wie.« Derrick tritt einen Schritt zurück und mustert mich. »Dein Gesicht ist ganz blass, nur deine Wangen sind rot.« Er hält mir eine Pappschachtel mit Laugengebäck hin. Hmpf. Wie es aussieht, war seine Sorge nicht so groß, dass er nicht ans Essen denken konnte.

»Warum hast du mir keine SMS geschickt?«, will ich wissen, als er mir zum Check-in-Automaten folgt. Ich ziehe meine Kreditkarte durch und schnappe mir mein Boardingticket. Ha! Jetzt versucht mal, mich vom Mitfliegen abzuhalten, ihr Lehrer!

»Mein Akku ist tot.« Er hält mir das schwarze Display hin. »Wollte ihn eigentlich aufladen, sobald ich hier bin, aber dann fiel mir auf, dass ich das Ladegerät in den Koffer gepackt habe.«

»Oh.« Ich hole tief Luft und sammle meine Gedanken. »Tja, ich hab den Bus verpasst.«

»Du weißt, dass du dann eigentlich nicht mit in den Flieger darfst, oder?«, fragt Derrick. »Das stand alles im Infomaterial.«

»Ja, klar, weiß ich schon.« Ich zucke die Schulter, als

wäre das kein großes Ding. Jetzt, wo ich hier bin, fühl ich mich gleich viel besser, und mein Magen ist auch nicht mehr so flau. Vermutlich hat Beckett recht. Die werden mich doch wohl nicht davon abhalten, in diesen Flieger zu steigen, oder? Ich bezweifle es. Ich schnappe mir ein Stück von Derricks Laugengebäck und tauche es in den kleinen Becher Schmelzkäse daneben. Lecker.

»War deine Mutter sauer?«

»Sauer? Wieso?«

»Na ja, weil sie dich zum Flughafen fahren musste.«

»Oh. Äh, nein.« Ich weiß nicht, warum, aber ich will nicht, dass Derrick erfährt, dass Beckett mich mitgenommen hat. Nicht dass es ihm was ausmachen würde. Er ist nicht der Typ, der leicht eifersüchtig wird. Und das ist auch gar nicht nötig. Ich liebe Derrick. Ich will Derrick heiraten. Ich bin kurz davor, meine Jungfräulichkeit an Derrick zu verlieren … Ich sollte es ihm wirklich erzählen, das mit Beckett. Jetzt. Er sollte es erfahren. *Sag es ihm, na los!*

»Ich finde, wir sollten miteinander schlafen«, platzt es da aus mir heraus. Die Mädels ein paar Sitze weiter – Renee Hayes und Suri Cusimano – drehen sich zu uns um.

»Was?«, fragt Derrick. Er schluckt das letzte Stück Gebäck hinunter und wirft die leere Schachtel in den Müll.

Ich beuge mich näher zu ihm. »Ich meine, bist du nicht … Äh, willst du nicht mit mir schlafen?« Ich weiß nicht, wieso, aber mir ist nie in den Sinn gekommen, Derrick könnte vielleicht gar keinen Sex mit mir wollen.

Ich dachte immer, er wäre einfach nur nett und wollte auf mich warten, bis ich beschließe, dass *ich* so weit bin.

»Klar will ich mit dir schlafen«, sagt er. »Nur … dachte ich nicht, dass du, na ja, daran interessiert bist.«

»Du dachtest, ich interessiere mich nicht für Sex?« Was soll das denn bedeuten? Hält er mich für dermaßen verklemmt? Oder asexuell? Wie kommt er denn auf so was? Ich geb doch echt immer alles, wenn wir rumknutschen. Ich hab mal einen Artikel gelesen, darin stand, dass Jungs es mögen, wenn man sich ins Zeug legt. Sie wissen eben gerne, ob die Partnerin Spaß hat an der Sache. Dann muss man nicht mal sonderlich gut sein in dem, was man tut, solange man die nötige Begeisterung zeigt.

Ja, okay, den Artikel hab ich in der achten Klasse gelesen, noch bevor ich überhaupt einen Jungen geküsst hatte. Quinn, Aven und ich haben uns die *Cosmo* von Quinns Mom stibitzt und die ganzen Artikel über Sex durchgelesen. Am besten gefielen uns die Favoritenlisten von Männern zu den hundert Dingen, die sie sich von Frauen am meisten wünschen. (War schon echt harter Tobak, das zu lesen, damals in der achten Klasse. Wenn man so jung ist, will man an die meisten Dinge, die Männer sich so von ihren Partnerinnen wünschen, nicht mal denken. Ein paar kann ich mir selbst heute noch nicht vorstellen. La, la, la, ich denk nicht dran.)

»Weiß nicht.« Derrick wirkt auf einmal ziemlich aufgeregt. Seine Augen funkeln und er leckt sich die Lippen. »Du hast es bloß noch nie angesprochen.«

»Na, du doch auch nicht!«

Jetzt beugt er sich noch näher. »Heißt das denn, dass du, na ja, du weißt schon, bereit bist?« Er sabbert jetzt regelrecht.

»Keine Ahnung«, sage ich, auch wenn ich ja offenbar schon entschieden habe, dass ich es bin. Bloß sollte ich mir einen letzten Anschein des Geheimnisvollen bewahren, oder nicht? Ich weiß nicht, warum, aber irgendwas an der Tatsache, dass ich mit Beckett hierhergefahren bin, hat mich in dem Entschluss, mit Derrick zu schlafen, nur noch bestärkt. Auch wenn das überhaupt keinen Sinn ergibt. Warum sollte mir die Fahrt mit Beckett auf dem Motorrad bewusst machen, dass ich Sex mit Derrick will? Außerdem muss ich zugeben, so wie Derrick mich jetzt ansieht, das gefällt mir schon außerordentlich. Fast so, als würde er mich nicht kennen. Als wäre er schockiert, rauszufinden, wozu ich alles fähig bin. Ich ziehe eine Augenbraue hoch und beiße mir auf die Lippe, in der Hoffnung, dass es sexy rüberkommt.

»Okay, tja, ich wüsste da schon einen Weg, um …«, setzt Derrick an.

»Lyla!«, ruft da jemand. Es ist eine Stimme, die mir vertraut ist und auch wieder nicht, als würde ich sie in einem Traum hören. »Lyla! Da steckst du ja!«

Ich blicke auf und sehe Aven Shepard, die von der anderen Seite des Gates aus zu mir rüber ruft. Ich runzle die Stirn. Was will die denn von mir? Ja, zugegeben, wir waren mal beste Freundinnen, aber mal ehrlich, ich kann mich nicht erinnern, wann ich das letzte Mal mit Aven geredet hab. Obwohl, das stimmt nicht ganz. Wenn ich ehrlich sein soll, dann erinnere ich mich sehr wohl, wann das letzte Mal war. Das war im letzten Jahr, als wir nach der achten Stunde gemeinsam die Treppe runtergingen, da hat sie mich gerempelt, und ich hab ganz genervt gesagt: »Kannst du nicht aufpassen?«, und daraufhin sagte sie: »Entschuldige bitte«, und zwar ganz kleinlaut, und ich weiß noch, dass ich total genervt war, weil sie nicht genervt klang, weil Aven nämlich immer irgendwie das Opfer ist.

Sie tut immer so, als würde sie nie was verkehrt machen, dabei macht sie sehr wohl auch mal was falsch, wenn ihr meine bescheidene Meinung hören wollt. Nur will sie es sich nicht eingestehen. Aber egal. Das war damals, als das Ende unserer Freundschaft noch so frisch war, dass mir alles, was damals zwischen uns war, im Gedächtnis geblieben ist, als wäre es nur eine Frage der Zeit, bis wir wieder Freundinnen wären. Nur dass das dann nie passiert ist.

»Oh«, sage ich. »Ähmmm … hi.«

»Du, hör mal«, sagt sie. Ihr hellbraunes Haar hat sie auf einer Seite zu einem Fischgrätenzopf geflochten und sie trägt eine kurze Khakihose und ein marineblaues T-Shirt. Ist ihr nicht kalt? Schon klar, dass wir nach Florida fliegen, aber wieso trägt sie ihr Outfit für Florida jetzt schon? »Ich muss mit dir reden.« Sie hält ihr Handy hoch und beißt sich auf die Lippe. »Hast du deine Mail auch bekommen?«

»Entschuldige«, sagt Derrick und sieht sie an. Er schüttelt den Kopf. »Aven, oder? Entschuldige, Aven, aber wir unterhalten uns hier gerade. Ist was ziemlich Privates.« Wow. Er klingt echt ernst. Eigentlich hab ich ihn noch nie so ernst erlebt. Vor Freude werde ich ganz rot. Er muss ja wirklich scharf darauf sein, mit mir zu schlafen, wenn er so ernst klingt.

Aven schluckt. »Oh«, meint sie. »Tut mir leid, ich hab nicht … Ich meine, mir war nicht klar, dass ihr euch unterhaltet.« Doch sie bewegt sich keinen Millimeter. Sie holt nur noch mal tief Luft und bleibt vor uns stehen. »Es ist nur … Hast du deine E-Mail bekommen?«

»Meine E-Mail?«

»Ja, du weißt schon, die wir uns damals geschickt haben? Hast du sie bekommen?« Ihre Stimme klingt zittrig, und sie steigt nervös von einem Bein aufs andere, so als wäre sie hier, um nach einem geheimen Regierungsdokument zu fragen und nicht bloß nach einer bescheuerten Mail, die wir mit vierzehn verschickt haben. Ihr Haar ist viel länger als früher und oben ist es dunkler als an den Spitzen. Offenbar hat sie es sich färben lassen. Macht sie irgendwie älter. Aber im positiven Sinne.

»Welche Mail denn?«, will Derrick wissen.

Oh Gott.

»Ja«, sage ich zu Aven. »Ich hab sie bekommen.« Das sage ich ganz fest, als wäre das Gespräch damit beendet, weil ich zu dem Thema nichts mehr zu sagen habe. Das wird hier nicht eine von diesen Reisen in die Vergangenheit, wo wir uns darüber auslassen, wie verrückt doch alles war, als wir vierzehn waren, und oh mein Gott, kannst du das glauben, dass wir uns so was geschickt haben, und heilige Scheiße, was waren wir jung damals, und vielleicht sollten wir einfach wieder Freundinnen sein oder wenn schon nicht Freundinnen, dann wenigstens alles vergessen, wir wollen ja nicht nachtragend sein, schließlich gehen wir jetzt bald aufs College, okay, mhm, ciao.

Ich recke das Kinn hoch und zwinge mich, ihr in die Augen zu sehen, entschlossen, keine Gefühlsregung zu zeigen. Bloß dass es mir jetzt die Kehle zuschnürt, und mein Herz schlägt schneller. Ich weiß noch genau, wie sie vor dem Schulgebäude stand, an dem Tag, an dem wir aufhörten, Freundinnen zu sein. *Ich war es nicht, die es deiner Mom erzählt hat, Lyla! Ich verstehe echt nicht, wieso du sauer bist auf mich! Kann doch keiner was dafür!*

Aber logisch war es ihre Schuld. Ihre und die von Quinn, genau genommen. Und ganz gleich, wie sehr ich sie auch beide vermisse, ganz gleich, wie oft ich an sie denken muss, es wird nie wieder so sein wie früher. Was hat es also für einen Sinn?

»Flug 935 nach Sarasota steht nun am Gate 24 für Sie zum Einsteigen bereit«, flötet eine Stimme über den Lautsprecher.

»Na dann!«, flöte ich ähnlich fröhlich. »Jetzt geht's los! Schätze, wir steigen besser mal ein!«

»Wo sind deine Sachen?«, erkundigt Derrick sich stirnrunzelnd. »Hast du denn kein Handgepäck?«

»Nö«, sage ich. »Nur das hier.« Ich halte mein Handtäschchen von Coach hoch, ein Geschenk von Derrick zu meinem siebzehnten Geburtstag vergangenen Sommer.

»Mehr hast du nicht dabei?«, fragt Aven skeptisch.

»Ich versuche grad, mein Leben ein bisschen zu vereinfachen«, erwidere ich pampig. »Sind doch alle so besessen von materiellen Dingen. Ich bin dabei, ein bisschen abzuspecken.« Damit tätschle ich mein Täschchen, als wäre es das Einzige, was ich im Leben noch brauche. Was echt lächerlich ist, wenn man es sich überlegt, denn wenn jemand sein Leben ernsthaft reduzieren wollte, würde wohl am Ende nicht unbedingt eine Minihandtasche von Coach übrig bleiben. Dann würde man sich wohl eher eine praktische Tasche aus recyceltem Hanf zulegen oder so was.

»Du versuchst, dein Leben einfacher zu gestalten?«, hakt Aven nach, die jetzt noch fassungsloser klingt. Als würde sie mich kennen.

»Jeder kann sich ändern«, erkläre ich vielsagend. Ich versuche mir einen geheimnisvollen, mysteriösen Anschein zu geben, als gäbe es vieles, das sie nicht über mich weiß, als hätte ich mich in vielerlei Hinsicht geändert in den letzten zweieinhalb Jahren, seit wir nicht mehr befreundet sind.

»Wann hast du denn beschlossen, dein Leben zu vereinfachen?«, fragt Derrick. »Mir hast du jedenfalls nie was davon erzählt.« Er sieht mich misstrauisch an. »Willst du deshalb Sex haben?«

»Du willst Sex?«, erkundigt Aven sich. Ihre Stirn kräuselt sich. »Warte. Ihr zwei habt noch nicht miteinander geschlafen? Seid ihr nicht schon ewig zusammen?«

»Meine Güte«, sage ich und halte abwehrend die Hände hoch. »Hört auf, alle beide.«

»Wie du meinst«, sagt Aven. Sie schüttelt den Kopf. »Dein Sexleben geht mich nichts an.«

»Da hast du verdammt recht.«

Ich drehe mich um und gehe davon, in der Hoffnung, dass sie kapieren, was ich ihnen damit sagen will. Und zwar, dass Derrick mir folgen und Aven sich einfach verziehen soll. Doch es klappt nicht ganz.

»Lyla«, sagt sie. »Bitte, warte. Können wir … ich meine, kann ich kurz mit dir reden?«

Ich seufze, dann neige ich den Kopf und lasse ihn kreisen. Meine Schultern sind ja so verspannt. »Um was geht's denn?«

Sie wirft einen kurzen Blick auf Derrick. »Äh, ich würde gern … können wir nicht unter vier Augen reden?«

Fast lache ich laut los. Schon komisch, dass sie auf einmal so geheimniskrämerisch tut. Am liebsten würde ich ihr erklären, dass das nicht geht, aber ich werde das Gefühl nicht los, dass sie nicht so schnell aufgibt.

»Bin gleich wieder zurück«, sage ich zu Derrick.

Ich entferne mich ein paar Schritte von ihm und verschränke die Arme vor der Brust. »Was ist los?«, frage ich sie. »Mach schnell, wir gehen gleich an Bord.«

Sie nickt und fingert an ihren Haaren herum. »Ich

wollte nur wissen, ob du tun wirst, was in der E-Mail steht.«

»Entschuldige bitte?«

»Nimmst du das ernst? Du weißt schon, dass du vertrauen lernen willst? Weil ich nämlich glaube ... Ich glaube, dass ich ernsthaft, na ja, versuchen will, das zu tun, was in meiner Mail steht.« Sie schüttelt den Kopf. »Im Grunde warte ich nur noch auf die passende Gelegenheit, es zu tun.«

Ich erinnere mich gut an ihre E-Mail. Die, die sie an sich selbst geschickt hat.

Vor dem Abschluss will ich ... die Wahrheit sagen.

Ich weiß auch genau, was sie damit meint. Während meine Mail eher mehrdeutig ist, ist ihre ziemlich klar. Es geht um Liam, den Typen, in den sie schon seit einer Ewigkeit verknallt ist. Sie will ihm sagen, dass sie auf ihn steht.

Einen kurzen Augenblick werde ich fast weich und will ihr am liebsten sagen, dass wir ja praktisch noch Kinder waren damals, dass wir einfach irgendwelche Sachen geschrieben haben, ohne groß drüber nachzudenken, ohne uns über die Konsequenzen im Klaren zu sein. Denn wenn sie es Liam ernsthaft gesteht, wird sie sich überlegen müssen, was dann aus ihrer Freundschaft wird, ob es das wert ist, dass alles sich ändert oder sie ihn gar verliert.

Doch da fällt mir wieder ein, was sie mir angetan hat, was ich ihretwegen um ein Haar verloren hätte.

Und schon spüre ich, wie mein Herz sich verhärtet.

»Klar, Aven«, sage ich in sarkastischem Ton. »Ich werde ernsthaft daran arbeiten, zu vertrauen. Du weißt ja selbst am besten, was passiert ist, als ich dir vertraut habe? Das lief ja nicht so toll, weißt du noch?«

Sie macht ein Gesicht, als hätte man sie geohrfeigt. »Lyla«, sagt sie, »ich wollte nicht …«

»Spar dir das«, sage ich. »Ich wollte es damals nicht hören, ich will es auch jetzt nicht hören.«

Damit wende ich mich ab und gehe zurück zu Derrick.

»Alles in Ordnung?«, fragt er.

»Ja«, sage ich, auch wenn es mir den Magen fast umdreht. »Sobald wir in Florida sind, geht es mir besser.«

Und sobald ich Aven Shepard nicht mehr sehen muss.

Nachdem wir an Bord gegangen sind, tauscht Derrick Plätze mit mir, damit ich näher am Fenster sitze. Er nimmt meine Hand und zieht mich an sich. Ich lege den Kopf an seine Schulter und atme seinen Duft ein. Beckett und Aven sind so gut wie vergessen, und zum ersten Mal an diesem Morgen beruhigt mein Herzschlag sich einigermaßen. Endlich fühle ich mich wieder wie ich selbst.

»Ich bin ja so froh, dass wir gemeinsam nach Florida fliegen«, sage ich leise.

»Ich auch«, erwidert Derrick. Seine Stimme klingt enthusiastischer als sonst. Wenn wir ganz ehrlich sind, dann wollte Derrick gar nicht wirklich nach Florida. Er wollte einen dämlichen Baseballausflug machen, was überhaupt keinen Sinn ergibt, weil er nämlich noch nicht mal im Baseballteam ist. Derrick spielt Lacrosse. Bloß dass alle seine Freunde Baseball spielen, und die fahren nach Myrtle Beach, um an einem Turnier teilzunehmen. Deswegen wollte Derrick auch mitfahren, was echt belämmert ist, denn was zum Teufel wollte er denn da tun, während alle seine Freunde Baseball spielen?

»Was für eine Zimmernummer hast du?«, will er wissen.

»Keine Ahnung.«

Er greift in seine Reisetasche und zieht einen Packen Unterlagen heraus. »Die haben wir im Bus bekommen«, sagt er. »Zimmer Nummer 145. Ich teile mir das Zimmer mit Beckett Cross und Liam Marsh.«

Beckett. Allein beim Klang seines Namens schlägt mein Magen einen Purzelbaum. »Du teilst dir das Zimmer mit Beckett?«

»Klar. Ist doch ein cooler Typ. Liam auch. Die würden uns ganz bestimmt das Zimmer überlassen, damit wir eine Weile ungestört sein können.«

»Beckett fährt nicht mit«, sage ich automatisch. *Frag bitte nicht, woher ich das weiß, frag nicht, woher ich das weiß, frag nicht, woher ich das weiß.*

»Ach, nein?«

»Nein.«

»Perfekt.« Derrick grinst und bittet mich noch nicht mal, das näher zu erklären. Schätze, bei der Aussicht auf Sex wird selbst aus ihm ein Mann, der nicht groß Worte verliert. »Dann haben wir auf jeden Fall die Chance, das Zimmer auch mal für uns zu haben. Mit wem bist du im Zimmer?«

»Ich weiß es nicht. Wo hast du die Unterlagen her?«, frage ich.

»Hab ich dir doch gesagt. Die haben sie verteilt, als wir in den Bus gestiegen sind«, sagt er.

Mist. Über der ganzen Vielleicht-hab-ich-ja-Sex-mit-Derrick-Sache und weil dann auch noch Aven ankam, hab ich doch glatt vergessen, dass ich eigentlich nicht hier sein sollte. Obwohl ich ja bereits im Flieger bin, da lassen die mich doch garantiert nicht wieder aussteigen. Es war überraschend einfach, mich an Bord zu stehlen. Hab denen einfach mein Ticket hingehalten wie alle anderen auch. Keiner von unseren Lehrern hat mich gefragt, warum ich nicht im Bus war. Von wegen Aufsichtspersonen, die haben ja wohl keinen Überblick. Ich meine, ist das nicht ganz schön verantwortungslos?

Immer wieder sehe ich diese Links auf Facebook zu irgendwelchen Artikeln über Kinder und Jugendliche, die von ihrer Schule an irgendwelchen gefährlichen Orten zurückgelassen werden, und ich hab mich immer gefragt, wie zum Teufel das passieren kann. Jetzt ist mir alles klar. Die passen einfach nicht auf. Überhaupt nicht. Aber trotzdem. Nur weil sie beim Boarding so nachlässig waren, sollte ich dennoch nicht die Aufmerksamkeit auf mich ziehen.

»Denkst du, dass sie mich zwingen auszusteigen, wenn

ich nach meiner Zimmerzuweisung frage?«, erkundige ich mich.

»Warum sollten sie dich denn aussteigen lassen?« Derrick klingt geradezu panisch. Hmm. Ich frage mich, warum er vorher so cool war, als er dachte, ich hätte den Bus verpasst. Da hat er einfach seelenruhig sein Gebäck geknabbert. Vermutlich ist er jetzt bloß so nervös, weil er weiß, dass er Sex kriegt.

»Weil ich nicht im Bus war!«, sage ich, leicht genervt. Ist ja logisch, dass er jetzt nur Sex im Kopf hat, aber trotzdem. Schalt doch mal dein Hirn ein.

Über der Rückenlehne des Sitzes vor uns taucht plötzlich ein Kopf auf. »*Hola!*«, sagt eine Stimme. Es ist meine Freundin Juliana. Na ja, *unsere* Freundin Juliana. Zuerst war sie mit Derrick befreundet. Irgendwie. Sie war mit Derricks Freund Jasper zusammen, und als da dann Schluss war, blieb sie mit Derrick befreundet. Und jetzt ist sie auch meine Freundin. Aber auch nur irgendwie. Sie ist nicht die Sorte Freundin, die man einfach so anruft und der man quasi alles anvertraut. Erstens geht sie nie ans Telefon, und zweitens weiß sie nicht, wann Schluss ist. Wenn ich zum Beispiel sie angerufen hätte heute Morgen, dann wäre sie vermutlich gar nicht erst ans Handy gegangen. Und wenn doch, hätte sie mich garantiert nicht mit Derrick reden lassen, bevor sie nicht selbst alles gehört hätte. Sie ist nett. Aber irgendwie viel zu neugierig.

»Und, freuen wir uns drauf, mal so richtig Gas zu

geben?«, fragt Juliana. Manchmal redet sie in der ersten Person Plural.

»Ich schon«, sage ich. »Ich bin definitiv bereit, mal so richtig Gas zu geben.«

Juliana lacht und wirft ihr Haar zurück. Die langen, dunklen Locken werden gegen das Fenster geschleudert.

Ich runzle die Stirn. »Was ist denn so witzig?« Klar bin ich bereit, Gas zu geben.

»Ach, nichts«, meint sie. »Nur, ich stell mir grad vor, wie ihr beide so richtig Gas gebt.«

Sie sieht Derrick an und grinst ihm verstohlen zu.

Ich sehe ihn von der Seite an und merke, dass er unruhig auf seinem Sitz hin und her rutscht. Als wäre ihm irgendwas peinlich. Redet Juliana etwa von unserem Sexleben? Derrick hätte ihr doch nie und nimmer erzählt, dass wir noch nicht miteinander geschlafen haben, oder? Das ist doch total persönlich und privat!

»Wie auch immer«, sagt Juliana. »Ich hab ein Date für heute Abend. Party in meinem Zimmer.« Sie zwinkert uns zu, dann lässt sie sich wieder auf ihren Sitz plumpsen.

Am liebsten würde ich Derrick fragen, wovon sie da redet, aber ich beschließe, es besser nicht zu tun. Was, wenn er Juliana erzählt hat, dass wir noch keinen Sex hatten? Ist ja nicht so, als wäre sie eine Fremde. Sie ist auch meine Freundin. Und außerdem ist mir das nicht peinlich. Gibt ja keinen Grund, sich zu schämen, bloß weil man noch keinen Sex hatte. Und nach diesem Wochenende ist das eh kein Thema mehr.

Jetzt meldet sich der Pilot über den Lautsprecher und weist uns an, sämtliche elektronischen Geräte auszuschalten. Bis jetzt hat es noch keinen der Lehrer gekümmert, dass ich an Bord bin. Die müssen mich auf irgendeiner Liste abgehakt haben, als wir eingestiegen sind, aber mal ehrlich? Ich war nicht im Bus. Interessiert das denn keinen? Ist ja wohl total schlecht organisiert, das Ganze.

»Also«, meint Derrick und beugt sich wieder näher, »wo waren wir stehen geblieben?«

»Dass wir miteinander schlafen wollen«, sage ich. Die Worte fühlen sich fremd und doch so köstlich an auf meiner Zunge. Ich meine, ja, klar hab ich schon mal über Sex geredet, aber nicht darüber, dass *ich selbst* Sex habe. Und zwar schon bald. Ein gefährlicher kleiner Schauer rieselt mir über den Rücken.

»Du willst es also wirklich?«

»Ja«, hauche ich. »Ich will es wirklich.«

Und in dem Moment tippt Beckett Cross Derrick auf die Schulter. »Entschuldige bitte«, sagt er und hält mein Handgepäck hoch, »aber Lyla hat das hier in meinem Motorrad vergessen.«

DREI

Das Problem mit dem Lügen ist, dass etwas total Harmloses mit einem Mal nach weit mehr aussehen kann. Wenn ich Derrick einfach von Anfang an erzählt hätte, dass Beckett mich zum Flughafen gefahren hat, dann hätte es so gewirkt, als hätte ich nichts zu verbergen. Was ja auch tatsächlich so ist. Ich hab nichts zu verbergen.

Dann hätte Derrick es nicht erst rausgefunden, als Beckett einfach im Flieger aufgekreuzt ist mit meinem Koffer in der Hand. Natürlich war es auch nicht eben hilfreich, dass Beckett meinte, ich hätte ihn im Gepäckfach seines Motorrads vergessen. Das war schon sehr zweideutig formuliert. Zu sagen, dass jemand sein Zeug in jemandes Motorrad vergessen hat, das klingt schon sehr rätselhaft und sexy, so als wäre es nach einer heißen Liebesnacht geschehen.

Klar hab ich nicht einfach nur gelogen in Bezug darauf, wie ich zum Flughafen gekommen bin, nein. Ich musste auch noch was erzählen, von wegen, dass ich mein Leben vereinfachen will, statt zuzugeben, dass ich meinen Koffer schlicht vergessen habe. (Das war echt so was von bescheuert. Bin echt schockiert, dass ich das so ungerührt erzählen konnte. Wenn Derrick nicht so aufgeregt gewesen wäre wegen der Aussicht auf Sex mit mir, hätte er mir das keine Sekunde abgenommen. Weil ich nämlich der materialistischste Mensch weit und breit bin, das weiß jeder. Selbst Aven konnte es nicht glauben, und die versucht immer das Gute in den Menschen zu sehen.)

»Ich bin nicht einfach so mit ihm rumgefahren, nicht dass du das denkst«, sage ich. »Beckett war nur zufällig auch an der Schule, als ich zu spät dort ankam, und da hat er mich gefahren.«

»Er hat dich *gefahren?«*, fragt Derrick.

»Ja, ich meine, nein. Soll heißen, ja.« Keine Ahnung, wieso, aber auf einmal bin ich total durcheinander. So, wie er das sagt, klingt es nämlich, als wäre es etwas Schlimmes, dass Beckett mich gefahren hat. Irgendwie doppeldeutig oder so, auch wenn es das nicht ist.

»Na, was denn nun?«, will Derrick wissen.

Wir führen diese Diskussion ausgerechnet in dem Moment, als wir die Lobby des »Sand Dollar Siesta Hotels« betreten. Ein echt unpassender Zeitpunkt für einen Streit, weil ich eigentlich nur noch genießen will, dass ich endlich in Florida bin. Sobald wir den Flughafen verlassen hatten, besänftigte die warme Luft mein Gemüt, und die hohe Luftfeuchtigkeit kitzelte mir in der Nase und gab mir das Gefühl, meine Haut würde sich endlich wieder vollsaugen, etwas, das längst überfällig war.

Den ganzen Flug über saß Derrick mit versteinerter Miene da, während ich mir Mühe gab, nicht daran zu denken, dass Beckett den ganzen Weg zum Flughafen zurückgefahren war, nur um mir meinen Koffer zu bringen. Natürlich ist mir schon klar, dass Beckett nicht allein *meinetwegen* zurückgekommen ist. Schließlich hat er sich am Ende ja doch noch entschieden, mitzufahren. Er wäre nie und nimmer zurückgekommen, nur um mir mein Zeug zu bringen.

Obwohl, wenn ich ganz ehrlich sein soll, der Gedanke, Beckett könnte vielleicht doch allein meinetwegen zurückgekommen sein, macht mich schon leicht nervös. Liegt wohl auch daran, dass er während des Flugs nur ein paar Reihen schräg vor uns saß. Außerdem hat er mir von der Stewardess einen Drink bringen lassen, Cranberrysaft mit Sprite (Pink!), und dazu einen Zettel, auf dem stand: *Pink – Tut mir leid, wenn du meinetwegen Ärger hast. Sag deinem Freund, er soll sich wegen mir keine Sorgen machen. B.*

Natürlich musste ich Derrick den Zettel gleich unter die Nase halten, denn wenn ich es nicht getan hätte, wäre er ja bloß noch misstrauischer geworden. Doch als er das dann las, wurde er noch wütender und wollte wissen, warum die Nachricht an Pink gerichtet war, woraufhin ich ihm erklärt hab, das läge daran, dass Beckett meinen Namen nicht kennt. Ich dachte eigentlich, das würde Derrick besänftigen, denn, mal im Ernst, wie könnte da irgendwas Zwielichtiges im Gange sein, wenn Beckett noch nicht mal weiß, wie ich heiße? Aber das wurmte ihn nur noch mehr. Er war der Ansicht, es wäre sogar noch schlimmer, dass ich wegen eines Typen lüge, der noch nicht mal meinen Namen kennt, und klar wisse Beckett, wie ich heiße, und er habe sicherlich bloß so getan, als wüsste er es nicht, um mich aufzuziehen.

Was ja wohl Quatsch ist, denn wieso sollte Beckett mich aufziehen wollen? Deshalb hab ich zu Derrick gesagt, er würde doch ein wenig spinnen, und dann meinte Derrick wieder, es sei absolut unpassend, wenn ein fremder Kerl mir Spitznamen verpasst, und dann saß er einfach so da und weigerte sich den Rest des Fluges, mit mir zu reden, und das zog er auch noch die ganze Busfahrt vom Flughafen zum Hotel durch.

Er ließ mich sogar mein Gepäck schleppen, was echt nervig war. Hat der noch nie was von höflichem Benehmen und Anstand gehört? Man möchte doch meinen, dass er mir wenigstens den Koffer trägt, wo ich mich praktisch eben erst einverstanden erklärt hab, mit ihm zu schlafen.

»Hallo?«, sagt Derrick nun. »Krieg ich jetzt mal eine Antwort, oder was?«

»Ich hab die Frage vergessen«, gestehe ich ihm ganz offen. Ich bin viel zu abgelenkt, denn während wir gehen, fühlt sich auf einmal an meinem Schuh irgendwas komisch an. Als ich runterschaue, sehe ich, dass der Teil meines Flipflops, der sich zwischen den Zehen befindet, fast abgerissen ist. Na toll. Das hab ich jetzt davon, dass ich andere Schuhe anziehen musste, sobald wir im Bus zum Hotel saßen. Wie kommen Leute, die ihr Leben vereinfachen wollen, eigentlich damit klar, wenn ihre Schuhe kaputtgehen? Obwohl, die tragen vermutlich nicht mal

Schuhe. Oder die, die sie anhaben, sind aus irgendeinem extra robusten Material.

»Die Frage war, warum du mir nicht erzählt hast, dass du mit ihm zum Flughafen gefahren bist? Sieht doch echt so aus, als wolltest du das verheimlichen.«

»Ich wollte nichts verheimlichen.« Mittlerweile humpele ich. »Können wir uns kurz setzen?«, frage ich gereizt. »Mein Schuh fällt auseinander.«

Ich hopse rüber zu einer der Bänke vor dem Hotel und wühle in meinem Handgepäck auf der Suche nach meinen anderen Schuhen. Dann ziehe ich sie endlich raus, ein schlichtes Paar rosa Flipflops.

Derrick nimmt neben mir Platz. »Hör zu«, sagt er, »ich … ich bin nicht sauer. Ich meine, klar, ein bisschen schon, aber … vielleicht sollten wir in Ruhe über all das nachdenken.«

»Worüber nachdenken?« Ich wackle in den neuen Schuhen mit den Zehen. Schon viel besser.

»Du weißt schon, die ganze Sache … mit dem Sex.«

»Du willst über die Sache mit dem Sex nachdenken?«

»Ja. Ich meine, wir müssen uns doch ernsthaft fragen, ob wir wirklich miteinander schlafen sollten, nachdem du mir grad so eine Lüge aufgetischt hast.«

»Ich hab dir keine Lüge aufgetischt!«

»Okay, du hast nicht gelogen, aber du hast mir etwas verschwiegen. Und das ist auch nicht viel besser.« Er seufzt und steht auf. »Ich finde nur, wir sollten nichts überstürzen.«

»Von überstürzen kann doch wohl keine Rede sein«, sage ich. »Wir sind jetzt zwei Jahre zusammen! Wenn man es sich recht überlegt, ist es schon fast lächerlich, dass wir es noch nicht getan haben. Wir sind echt ziemliche Spätzünder.«

»*Ich* bin kein Spätzünder«, sagt er und klingt beleidigt.

Es dauert eine Sekunde, ehe ich begreife, was er da sagt. Dass er kein Spätzünder ist, ich aber schon. Nur weil er keine Jungfrau mehr ist. Nur weil er gleich zu Beginn seines zweiten Jahrs an der Highschool Sex mit Lucia Santos hatte. Kurz bevor wir zusammenkamen.

»Ich meine doch nicht uns speziell«, wiegle ich ab. »Ich will damit nur sagen, dass es in unserer Beziehung eher langsam vorangeht.«

Das macht ihn jetzt richtig sauer. »Du findest, mit unserer Beziehung stimmt was nicht?«

»Nein, das wollte ich damit nicht …«

»Kommt ihr zwei dann mal?«, fordert Mr Beals, mein Bio-Leistungskurs-Lehrer, uns auf. Er steht direkt hinter der automatischen Schiebetür des Hotels und hält nach Nachzüglern Ausschau. »Wir treffen uns im Konferenzzimmer zu einer Informationsveranstaltung.« Seine Augen werden ganz groß, als er mich sieht. »Lyla McAfee«, sagt er. »Warst du denn im Bus?«

»Ja«, schwindle ich. »Aber ich hab keine Zimmerzuweisung bekommen. Ich glaub, irgendwie hat man mich vergessen.«

Er runzelt die Stirn und zieht die Augenbrauen zusammen. Sein Lehrersinn sagt ihm, dass da was faul ist an der Sache, aber er kann mir auch nicht rundheraus vorwerfen, ich würde lügen, weil er dafür keine Beweise hat.

»Mr Beals!«, kreischt Janae Patt, die auf ihn zugerannt kommt. »Kommen Sie schnell. Bruno James hat einen Hautpilz und der ist bestimmt voll ansteckend! Vermutlich haben wir das bald alle! Ich finde, er sollte so schnell wie möglich zum Arzt gehen!«

Mr Beals seufzt. »Okay, Leute«, sagt er zu Derrick und mir. »Bitte kommt mit rein. Lyla, deine Zimmernummer kriegst du gleich. Aber kommt jetzt bitte mit rein.«

Ich will schon fast einen Witz machen, von wegen, dass ich nicht da reinwill, wenn Bruno James einen Hautpilz hat, aber irgendwas an Mr Beals Gesichtsausdruck hält mich davon ab. Der arme Kerl wird unsere Zeit hier in Florida keine Sekunde genießen können, weil er sich mit uns Idioten rumschlagen muss.

Ich stehe auf. »Kommst du?«, frage ich Derrick. Ich trete einen Schritt auf ihn zu, lege ihm die Arme um die Hüfte und sehe zu, dass ich auch ja meine Brüste an ihn ranpresse. Wow. Seit wann bin ich denn so ein sexbesessenes Biest? »Lass uns später drüber reden. Nach dem Treffen können wir doch auf unsere Zimmer gehen und unser Badezeug anziehen. Und dann machen wir uns auf zum Strand.«

»Nein«, sagt Derrick. Er greift nach meinen Armen und schiebt sie weg.

»*Nein?*«

»Nein.« Er schüttelt den Kopf. »Tut mir leid, Lyla, aber ich brauch Zeit, um über all das nachzudenken. Ich schick dir später eine SMS, okay?« Damit küsst er mich auf die Stirn (die Stirn! Was soll das denn bitte???), ehe er sich an mir vorbeischiebt und das Hotel betritt.

Die Informationsveranstaltung ist der reinste Witz. Da erzählen die uns was von Regeln, an die sich eh keiner halten wird, und dann wird das Ganze auch noch verkürzt wegen des Skandals um Bruno James' Hautpilz. Wie sich rausstellt, hat man mir Zimmer 217 zugeteilt, was echt nett ist, weil die ganzen Zimmer im zweiten Obergeschoss Balkone mit Blick aufs Meer haben. Als ich das Zimmer betrete, ist keine meiner Mitbewohnerinnen da, daher nehme ich mir eine Sekunde, um raus auf den Balkon zu gehen und den Ausblick zu genießen.

Da ist kilometerweise weißer Strand in beide Richtungen, gesprenkelt mit bunten Sonnenschirmen. Viel los da unten, aber so schlimm ist es gar nicht – da sind gerade mal so viele Leute, dass es aussieht, als wäre was los, aber auch nicht so viele, dass es überfüllt wirkt und man nicht mehr wüsste, wo man sein Handtuch hinlegen soll. Apropos, ich habe gar kein Handtuch dabei. Hmm.

Ich schaue runter auf das Blatt Papier in meiner Hand, das Mr Beals mir vorhin ganz geistesabwesend überreicht hat, während er Bruno James' Bein begutachtete. Und das sah eindeutig so aus, als hätte er einen Hautpilz. Als hätte der sich in seine Haut gefressen, und zwar kreisrund.

Wie ein Wurm. Mr Beals wirkte ernsthaft verstört. Als ich ihn stehen ließ, um mir mein Zimmer anzusehen, riefen sie gerade den Hotelarzt, um sich ein Bild zu machen.

Lyla McAfee, steht auf dem Papier. *Zimmer 217*. Ich wüsste nur zu gern, mit wem ich mir das Zimmer teile. Da ich meine Zuteilung erst verspätet erhalten habe, hat Mr Beals mir die Nummer einfach auf ein Stück Papier gekritzelt.

Es handelt sich um ein Dreierzimmer mit einem Doppelbett und einem Zustellbett. Ich frage mich, ob es wohl unhöflich ist, wenn ich mein Zeug einfach auf eins der großen Betten werfe, ehe meine Zimmergenossinnen hier eintreffen. Ich meine, heißt es nicht immer, wer zuerst kommt, mahlt zuerst? Andererseits, das Letzte, was ich möchte, ist, dass sie sauer auf mich sind, weil ich es einfach für mich beanspruche.

Ich hole tief Luft und setze mich auf eins der Betten. Mein Handgepäck lasse ich auf dem Boden stehen, sodass es so aussieht, als hätte ich Anspruch auf das Bett angemeldet, ohne es mir gleich unter den Nagel zu reißen. Die Türen zum Balkon stehen offen, eine leichte Brise weht ins Zimmer. Da liegen eine teuer aussehende Flasche Wasser und eine verführerisch süß wirkende Clementine auf meinem Kissen, zusammen mit einem winzigen silbernen Anhänger in Form einer Sonne. *Willkommen in Florida,* steht da in knallgrüner Schrift, *dem Sonnenstaat*.

Alles hier ist so schön fröhlich und leuchtend!

Aber ich fühle mich alles andere als fröhlich.

Ich kann an nichts anderes denken als an Derrick.

Was soll ich denn jetzt tun, bis er sich bei mir meldet? Und was ist mit seinem Handy? Er meinte doch, es sei tot. Wie lange wird es dauern, bis er es aufgeladen hat? Zwanzig Minuten? Eine Stunde? Steckt er es gleich ein, sobald er in sein Zimmer kommt? Schreibt er mir die SMS, noch während es lädt, oder wird er abwarten, bis es vollständig aufgeladen ist? Vermutlich wartet er, bis der Akku voll ist. Jungs sind so, total bescheuert. Womöglich ist ihm nicht mal klar, dass er mir auch schreiben kann, während das Ding noch eingesteckt ist. Wahrscheinlich weiß er nicht …

Die Tür zum Zimmer fliegt auf und Quinn Reynolds steht vor mir. Oh mein Gott. Erst Aven am Flughafen, und jetzt auch noch Quinn. Was soll das hier werden, bin ich in einem Albtraum gelandet?

Sie mustert mich von oben bis unten mit ihren unterkühlten blauen Augen. Ich kenne sie gut, diese Augen, denn ich weiß noch, wie Michael Masters Quinn in der siebten Klasse gestand, dass er ihre Augen wunderschön fand. Und ich war so eifersüchtig damals, dass ich es kaum aushielt. Ich bin danach nach Hause und hab meine Mom angebettelt und -gefleht, mir farbige Kontaktlinsen zu kaufen, aber sie hat sich geweigert. Ich brauche ja eigentlich gar keine Kontaktlinsen, weil ich perfekt sehe. Aber ich hatte im Internet eine Anzeige gesehen, in der erklärt wurde, man könne sie selbst dann tragen, wenn man keine Sichtkorrektur benötigte.

Mir schien es nur so unfair, dass Quinn diese wunderschönen Augen hatte, wo sie doch nicht mal an Jungs interessiert war. Sie hatte nur die Schule im Kopf. Und dass sie nach Stanford wollte. Und … irgendwas werden wollte, ich weiß nicht mehr was. Erst war es Ärztin, dann Anwältin, dann Steuerberaterin, dann Chirurgin und dann irgendeine Art von Genetikexpertin. Sie hätte sich nie mit einem normalen Beruf zufriedengegeben wie Lehrerin oder so. Nein, für Quinn musste es schon was Glamouröseres sein.

Zumindest was ihre berufliche Karriere betraf.

»Du willst mich wohl verarschen«, sagt sie jetzt. Sie lässt ihren Koffer zu Boden fallen, geht ins Badezimmer und schließt die Tür hinter sich.

Nun ja.

Das ist definitiv nicht die Quinn, wie ich sie kenne. Die Quinn von früher war immer darauf bedacht, keinen zu verärgern, und sagte immer das Richtige. Sie tat auch immer das Richtige, selbst wenn das nicht ganz einfach oder auch unbequem war.

Nur eben nicht, als sie mein Geheimnis verraten hat.

Das Geräusch von fließendem Wasser dringt durch die Badezimmertür und dann kommt sie wieder raus. Sie sieht mich nicht an, sondern durchquert das Zimmer, geht zu ihrem Koffer, hebt ihn hoch und wuchtet ihn auf das andere Bett.

»Ich nehme an, das Bett ist deins?«, fragt sie, während sie sich durch ihre Klamotten wühlt.

»Äh, tja, weiß nicht so recht. Ich meine, ich wollte es mir nicht nehmen, bevor nicht alle hier sind, daher dachte ich, vielleicht …«

»Na, wie auch immer«, fällt sie mir unwirsch ins Wort. »Du kannst es haben. Soll Aven doch auf dem Klappbett schlafen.«

»Aven?«

»Genau.« Quinn zieht einen blauen Bikini aus ihrem Koffer, eine durchsichtige weiße Strandtunika und ein Paar perlenbesetzter Flipflops. »Sie ist mit uns im Zimmer.«

»Jetzt verarschst aber du mich.« Wer ist denn eigentlich verantwortlich für die Zimmervergabe? Denjenigen würde ich gerne treffen, der muss nämlich echt einen kranken Humor haben. Nicht dass einer von den Lehrern davon wüsste, dass Quinn, Aven und ich mal beste Freundinnen waren. Obwohl, vielleicht doch. Dann ist das jetzt die Rache dafür, dass sie auf diese Abschlussfahrt mitmussten, ohne Spaß haben zu können.

»Jep«, sagt Quinn. Sie schüttelt traurig den Kopf. »Offensichtlich lebt sie immer noch in ihrer eigenen Fantasiewelt.«

»Was meinst du damit?«

»Aven war verantwortlich für die Zimmerzuweisungen. Sie ist doch beim Schüler-Aktionskomitee.«

»Schüler-Aktionskomitee?« Nie davon gehört. »Wusste gar nicht, dass es so was wie ein Schüler-Aktionskomitee gibt.«

»Das überrascht mich nicht«, sagt Quinn, wieder begleitet von einem Kopfschütteln.

»Und was soll das jetzt heißen?«

»Nichts. Nur dass du manchmal nicht viel von dem mitkriegst, was um dich herum vorgeht.«

»Ja, klar«, sage ich. »Und du kümmerst dich manchmal etwas zu viel um das, was um dich herum passiert.«

Sie macht den Mund auf, um etwas zu erwidern, doch dann wird ihr offenbar klar, was ich damit meine. Unseren Streit. Dass sie mein Geheimnis verraten hat, dass sie um ein Haar mein gutes Verhältnis zu meiner Mom ruiniert hätte, dass sie vielleicht der Grund ist, weshalb ich schon seit mehr als zwei Jahren nicht mehr mit meinem Dad rede.

»Wie auch immer«, meint Quinn und verschwindet erneut im Badezimmer. Als sie wieder rauskommt, trägt sie den Bikini und die Tunika, dazu die Flipflops mit den Perlen und einen braunen Schlapphut. Der Hut sieht lächerlich aus, aber Quinn hat helle Haut (die perfekt zu diesen wunderschönen blauen Augen passt) und muss immer vorsichtig sein, dass sie sich keinen Sonnenbrand holt.

»Schicker Hut«, sage ich, nur um sie zu ärgern.

Doch entweder entgeht Quinn mein sarkastischer Unterton oder es ist ihr egal. Sie fängt an, ihre Klamotten aus dem Koffer zu räumen, und faltet ein Teil nach dem anderen ganz sorgfältig neu zusammen, ehe sie alles in die oberste Schrankschublade legt.

»Du packst aus?«, frage ich.

»Ja, Lyla, ich packe aus. So was macht man eben, wenn man irgendwo hinkommt, wo man übernachten will. Ist nicht eben üblich, dass man sein Zeug rumfliegen lässt wie ein Hooligan, auch wenn ich mir gut vorstellen kann, wie reizvoll das ist.«

Ich will ihr schon erklären, dass es lächerlich ist, im Hotel seinen Koffer auszupacken, dass das kein Mensch tut, vor allem dann nicht, wenn man nur ein paar Nächte bleibt. Aber ich bin mir gar nicht sicher, ob das wirklich so ist. Bin ich hier diejenige, die sich seltsam benimmt? Packt echt jeder im Hotel seinen Koffer aus?

Ein Piepen ertönt, als jemand die Karte durch den Türöffner unseres Zimmers zieht. Die Türklinke geht nach unten und Aven kommt rein. Sie sieht sich im Zimmer um. Ich funkle sie an, um ihr meinen Unmut darüber zu zeigen, dass sie uns zu Zimmergenossinnen gemacht hat. Aber falls ihr die Sache unangenehm ist, lässt sie sich das nicht anmerken. Im Gegenteil, sie versucht noch nicht mal zu verschleiern, wie glücklich sie darüber ist. Ihre Wangen sind ganz rosig, ihr Haar ist leicht zerzaust, und ihre Augen leuchten. Sie wirkt leicht erhitzt, so als wäre sie die Treppe hierher hochgelaufen.

Als sie bemerkt, dass Quinn und ich schon jede eins der Betten belagert haben, wappne ich mich für eine Auseinandersetzung. Tja, wenn sie deswegen jetzt ausflippt, nehm ich trotzdem auf keinen Fall das Feldbett. Das soll schon schön Aven nehmen, dafür, dass sie uns diesen Schlamassel hier eingebrockt hat. Nicht dass ich ein Problem damit hätte, auf dem Klappbett zu schlafen – vermutlich verbringe ich ja sowieso den Großteil meiner Zeit bei Derrick auf dem Zimmer. (Na ja, zumindest sobald wir uns wieder versöhnt haben.) Jetzt, da ich weiß, dass ich mir das Zimmer mit Aven und Quinn teile, ist klar, dass ich es wohl kaum für mich allein haben werde. Die beiden bitte ich bestimmt nicht um einen Gefallen.

Wir werden eben Derricks Zimmer benutzen müssen. Sollte kein Problem sein, auch wenn Beckett jetzt doch da ist. Tatsächlich schuldet Beckett mir ja noch was, weil er mir den Ärger mit Derrick eingebrockt hat, also wird er uns das Zimmer bestimmt bereitwillig für ein paar Stunden überlassen. Ein paar Stunden? Wird es denn so lange dauern?

Nicht der eigentliche Sex, logo. Ich meine, klar weiß ich, dass das nicht gleich mehrere Stunden dauert. Oder doch? Die Vorstellung ist irgendwie beunruhigend. Aber wir sollten doch wohl vorher erst mal zusammen essen oder so was, draußen auf dem Balkon vielleicht. Oooh, vielleicht ein Candle-Light-Dinner? Derrick könnte einen Hummer oder so von unten bestellen (wenn es da so was wie ein Restaurant überhaupt gibt – ich mach mir eine geistige Notiz, das zu überprüfen), der kommt dann ganz frisch aus dem Meer, und dann sitzen wir auf dem Balkon und essen und atmen die salzige Luft.

Vielleicht will er dann sogar noch Schokoladentorte (mein Lieblingskuchen) zum Dessert bestellen, aber wenn wir mit der Hauptspeise fertig sind, sind wir bestimmt schon viel zu aufgeregt, und das war's dann: »Überspringen wir das Dessert doch lieber, was meinst du?« Und dann fangen seine Augen an zu leuchten, wie sie das immer tun, wenn er sich freut, und dann nimmt er meine Hand und führt mich zum Bett, und dann …

»Schätze, ich nehm also die Klappliege«, sagt Aven, und sie klingt kein bisschen angepisst deswegen. Sie wirft ihre Sachen auf das Beistellbett, dann steht sie vor uns und ringt mit den Händen. »Ich will nur, dass ihr beide wisst, wie sehr ich mich freue, dass wir uns ein Zimmer teilen.«

Quinn und ich starren sie ausdruckslos an.

»Ich finde, es würde uns allen guttun, wenn wir ein wenig Zeit miteinander verbringen«, fährt Aven fort. »Ich weiß, dass unser kleines Missverständnis ein bisschen aus dem Ruder gelaufen ist, aber jetzt, wo wir kurz vor dem Abschluss stehen, finde ich, es ist an der Zeit, dass wir das hinter uns lassen.«

Ich kann nicht anders, ich muss lachen. »Das ist es also, wofür du es hältst? Ein kleines Missverständnis?« Klar, wenn die Definition eines kleinen Missverständnisses die ist, dass die beiden besten Freundinnen, denen man etwas im Vertrauen erzählt hat, die Klappe nicht halten können und dieses Geheimnis ausplaudern, wodurch sie dir um ein Haar dein Leben ruinieren …

»Mir ist klar, dass du immer noch verletzt sein musst, Lyla«, sagt Aven, und ihr Tonfall wird nun ernster. »Doch Quinn und ich wollten dir nie wehtun.«

»Sprich du hier nicht für mich«, sagt Quinn.

Ich funkle sie an. »Du wolltest mich also schon verletzen?«

»Ist doch egal«, sagt Quinn. »Ich hab keinen Bock auf das Ganze hier. Mich kümmert das alles nicht. Es nimmt ungefähr so viel Raum ein in meinem Kopf.« Sie hält die Finger hoch, ungefähr einen Zentimeter auseinander, um zu zeigen, wie wenig es sie tatsächlich interessiert. Und dann, ohne ein weiteres Wort zu verlieren, dreht sie sich um und verlässt das Zimmer. Eine Sekunde später steckt sie den Kopf noch einmal zur Tür herein.

»Lass die Finger von meinem Zeug, Aven«, sagt sie. »Ich weiß ja, dass du dir gern Sachen borgst von anderen Leuten.« Sie wirft uns ein breites, total gekünsteltes Lächeln zu, dann marschiert sie davon.

Einen Augenblick bebt Avens Unterlippe, so als würde sie gleich losheulen. »Lyla«, sagt sie, »können wir nicht …«

Ich hebe abwehrend die Hand. »Nein«, sage ich. »Machen wir es kurz. Ich wollte dir damals nicht verzeihen, ich will es auch heute nicht. Also spar dir dein dummes Gerede.«

Ihre Augen füllen sich mit Tränen, doch sie schluckt sie hinunter. »Vergiss es«, sagt sie in bitterem Ton. »Vergiss es einfach. War echt dämlich von mir, zu glauben, du könntest dich auch nur im Geringsten verändert haben.«

»*Ich?*«, frage ich ungläubig. »Ich soll mich verändern?«

»Du kapierst es einfach nicht, Lyla. Du willst es nicht kapieren. Bist genauso egoistisch wie eh und je.« Damit macht auch sie kehrt und verschwindet zur Tür raus, die sie lautstark hinter sich zuschlägt.

Kurz sitze ich wie benommen da. Wie konnte es nur so weit kommen? Heute Morgen schien alles noch so … keine Ahnung, voller Möglichkeiten. Ich war kurz davor, auf Abschlussfahrt nach Florida zu gehen, um meine Jungfräulichkeit an meinen Freund zu verlieren, der mich liebt. Und jetzt habe ich mich total gefetzt mit eben diesem Freund und sitze hier ganz mutterseelenallein in einem Hotelzimmer. Einem Zimmer, das ich mir mit meinen beiden ehemaligen besten Freundinnen teilen muss. Ist doch echt lächerlich.

Ich nehme mein Handy hoch und überlege, ob ich Juliana anrufen soll. Obwohl ich nicht wirklich in der Stimmung bin, mit ihr abzuhängen, erst recht nicht nach dem Kommentar im Flugzeug. Aber wenn nicht Juliana, mit wem soll ich dann meine Zeit verbringen? Nachdem die Freundschaft zwischen Aven und Quinn und mir in die Brüche gegangen war, fiel es mir schwer, neue Freundinnen zu finden. Es war nicht etwa so, dass ich mich einfach nur einer anderen Clique anzuschließen brauchte. Sie alle hatten ihre gemeinsamen Erinnerungen und Geschichten und Insiderwitze und Dinge, die sie verbanden. Ziemlich bald nach meinem Zerwürfnis mit Aven und Quinn fing ich dann an, mich mit Derrick zu treffen, und ich verbrachte so viel Zeit mit ihm, dass ich mir wohl gar keine Gedanken darüber machen musste, mir neue Freundinnen zu suchen.

Wieder schnappe ich mir mein Handy, um noch mal nachzusehen, ob Derrick auch ja nicht geschrieben oder angerufen hat. Keine Nachrichten. Kein verpasster Anruf. Ob ich ihm eine SMS schicken soll? Oder ihn anrufen? Vielleicht sollte ich auch einfach zu ihm gehen. Wie war doch gleich seine Zimmernummer? Ich glaube, er hat was von 145 gesagt.

Klar wäre das ein bisschen aufdringlich, weil er mich ja praktisch gebeten hat, ihn in Ruhe zu lassen. Es sei denn, ich ziehe meinen unangemessenen Bikini an. Das könnte ihn vielleicht dazu bringen, zu beschließen, dass er jetzt genug über die Sache mit uns nachgedacht hat, dass er genug Zeit hatte, sich meine Lügen durch den Kopf gehen zu lassen. Ich ziehe den Bikini aus dem Koffer und lege ihn aufs Bett.

Beckett wird auch da sein, flüstert eine leise Stimme in meinem Kopf.

Na und? Mir doch egal, wenn Beckett mich im Bikini sieht. Ich meine, ich hatte ja eh vor, ihn vor all den Fremden am Strand zu tragen. Außerdem ist Beckett wahrscheinlich sowieso nicht da. Weil Derrick ihm eine reingehauen hat, sobald er dort ankam. Wahrscheinlich hat er so was gesagt wie: »Halt dich bloß von meiner Freundin fern, Beckett!«, und auch wenn Beckett nicht im Geringsten an mir interessiert ist, hat das Derrick bestimmt nicht davon abgehalten, ihn bewusstlos zu schlagen.

Der Gedanke, zwei Jungs könnten sich meinetwegen

prügeln, ist irgendwie schmeichelhaft. Mir ist ja klar, dass Gewalt nie eine Lösung ist, aber …

Als es an der Tür klopft, springe ich wie von der Tarantel gestochen auf.

Derrick!

Ich streiche mir das Haar glatt und arrangiere es so um die Schultern, dass es mein Gesicht perfekt umschmeichelt.

Dann reiße ich die Tür auf.

Aber es ist nicht Derrick.

Es ist Beckett.

»Hey, Pink«, sagt er, lässig gegen den Türrahmen gelehnt. »Na, wie geht's?«

VIER

Ich werde jetzt nicht auf seinen Bizeps starren, ich werde nicht auf seinen Bizeps starren, ich starre nicht auf seinen Bizeps. Das wiederhole ich wieder und wieder, wie ein Mantra. So wie Beckett da steht, den Arm gegen den Türrahmen gestützt, sieht er nämlich total muskulös und echt schnuckelig aus.

Okay. Tief durchatmen. Ich muss ihn so schnell wie möglich wieder loswerden. Ja, er hat mir einen Gefallen getan, indem er mich heute Morgen zum Flughafen gefahren hat, aber er hat auch alles vermasselt, weil er mir diesen dämlichen Zettel im Flieger hat zukommen lassen. Wer tut denn so was?

»Was willst du?«, frage ich, und ich gebe mir Mühe, meine Stimme kurz angebunden klingen zu lassen.

Er zuckt die Schulter. »Wollte nur sehen, ob du deine Sachen bekommen hast.« Er drängt sich an mir vorbei in den Raum. »Hübsches Zimmer«, sagt er und sieht sich um.

»Du hast doch bestimmt fast das gleiche.« Die Tür lasse ich offen, weil ich nicht will, dass er denkt, er könnte einfach hier reinspazieren und dann, na ja, hier *rumhängen*.

Er soll sich wieder verziehen. Was, wenn Derrick vorbeikommt? Das wäre die reinste Katastrophe. Ich strecke meinen Kopf raus in den Flur, um sicherzugehen, dass keiner ihn hier hat reinkommen sehen. Puh. Die Luft ist rein.

»Nein, es ist anders.« Beckett durchquert das Zimmer und geht direkt raus auf den Balkon. »Nette Aussicht«, höre ich ihn sagen.

Wenn er denkt, ich folge ihm jetzt nach draußen, dann hat er sich geschnitten. Er ist wie ein Hund – wenn man ihn belohnt für sein Verhalten, dann denkt er, er kann sich alles erlauben. Ein paar Sekunden verstreichen, eine halbe Minute, eine Minute, dann zwei. Was um Himmels willen treibt er da draußen?

»Tja«, sage ich ganz laut, »danke, dass du nach mir gesehen hast, aber ich bin quasi auf dem Sprung.«

»Was?«, ruft er. »Ich kann dich nicht verstehen.«

Daraufhin atme ich tief durch die Nase ein und durch den Mund wieder aus. Ist ein Trick, den ich letztes Jahr in meinem Yogakurs gelernt habe. War ein Sport-Wahlfach, irgendwie ein Witz. Wie soll man sich entspannen und in den totalen Zen-Zustand übergehen, wenn man in einer stinkigen Schulturnhalle hockt, während nebenan hinter der Trennwand die Jungs Basketball spielen?

»Ich sagte, ich bin auf dem Sprung«, rufe ich. »Wir sehen uns dann später.« Ist natürlich gelogen. Ich hab ganz bestimmt nicht vor, ihn später noch mal zu treffen. Warum sollte ich ihn später noch mal sehen wollen? Will ich ihn später noch mal sehen? Gott, diese Abschlussfahrt fängt echt gar nicht gut an.

»Aber wir sehen uns doch jetzt«, ruft er zurück. Er klingt ernsthaft verwirrt.

Tja. Wie auch immer. Ich gehe nicht da raus. Er kann meinetwegen gern da auf dem Balkon rumsitzen. Bis in alle Ewigkeit. Ich dackle ihm garantiert nicht hinterher wie ein krankes Hündchen. Bestimmt ist er das gewöhnt, von den ganzen dämlichen Mädels, mit denen er schon zusammen war. Bestimmt erwartet er, dass ich ihm jetzt auch hinterherrenne. Ha! Da ist er aber leider auf dem Holzweg!

»Mir ist aufgefallen, dass du absolut unangemessene Badesachen da auf deinem Bett liegen hast«, ruft er. »Willst du die demnächst anziehen?«

Ich renne raus auf den Balkon.

»Was?«

Er hat sich seitlich übers Geländer gelehnt und atmet die frische Luft ein. Eine Palme raschelt im Wind, der den Geruch nach Sand und Strand und Meer durch die schwüle Luft treibt. Ich fasse es nicht, dass ich an diesem wunderschönen Ort bin und mich mit so was rumschlagen muss.

»Hör mal«, sagt er und dreht sich um, »ich will dich ja nicht verurteilen oder so. Ich finde nur, wenn du die Sorte Bikini trägst, um die Jungs auf dich aufmerksam zu machen, dann angelst du dir damit die falschen Typen.«

»Ich muss die Jungs nicht auf mich aufmerksam machen«, sage ich. »Schließlich hab ich einen Freund.«

»Also brauchst du einen knappen Bikini, um seine Aufmerksamkeit zu bekommen?«

»Nein!«

Er runzelt die Stirn. »Dann willst du also doch, dass andere Jungs auf dich aufmerksam werden?«

»Nein!« Ich brauche eine Sekunde, um meine Gedanken zu sortieren. »Ich trage den Bikini einfach für mich selbst.«

»Für dich selbst?«

»Klar, du weißt schon, es gibt mir ein gutes Gefühl.« Ist natürlich eine richtig abgedroschene Antwort. Klar würde ich so einen Bikini nicht bloß deswegen tragen, um mich gut darin zu fühlen. Kein Mensch fühlt sich ernsthaft wohl in einem solchen Teil, es sei denn, man ist Bikinimodel! Ansonsten macht man sich doch dauernd Gedanken, ob man dick aussieht darin, und zieht den Bauch ein.

»Du musst einen solchen Bikini tragen, damit du dich selbst gut findest?«

»Weißt du was?«, sage ich gereizt. »Meine Badesachen gehen dich einen Dreck an.«

Er nickt mit ernster Miene. »Auch wieder wahr.«

»Okay, wenn du mich dann bitte entschuldigen würdest? Ich werde erwartet.«

»Wo denn?«

»Wollte gerade meine Freundin Juliana anrufen«, sage ich. »Sie gibt heut Abend eine Party, dazu muss ich sie noch was fragen.«

»Vergiss die Party«, meint Beckett kopfschüttelnd. »Triff dich doch lieber mit mir.«

»Du machst Witze«, sage ich. »Mit dir gehe ich garantiert nirgends hin.«

»Warum denn nicht?« Er wirkt verwundert.

»So halt.« Ich verschränke die Arme vor der Brust und sehe ihn an. »Du bist echt gruselig.«

»Ich bin *gruselig?*«

»Genau«, sage ich und fange an, ihm die Gründe an meinen zehn Fingern aufzuzählen. »Erstens fährst du Motorrad. Zweitens kreuzt du einfach so ohne Vorwarnung hier auf. Und drittens interessierst du dich für meine Badesachen.« Wieder hole ich yogamäßig Luft. »Ganz zu schweigen davon, dass man bei dir immer das Gefühl hat, als würde man mit einem Dreijährigen reden.«

»Ja, klar, und wenn man mit dir redet, denkt man, man hat es mit einer Vierzigjährigen zu tun. Du solltest dich echt mal locker machen.« Aber er klingt kein bisschen beleidigt. Oder entnervt. Oder sonst was. Er klingt lediglich … amüsiert. Und er mustert mich mit einem schiefen Grinsen im Gesicht, als wüsste er ein Geheimnis über mich.

Ich muss daran denken, dass er meinen unangemessenen Bikini entdeckt hat. Und dann fällt mir ein, dass er mich gefragt hat, ob ich den bald tragen will. Ich bekomme eine Gänsehaut an den Armen, weshalb ich noch mal einen langsamen, tiefen Atemzug tue. »Ich finde, du solltest jetzt gehen.« Doch meine Stimme klingt nicht so, als würde ich das absolut ernst meinen.

»Und ich finde, du solltest mit mir kommen«, sagt er,

wieder mit diesem Grinsen im Gesicht. Das macht mich wahnsinnig. Dann schüttelt er den Kopf. »Obwohl, vergiss es. Ich *weiß*, dass du mit mir kommen wirst.«

»Ach ja? Und warum das?« Gott, er ist ja so was von eingebildet.

»Darum«, sagt er und zuckt die wunderbar geformten Schultern. »Ich weiß nämlich, wo Derrick steckt.«

»Derrick ist auf seinem Zimmer.«

»Nein, ist er nicht. Er ist mit Lincoln Shrute rausgegangen.«

»Wo sind sie denn hin?« Ein Anflug von Panik regt sich in meiner Brust.

»Komm mit mir«, sagt Beckett, »dann zeige ich es dir.«

»Du lügst doch. Derrick wäre nicht ohne mich gegangen.« Wäre er nicht. Derrick tut so was nicht. Er tut das nicht … einfach so gehen. Nicht ohne anzurufen oder mir eine SMS zu schreiben, damit ich Bescheid weiß. Er ist … er ist kein normaler Freund. Er ist *nett*.

Er meinte, er bräuchte ein bisschen Zeit.

Beckett zuckt die Achsel. »Du musst mir ja nicht glauben. Aber wenn ich jetzt gehe, und du liegst falsch, dann siehst du ihn den Rest des Tages nicht mehr. Willst du das wirklich riskieren?«

Ich hole tief Luft.

Vor dem Abschluss werde ich … lernen zu vertrauen.

Diese dämliche E-Mail. Warum zum Teufel muss ich jetzt daran denken? Ich *traue* Beckett nicht. Und außerdem, in der Mail stand nichts davon, dass ich irgendwelchen zwielichtigen Typen vertrauen soll, mit denen ich nie was zu tun hatte. Oder doch? Langsam bin ich echt verwirrt. Ich glaube, das schwüle Klima setzt mir zu.

»Na schön«, sage ich und schnappe mir meine Tasche, die auf dem Nachtkästchen liegt. »Ich komme mit. Aber du bringst mich direkt zu Derrick. Keine Spielchen.«

Beckett sieht mich an, als wäre ich total plemplem. »Ich halte nichts von Spielchen«, sagt er.

Das ist natürlich gelogen.

Aber was habe ich für eine Wahl?

Ich schüttle den Kopf und folge ihm aus meinem Zimmer.

Ehe wir den Lift erreicht haben, schicke ich noch eine SMS an Derrick.

Wo steckst du?

Vertrauen hin oder her, man muss schon zusehen, dass man sich nach allen Seiten hin absichert.

Der Bürgersteig draußen vor dem Hotel leuchtet orange und pink, was ihm ein recht tropisches Flair verleiht. Das ist echt hübsch, etwas, das man im Nordosten niemals zu Gesicht bekommen würde, wo Grau und Beige die vorherrschenden Farben zu sein scheinen, wenn es um Architektur geht.

Sobald meine Füße den ersten Schritt darauf wagen, klingelt mein Handy. Meine Mom.

Ich bin schon versucht, den Anruf auf die Mailbox gehen zu lassen. Aber wenn ich jetzt nicht rangehe, flippt meine Mutter vielleicht aus vor Sorge. Für so was ist sie absolut der Typ – wenn sie mich mal eine Minute nicht erreicht, reagiert sie gleich vollkommen überzogen, zum Beispiel könnte sie in der Schule anrufen, um rauszufinden, wo ich stecke. Man möchte meinen, das müsse bedeuten, dass sie sich wahnsinnig für mein Leben interessiert, aber tatsächlich ist genau das Gegenteil der Fall – die meiste Zeit ist meine Mom zum Essen aus, und wenn sie mich dann mal nicht erreicht, bringt sie das so schlagartig zurück in die Realität, dass sie sofort denkt, sie hat mich irgendwo vergessen.

»Wer ist es?«, erkundigt Beckett sich total neugierig.

»Niemand.« Meine Hand zögert über der Taste. Soll ich sie wegdrücken? Ich will nicht, dass Beckett mitkriegt, wie ich mit meiner Mom telefoniere. Erstens weil ich werde lügen müssen, und zweitens weil es einfach … keine Ahnung, seltsam ist, wenn ein Kerl einen bei einem Telefonat mit den Eltern belauscht.

Schließlich seufze ich und gehe ran. »Oh, hi, Mom!«, melde ich mich fröhlich. Schnell gehe ich im Kopf die Liste an Dingen durch, zu denen sie mich befragen könnte, und versuche dann alles schon zu beantworten, ehe sie ihre Fragen stellt. »Der Flug war großartig, bin problemlos hier angekommen, alles bestens!« Meine Stimme klingt ein klein wenig zu hektisch.

»Oh, gut«, sagt sie. »Ich bin ja so froh. Das mit dem späteren Bus hat also geklappt?«

»Mhmmm.«

»Hi, Lylas Mom!«, brüllt Beckett.

»Wer war das denn?«, will meine Mutter wissen.

Ich achte nicht auf sie. »Also, äh, wir wollen gleich runter ans Meer. Du weißt schon, um uns mit der Tierwelt hier zu beschäftigen. Meerestiere und so.«

»Oh, das klingt ja nett«, sagt sie.

»Und wie.«

»Komm schon, Lyla!«, ruft Beckett. »Wir sollten los, die Meerestiere warten nicht auf uns. Die müssen auch wieder weiter.«

»Wer ist das?«, fragt meine Mom wieder. »Ist das Derrick?«

»Äh, nein, das ist bloß … mein Teampartner. Beim Projekt Meerestiere. Ist auch egal, ich muss los. Ruf später noch mal an, okay?« Ich bin überzeugt, dass sie auf keinen Fall später noch mal anruft, weil sie sofort wieder nur an sich denkt, sobald sie aufgelegt hat.

»Meerestiere?«, fragt Beckett amüsiert.

»Klar«, sage ich und werfe ihm einen warnenden Blick zu, nicht weiter nachzufragen. »Ich musste ja irgendwas sagen, um sie loszuwerden.«

»Hey, ich sag ja gar nichts.« Abwehrend hält er die Hände hoch, als wäre es ihm wirklich herzlich egal, was ich meiner Mom so erzähle. Dabei klang er durchaus so, als würde er das nicht gutheißen. »Auch wenn dein Verhalten echt fragwürdig ist.«

Mit offenem Mund starre ich ihn an. »Ich verhalte mich nicht fragwürdig!«

»Irgendwie schon.«

»Inwiefern ist das denn fragwürdig?«

»Erst tischst du deiner Mom eine fette Lüge auf, von wegen, es gäbe einen späteren Bus. Dann steigst du zu mir aufs Motorrad, obwohl du mich gar nicht kennst. Und schließlich erzählst du deiner Mutter auch noch was von einem Meerestiere-Projekt, das absolut erfunden ist.« Er zählt die Gründe an den Fingern auf. »Oh! Und du hast unangemessene Badebekleidung dabei.«

»Aber das ist doch nicht fragwürdig«, sage ich. »Sondern eher cool.«

Er grinst. »Volltreffer.«

Doch ehe ich was erwidern kann, entdecke ich etwas am anderen Ende der Straße, das mich innehalten lässt.

Juliana. Sie hält eine Plastiktüte in der Hand und spricht ganz aufgeregt in ihr Handy. Ich bin wie erstarrt. Oh Gott. Das Letzte, was ich jetzt gebrauchen kann, ist, dass Juliana mich mit Beckett zusammen sieht. Das tratscht sie ganz bestimmt gleich an Derrick weiter. Sie kann einfach nicht die Klappe halten.

Ich sehe zu, wie sie auf dem Gehweg stehen bleibt und die Augen gegen die Sonne abschirmt. Keine Ahnung, ob sie mich sieht oder ob sie was anderes betrachtet.

»Scheiße«, fluche ich. Ich packe Becketts Arm und zerre ihn in einen Souvenirladen.

»Psst!«, zische ich. »Sonst sieht sie uns.«

»Wer sieht uns?«

»Ach, nur … dieses Mädchen.«

Ich kauere mich hinter einen Ständer voller Sommerkleider und werfe ihm einen auffordernden Blick zu.

»Du willst mich wohl veräppeln.«

Ich zerre an seinem Arm, bis er endlich seufzt und sich neben mich kauert. »Warum tun wir das gleich noch mal?«, will er wissen.

»Meine Freundin Juliana«, sage ich. »Sie war da draußen auf der Straße. Wenn sie mich mit dir zusammen sieht, gibt es Ärger.«

»Was für Ärger denn?«, fragt er. Er sieht mich zweifelnd an, so als wäre das, was ich für Ärger halte, im Grunde gar nichts.

»Sie ist mit Derrick befreundet.«

»Und?«

»*Und* sie wird ihm erzählen, dass sie uns beide zusammen gesehen hat.«

Er schüttelt den Kopf. »Ist echt traurig, dass du und Derrick euch so gar nicht gegenseitig vertraut.«

»Tja, als du mir diesen Zettel im Flieger hast zukommen lassen, da klang es blöderweise so, als wäre da was zwischen uns.«

Er verdreht die Augen, als wäre diese Vorstellung ja so was von abwegig, und ich geb mir echt Mühe, nicht beleidigt zu sein. »Aber ist das hier echt nötig?«, fragt er. »Ich meine, sieh dich doch mal an. Versteckst dich hier in der letzten Ecke eines Ladens hinter irgendwelchen Nachthemden.«

»Das sind keine Nachthemden«, korrigiere ich ihn.

»Das sind Strandkleider.« Ich strecke die Hand aus und befühle eines davon. Das Material ist weich und gleitet mir durch die Finger. Die sind echt hübsch. Ich frage mich, ob es Beckett wohl etwas ausmachen würde, wenn wir noch kurz haltmachten, damit ich eines kaufen kann auf dem Weg nach draußen. »Und wenn du Juliana kennen würdest, würdest du mich verstehen.«

»Was meinst du damit?«

»Sie mischt sich dauernd in seine Angelegenheiten ein.«

»Oh«, meint er wissend. »Sie ist also in ihn verknallt.«

»Nein, sie ist nicht in ihn verknallt«, sage ich kopfschüttelnd, weil er so was von falschliegt.

»Eine, die sich derart für das interessiert, was du so treibst? Die mit Derrick befreundet ist? Die steht hundertpro auf ihn.«

Ich achte nicht auf ihn, sondern strecke den Kopf und sehe mich im Laden um: eine Familie mit einer Reihe von Kindern, ein Paar mittleren Alters, das in einer Kiste mit Muscheln wühlt, und ein Mann mit einer riesigen Wampe, dafür ohne Hemd, der sich die Sonnenliegen ansieht.

»Keiner da«, erkläre ich erleichtert. »Vielleicht ist sie bloß …«

In dem Moment tritt Juliana in mein Blickfeld. Sie telefoniert jetzt nicht mehr, sondern sieht sich argwöhnisch in dem Laden um und lässt den Blick über die angebotene Badekleidung wandern.

Beckett reckt neben mir den Kopf hoch und sieht sich ebenfalls um.

»Runter mit dir!«, fauche ich. »Duck dich, aber sofort!«

Ausnahmsweise hört er mal auf mich. Ich beobachte, wie Juliana durch die Gänge streift und sich umschaut. Mist. Bestimmt hat sie gesehen, wie ich hier rein bin. Sie geht weiter und nähert sich immer weiter der Stelle, wo wir sind. Sie darf mich auf keinen Fall zusammen mit Beckett erwischen, wie wir hier unten kauern. Verdächtiger geht es ja wohl kaum. Schnell springe ich auf und tue so, als würde ich mir die Strandkleider ansehen.

»Himmel«, zischt Beckett, »was zum Teufel tust du da? Jetzt sieht sie dich doch auf jeden Fall.«

»Ja, aber wenigstens ertappt sie mich nicht zusammen mit dir.« Damit entferne ich mich von dem Kleiderständer und zwinge mich dazu, ganz gemächlich und lässig dahinzuschlendern, auch wenn ich das Gefühl hab, dass mein Herz mir jeden Moment aus der Brust springt. Ich gehe auf einen Schaukasten mit kleinen Figürchen aus Sand zu, nehme eines in die Hand und betrachte es eingehend, so als wäre ich ernsthaft daran interessiert, es zu kaufen. Wow. Vierzehn neunundneunzig. Für das winzige Ding? Ist ja lächerlich. Vermutlich ist das noch nicht mal aus echtem Sand gemacht. Besteht wahrscheinlich aus irgendeinem synthetischen Material, die Sorte, von der Kinder und Hunde krank werden, wenn sie es sich versehentlich in den Mund stecken. Ich drehe das Ding um, und tatsächlich, MADE IN CHINA steht da auf der Unterseite in Großbuchstaben.

Die sollten sich was schämen.

Ich behalte die Figur trotzdem in der Hand, weil ich mit einem Mal Julianas Blick auf mir spüre. Sie beobachtet mich, wie ich die kleine Sandburg in der Hand drehe und wende. Echt komisch, dass ich tatsächlich spüre, wie sich ihr Blick in mich bohrt. Sie hat einen sehr durchdringenden Blick.

Ob Beckett wohl recht hat? Damit, dass sie in Derrick verknallt ist? Vielleicht schon die ganze Zeit? Vielleicht dreht sie ja durch vor lauter Leidenschaft und kriegt einen psychotischen Anfall. Ich stelle mir vor, wie sie auf mich zumarschiert kommt, mir die Sandburg aus der Hand reißt und mir damit den Kopf einschlägt. Dann werden sie die Polizei rufen müssen. Und meine Mom benachrichtigen. Und dann wird meine Mom hierherkommen müssen, und dafür wird sie eine Ewigkeit brauchen, weil sie das Ganze erst mal mit ihrer Therapeutin durchkauen muss, um rauszufinden, ob das echt eine so gute Idee ist. Zumindest denke ich, dass es so laufen würde. Das ist nämlich das Problem bei ihrem Selbstfindungstrip. Sie muss immer …

»Yo«, haucht mir da eine Stimme ins Ohr.

Ich schrecke hoch. Offenbar war ich derart abgelenkt, dass ich gar nicht gemerkt hab, dass Juliana direkt neben mir steht. *Super gemacht, Lyla, hast echt gut aufgepasst. Jeder Mensch weiß doch, dass es das Wichtigste ist, wachsam zu bleiben, wenn man nicht bei was erwischt werden will.* »Oh«, erwidere ich völlig belämmert. Instinktiv weiche ich einen Schritt zurück und meine Hand krampft sich um die Sandburg.

»Hey«, sagt sie mit einem breiten Grinsen im Gesicht. »Was geht denn so, meine Liebe?«

»Ach, nicht viel«, sage ich. »Bin nur auf der Suche nach ein paar Andenken. Ich will meiner Mom was mitbringen.«

»Oh, gute Idee.« Sie streckt die Hand aus und nimmt mir die Figur ab. »Die ist ja süß. Die Straße runter gibt es aber auch noch einen Secondhand-Buchladen. Vielleicht findest du da noch irgendwelche obskuren Psychoratgeber oder so.«

Wut flammt in mir auf, als mir klar wird, dass Derrick ihr vom Selbstfindungstrip meiner Mom erzählt haben muss. »Danke«, sage ich.

Juliana wischt sich die langen Locken aus dem Gesicht. »Sag mal, ich dachte, ich hätte dich mit Beckett Cross hier reinkommen sehen.«

»Ähmmm …« Ich überlege krampfhaft, ob ich ihr einfach die Wahrheit sagen soll. Ich meine, im Grunde hab ich doch nichts Falsches gemacht. Beckett bringt mich ja nur zu Derrick, und ich hab ja sonst keine Möglichkeit, ihn zu finden. Aber ich darf nicht riskieren, dass Juliana Derrick als Erstes trifft und dann gleich alles brühwarm erzählt. »Nein«, sage ich. Ich tue so, als würde ich mich in dem Laden umsehen. »Obwohl, ich glaub, ich hab ihn auch reinkommen sehen. Aber nicht mit mir.«

Sie beißt sich auf die Unterlippe. Ihre Zähne sind strahlend weiß und perfekt geformt. »Okay«, sagt sie dann langsam. Sie beugt sich näher zu mir, als würde sie mir gleich ein Geheimnis verraten. Mein erster Impuls ist, zurückzuweichen, aber irgendwas sagt mir, dass sie wütend wird, wenn ich das tue. Daher zwinge ich mich stillzuhalten.

»Weißt du«, sagt sie, »Beckett ist kein netter Kerl.«

»Tja, ich kenne Beckett gar nicht wirklich«, labere ich los. »Ich meine, klar *kenne* ich ihn. Er ist in ein paar Kursen mit mir. Aber ich kenne ihn nicht so *richtig*. Hab vielleicht fünf Worte mit ihm gewechselt, höchstens.« Sei still, Lyla! Sei still!

»Das ist gut«, sagt Juliana. »Weil Derrick nämlich ein echt netter Kerl ist und ihr beide seid so ein tolles Paar!« Sie legt mir die Hand auf den Arm, als wäre sie sehr um mich besorgt. »Ich hoffe bloß, ihr zwei versöhnt euch wieder. Ihm liegt nämlich echt viel an dir, das weiß ich.«

Nein, will ich am liebsten brüllen. Ihm liegt nicht einfach nur viel an mir. Er liebt mich! Wir wollen miteinander schlafen! Außerdem geht sie das alles gar nichts an. Warum muss Derrick ihr eigentlich alles erzählen? Und wann hatten sie überhaupt Zeit zu reden? War er das am Telefon vorhin? Und wenn ja, warum hat Derrick sich nicht bei *mir* gemeldet?

»Danke«, entgegne ich knapp.

»Und, kommst du jetzt zu meiner kleinen Party heute Abend?«, will sie wissen. »Du musst unbedingt vorbeischauen. Wird voll der Spaß. Wir trinken erst was in meinem Zimmer und dann ziehen wir vielleicht weiter an den Strand?«

»Klar«, sage ich. »Klingt toll.«

»Gut.« Wieder klingelt ihr Handy und sie schaut runter auf das Display. »Ich muss rangehen. Schick mir später eine SMS.« Damit wendet sie sich ab und marschiert mit wehendem Haar davon, zurück ins Hotel.

»Du kannst jetzt rauskommen«, rufe ich Beckett zu, sobald ich Juliana nicht mehr sehe. »Sie ist weg.«

»Warum hast du ihr nicht gesagt, dass ich auch hier bin?«, will er wissen. »Wenn sie das jetzt rausfindet, weiß sie, dass du gelogen hast.«

»So halt«, sage ich. »Sie würde es Derrick erzählen. Und außerdem kriegt sie das nicht raus.«

»Aber wenn Julia es doch rauskriegt …«

»Sie heißt Juliana«, sage ich und verdrehe die Augen. »Du hast echt ein schlechtes Namensgedächtnis.«

»Ich habe ein spitzenmäßiges Namensgedächtnis«, sagt er, als wir raus auf den Bürgersteig treten. Die Sonne erhitzt meine Haut und ich wende mein Gesicht in Richtung Himmel und genieße das wärmende Gefühl auf meinen Wangen. »Falls es dir nicht aufgefallen ist, ich habe ein erstaunlich gutes Gedächtnis. Bin in fast allen Kursen in der Leistungsklasse.«

»Das geht doch gar nicht, dass man nur Leistungskurse hat«, sage ich. »An unserer Schule werden nur drei angeboten. Und mit Namen bist du echt mies, du kennst ja noch nicht mal meinen.«

»Klar kenn ich deinen Namen«, sagt er. »Du heißt Pink.«

»Meinen echten Namen«, sage ich, auch wenn ich weiß, dass er genau weiß, was ich damit meine.

Mitten auf dem Gehweg dreht er sich um, stellt sich vor mich hin und hindert mich so am Weitergehen. Ein Schauder durchzuckt mich, genau wie heute Morgen, als er beim Auto so dicht vor mir stand.

»Ich kenne deinen Namen«, sagt er sanft. »Du heißt Lyla.«

»Das weißt du doch nur, weil du auf dem Namensschild an meinem Koffer nachgesehen hast«, sage ich. Ich starre ihm auf die Brust, weil ich ihm aus irgendeinem Grund nicht in die Augen sehen will. Ist so eine seltsame, unerklärliche Sache, so als würde was … Unaufhaltsames geschehen, wenn ich ihn ansehe. Nicht dass es viel besser wäre, ihm auf die Brust zu starren. Sie ist kräftig und muskulös, und ich male mir unweigerlich aus, wie es wäre, die Hände auszustrecken und sie unter sein T-Shirt gleiten zu lassen.

»Nein«, sagt er. Seine Stimme klingt immer noch sanft und hat plötzlich nichts mehr von der üblichen Überheblichkeit. »Ich wusste ihn vorher schon.«

»Oh.« Ich schlucke. Mein Herz hämmert wild in meiner Brust. »Und warum hast du mich dann nach meinem Namen gefragt?«

»Weil ich dich ein bisschen an der Nase herumführen wollte.« Jetzt spricht er wieder wie immer, klingt total eingebildet, und der Zauber von eben ist sofort wieder verflogen. Ich schüttle den Kopf, dann dränge ich mich an ihm vorbei und gehe weiter.

»Wie, bist du jetzt etwa sauer?«, fragt er und folgt mir.

»Nein«, erwidere ich. »Um sauer auf jemanden zu sein, muss es einem erst mal was bedeuten, was diese Person über einen denkt oder was sie einem antut. Und das ist nicht der Fall. Außerdem, wenn ich sauer auf dich wäre, dann deshalb, weil du mir einen dämlichen Spitznamen verpasst und mir dann im Flieger diesen Zettel geschickt hast und mir zu guter Letzt auch noch fast Ärger mit Juliana eingebrockt hättest.«

»Den Ärger mit Juliana hast du dir selbst zuzuschreiben. Außerdem hast du doch gesagt, sie würde nicht rauskriegen, dass du mit mir unterwegs warst. Und in dem Fall kann ich dir gar keinen Ärger einbrocken.«

Ich hab das Gefühl, als befände ich mich auf einer Art sonderbarem Karussell – ganz gleich, was ich tue, Becketts Sog kann ich mich nicht entziehen.

Gib schon zu, dass es witzig ist.

Als mein Handy piept, greife ich in die Tasche und ziehe es heraus.

Nur eine Mail.

Von mir … an mich.

Vor dem Abschluss werde ich … lernen zu vertrauen.

Eine Erinnerung drängt sich in mein Bewusstsein. Aven, Quinn und ich, wie wir mit gezückten Handys am Strand stehen und planen, dass die E-Mails genau am heutigen Tag zugestellt werden. Aven meinte irgendwas von wegen, wenn wir siebzehn sind, würden wir das mit den Mails vermutlich bescheuert finden. Quinn war da anderer Ansicht, und trotzdem beschlossen wir, sie uns gleich mehrfach zustellen zu lassen. Alle paar Stunden, den ganzen Tag lang. Damit wir sie nicht ignorieren können.

Damals fand ich das total schlau von uns, und ich hatte die Vorstellung, dass mein siebzehnjähriges Ich die Nachrichten zu verschiedenen Gelegenheiten über den Tag verteilt erhalten würde und dass mir dann bewusst würde, wie wichtig es ist, dass ich an meinem Problem mit dem Vertrauen arbeite. Und dann würde ich meinem vierzehnjährigen Ich danken, dass es so schlau gehandelt hat. Jetzt aber würde mein siebzehnjähriges Ich am liebsten in der Zeit zurückreisen, um das vierzehnjährige Ich zu erwürgen.

Hab mein Problem mit dem Vertrauen ja längst gelöst, versuche ich meinem vergangenen Ich zu versichern. *Mir geht's prima. Ich habe einen Freund. Mit Männern habe ich kein Problem.* Wenn ich eins hätte, dann mit Typen wie Beckett. Mit einem, der total unberechenbar und durchgeknallt und unzuverlässig ist.

»Was ist das?«, erkundigt Beckett sich und linst mir über die Schulter.

»Nur eine E-Mail.« Ich stopfe das Handy zurück in die Tasche.

»Von wem?«

»Von …« Irgendwas sagt mir, dass es doch ziemlich verrückt klingen würde, wenn ich jetzt »von mir selbst« sage. Außerdem ist es das Letzte, was ich will, Beckett von der Mail aus der Vergangenheit zu erzählen. Oder von meinen Problemen mit dem Vertrauen. Besser gesagt, meinen früheren Problemen. »Ach, nichts Wichtiges«, sage ich nur.

»Und warum siehst du dann so verstört aus?«

»Ich bin nicht verstört!«, sage ich und schüttle den Kopf, um meine Gedanken abzuschütteln. »Also, kannst du mich jetzt bitte einfach zu Derrick bringen?«

»Klar.«

Ich folge ihm den Bürgersteig entlang, vorbei an Geschäften und Boutiquen, wobei wir uns zwischen dick mit Sonnencreme eingeschmierten Touristen in Hawaiishirts durchschlängeln.

Irgendwie bin ich jetzt ein bisschen … beunruhigt.

Schon gut, sage ich mir selbst. *Wenn du erst mal wieder mit Derrick zusammen bist, geht es dir gleich besser. Ist doch immer so.*

Natürlich läuft es mit Beckett nicht ganz so glatt, weil er darauf besteht, dass wir uns erst mal ein Eis kaufen.

»Welche Sorte willst du denn?«, fragt er, als er schließlich dran ist. Die Eisdiele befindet sich fast am Ende des Ocean Boulevard und trägt den Namen Big Olaf. Die Schlange geht natürlich bis zur Tür raus, aber lässt er sich davon abschrecken? Nein. Tatsächlich wirkt er nur umso zufriedener. »Muss recht beliebt sein«, meint er fröhlich, als er den großen Andrang bemerkt.

»Ich will kein Eis«, sage ich hochnäsig. Ist voll gelogen, klar. Eis lasse ich mir eigentlich nie entgehen. Erst recht nicht an einem Tag wie heute, wenn die Sonne scheint und der Himmel ganz blau ist und man das Meer riechen kann.

Er wirft mir einen ungläubigen Blick zu, als würde er mir das nicht abnehmen.

»Okay – zwei Kugeln Karamell-Schoko-Crunch in der Waffel.«

Beckett zieht die Augenbrauen hoch. »Beeindruckend, Pink«, sagt er, ehe er sich wieder zum Tresen umdreht. »Zweimal zwei Kugeln Karamell-Schoko-Crunch in der Waffel bitte«, sagt er zu dem Mädchen, das die Bestellung entgegennimmt.

Insgeheim freue ich mich darüber, dass Beckett meine Wahl derart gut findet, dass er sich das Gleiche bestellt. Mit einem Mal hab ich total Hunger. Beckett reicht mir meine Waffel, zieht dann eine Serviette aus der Spenderbox und hält sie mir ebenfalls hin.

»Danke.« Ich ziehe meine Geldbörse raus. »Was kriegst du dafür?«, frage ich. Er winkt ab.

»Ich lad dich ein.«

»Oh.« Ich bin mir nicht sicher, ob das wirklich angebracht ist. Was würde Derrick denken, wenn er wüsste, dass ein anderer Kerl mir ein Eis spendiert? Er wäre vermutlich nicht allzu begeistert. Ich überlege, wie ich mich fühlen würde, wenn ich rausfände, dass ein Mädchen Derrick auf ein Eis eingeladen hat. Oder schlimmer noch, dass Derrick einer anderen eins spendiert hat.

»Ach komm, jetzt entspann dich«, sagt Beckett, während er sich an den Leuten vorbei raus auf die Straße schiebt. »Hat doch nichts zu bedeuten. Waren ja nur drei Dollar.«

»Danke. Hab den ganzen Tag noch nichts gegessen. Na ja, abgesehen von einer Packung Kekse im Flugzeug.« Ich lecke an dem Eis und schließe genussvoll die Augen, als das sahnige Süß meine Geschmacksknospen kitzelt.

»Das zählt nicht.«

»Natürlich nicht«, sage ich, absolut zufrieden. Derrick und ich streiten uns ständig deswegen – ob man sagen darf, dass man den ganzen Tag noch nichts gegessen hat, wenn man in Wirklichkeit durchaus was zu sich genommen hat. Ich sage, das ist in Ordnung, solange man keine richtige Mahlzeit hatte. Derrick hingegen meint, das ist total daneben, weil auch ein Snack was zu essen ist. Was genau genommen wohl stimmt, nur …

Moment mal. Warum denke ich jetzt bloß an irgendwelche vergangenen Meinungsverschiedenheiten zwischen Derrick und mir? Und wieso vergleiche ich ihn mit Beckett? Wieder meldet sich ein ungutes Gefühl in meiner Magengegend.

»Sind wir bald da?«, frage ich. Mit einem Mal kann ich es nicht mehr erwarten, dass diese kleine Expedition endlich ein Ende nimmt. So sollte ich den ersten Tag dieser Ferien auf keinen Fall verbringen.

»Ja.«

Wieder verfallen wir in Schweigen und gehen weiter die Straße entlang, dabei lecken wir an unserem Eis und weichen den Leuten auf dem Bürgersteig aus. Es ist viel los auf den Straßen, alles ist voller Familien, die vom Strand auf dem Nachhauseweg sind, Leute, die zu einem frühen Abendessen gehen, und ältere Paare, die sich in den Souvenirläden umsehen. Als wir an sämtlichen Restaurants und Bars vorbei sind und das Ende des Boulevards erreicht haben, führt Beckett mich über eine der Hauptstraßen auf einen winzigen Parkplatz. Am anderen Ende befindet sich ein sandiger Fußpfad, und ich laufe Beckett hinterher, als er darauf zuhält.

»Wo gehen wir denn hin?«, frage ich.

Erst da schaue ich hoch von meinem Eis. Vor mir ist nun der Strand in seiner ganzen Pracht zu sehen, ein Anblick, der mir fast den Atem raubt. So schön ist das alles. Mit den Stränden, wie ich sie aus dem Nordosten kenne, hat das hier nichts zu tun, sie sind nicht so felsig und zerklüftet wie die in Cape Cod oder in Maine. Hier ist der Sand ganz glatt und fein und weiß, und er rieselt mir in die Flipflops und zwischen die Zehen. Er ist kühl, einfach perfekt. Die Vögel, die am leuchtend blauen Himmel vorbeischießen und herabstürzen, sehen exotisch aus, ganz anders als die Möwen, die bei uns zu Hause die Strände bevölkern. In der Ferne glitzert der Ozean, das Wasser ist von einem dunklen Türkis, und die Wellen reflektieren die Sonnenstrahlen.

»Wow«, sage ich. »Das ist ja traumhaft schön.« Ich war eigentlich nie so der Strandfan, aber jetzt würde ich am liebsten für immer hierbleiben. Ich will nur noch mein Handtuch ausbreiten und ein Nickerchen machen, während die Sonne auf mich niederbrennt. Ich will Trashmagazine um mich herum ausbreiten und mich dick mit Sonnencreme einschmieren und dann einen Spaziergang am Wasser entlang machen, damit ich das Salz in der Luft schmecke.

»Ja, das ist es«, pflichtet Beckett mir bei.

Einen Augenblick stehen wir beide bloß so da und genießen die Aussicht.

»Gibt es an diesem Strand denn ein Restaurant oder so?«, frage ich, als wir schließlich weitergehen. Ich stelle mir vor, wie Derrick auf einer Terrasse sitzt und Krabbenfrikadellen mit Fritten isst, während sein Gesicht sich allmählich rot verfärbt von der vielen Sonne. Derrick isst wahnsinnig gern im Freien. Normalerweise bin ich nicht so ein Fan davon – der Wind pustet einem ständig die Servietten weg, und dann hat man auch noch Fliegen im Essen –, aber die Aussicht hier wäre es mir wert.

»Ich bin mir nicht sicher«, meint Beckett.

Er geht jetzt schneller und steuert durch die Massen von Menschen, die ihre Handtücher im Sand ausgebreitet haben. Das ergibt doch alles keinen Sinn? Wieso geht er in Richtung Wasser? Wenn Derrick in einem Restaurant hier in der Nähe ist, sollten wir dann nicht den Strand entlanggehen, bis wir da sind?

»Bist du dir nicht sicher, ob es hier ein Restaurant gibt, oder bist du dir nicht sicher, wo es genau ist?«

»Ich bin mir nicht sicher, ob es hier eins gibt. Und ich weiß auch nicht, wo es sein könnte.« Er dreht sich um und grinst mich an, geht aber weiter.

Ich runzle die Stirn und lege einen Zahn zu, um mit ihm Schritt zu halten. »Aber du hast doch gesagt, du würdest mich zu Derrick bringen.«

»Nein, ich hab gesagt, ich zeig dir, wo er ist.«

»Okay …« Ich frage mich, was der Unterschied sein soll. »Und wo ist er dann?«

»Am Strand.« Beckett breitet die Arme aus und dreht sich, als wäre der gesamte Strand sein persönliches Geschenk an mich.

»Wo?« Ich schirme das Gesicht gegen die Sonne ab und blicke mich um. Aber Derrick ist nirgends zu sehen.

»Keine Ahnung.« Beckett zuckt die Schulter. »Er hat gesagt, er geht mit Lincoln an den Strand. Also muss er hier irgendwo sein.«

»Er muss *irgendwo* sein?« Ungläubig schaue ich ihn an. »Willst du mich veräppeln? Du meintest doch, du weißt, wo er steckt!«

»Ich weiß ja auch, wo er ist! Er ist hier am Strand.«

»Aber der Strand ist mindestens sechs Kilometer lang!« Ist ja echt nicht zu fassen! Da dackle ich ihm den ganzen Nachmittag hinterher, lass mir von ihm ein blödes Eis kaufen, und jetzt … *nichts*. Er hat mich die ganze Zeit an der Nase herumgeführt.

»Wird schon nicht zu lange dauern, ihn zu finden«, sagt Beckett.

»Das dauert ewig!«, protestiere ich. »Sieh dir nur all die Leute an!«

»Ach, komm schon«, meint er wieder auf seine total nervige Art, so von oben herab. »Du kannst die sechs Kilometer doch ablaufen. So lange brauchst du dafür nicht. Schreib ihm einfach eine SMS und sag ihm, dass du am Strand bist. Bin mir sicher, das klappt.«

»Das klappt garantiert *nicht«,* sage ich und verschweige ihm, dass Derrick auf meine SMS schon die ganze Zeit nicht reagiert.

Stattdessen drehe ich mich einfach um und stampfe davon. Klar kann ich nicht wirklich stampfen, weil das im Sand nicht richtig geht. Also könnte man vielleicht eher sagen … ich schleiche mich davon. Eigentlich erwarte ich, dass Beckett mir hinterherruft, um mir zu sagen, dass er einen Witz gemacht hat, dass er sehr wohl weiß, wo Derrick steckt. Doch das tut er nicht.

Ich gehe zurück über den sandigen Pfad und über den kleinen Parkplatz wieder raus auf die Hauptstraße. Leute gehen an mir vorbei, glücklich und sonnengebräunt; sie lachen und albern herum und genießen ihren Urlaub. Aber ich bin nicht in der Stimmung für all das. Ich bin viel zu wütend. Wer tut denn so was? Wer jagt denn jemand anderen durch die Gegend in dem Wissen, dass es völlig sinnlos ist, nur um denjenigen zu verarschen? Was soll das denn bringen?

Vielleicht wollte er nur ein wenig Zeit mit dir verbringen? Und du wolltest ebenfalls Zeit mit ihm verbringen.

Ich schüttle den Gedanken ab.

Weil ich nämlich dermaßen sauer auf ihn bin, dass ich schreien könnte.

Aber auf mich selbst bin ich auch wütend.

Ich hätte ihm niemals vertrauen sollen.

Da summt mein Handy. Ich schaue runter aufs Display.

Vor dem Abschluss werde ich … lernen zu vertrauen.

Wow. Universum gegen Lyla: eins zu null.

FÜNF

»Bitte sag, dass du nicht das ganze warme Wasser aufgebraucht hast«, sagt Quinn. Sie kommt aus dem Badezimmer und sieht mich vorwurfsvoll an, als wäre das Aufbrauchen von warmem Wasser gleichzusetzen mit Kindesentführung oder schwerem Betrug. »Bitte sag« sind ihre Lieblingsworte, um einen Satz zu beginnen, wenn sie gerade mal wieder jemanden sucht, dem sie irgendwas in die Schuhe schieben kann.

Ich weiß noch, wie sie vor zweieinhalb Jahren vor dem Schulgebäude stand. Wie wir drei uns anschrien – echt gruselig, weil wir das vorher nie getan hatten. Wenn wir uns überhaupt mal zofften, setzten wir uns zusammen hin und redeten ganz ruhig darüber. Aven zwang uns dazu – sie war immer die Friedensstifterin, diejenige, die der Überzeugung war, es gäbe nichts, das sich nicht in einem Gespräch klären ließe. Doch bevor an jenem Tag das Geschrei begann, weiß ich noch genau, wie Quinn meinte: »Bitte sag, dass du nicht sauer bist wegen dieser Sache.«

Aber natürlich war ich das. Ich war so dermaßen sauer, dass ich die beiden nicht mal ansehen konnte. Es ging nicht anders, ich musste sie anbrüllen. Aven wirkte schockiert, als es losging, und noch schockierter war sie, als sie plötzlich anfing, zurückzubrüllen.

»Ich hab nicht das ganze heiße Wasser aufgebraucht«, sage ich jetzt zu Quinn. »Ist ja schon mindestens eine Stunde her, seit ich geduscht habe.«

»Klar.« Sie schnaubt und verdreht die Augen, ehe sie zurück ins Badezimmer marschiert und die Tür hinter sich zuknallt.

Es ist jetzt später am selben Abend, und ich bin auf meinem Zimmer, um mich für Julianas Party fertig zu machen. Eigentlich bin ich gar nicht in Partystimmung – nachdem ich Beckett am Strand hatte stehen lassen, hab ich noch mal eine SMS an Derrick geschickt (okay, na schön, noch drei SMS), doch er antwortete nicht. In den zwei Jahren, die Derrick und ich jetzt zusammen sind, hat er sich *nie* so verhalten. Er ist eigentlich der perfekte Freund. Verschwindet nicht einfach so. Und ja, mir ist klar, dass er sauer ist, weil ich ihn angelogen habe, aber so sauer, dass er mir den ganzen Tag die kalte Schulter zeigt? Das ergibt keinen Sinn. Irgendwas ist da faul. Bloß was? Ich komm nicht drauf, und je mehr ich es versuche, desto mehr Angst kriege ich.

Jedenfalls hab ich keine Lust auf diese Party, aber ich kann auch keinen Rückzieher machen. Erstens hat Juliana mir eine SMS geschickt, weil sie sichergehen wollte, dass ich komme, und zweitens bin ich überzeugt, dass Derrick auch da sein wird. Nur weil er den ganzen Tag nicht auffindbar war, heißt das noch lange nicht, dass er Juliana versetzt – er weiß genau, dass Juliana sonst ausrastet. Ich frage mich, was es zu bedeuten hat, dass Derrick mich den ganzen Tag ignoriert, nicht aber Juliana. Ob Beckett wohl recht hat? Ist Juliana in Derrick verknallt? Ist Derrick in Juliana verknallt?

Langsam krieg ich Bauchweh.

Ich. Darf. Nicht. So. Negativ. Denken.

Wird schon alles gut, rede ich mir selbst ein.

Wenn Derrick erst mal klar wird, dass ich nichts Falsches gemacht habe, wenn wir die Sache geklärt haben, wird alles wieder gut. Oder mehr als gut. Dann werden wir es gar nicht mehr erwarten können, endlich Sex zu haben und uns so zu versöhnen. Sex als Versöhnung ist sowieso das Beste. Nicht dass ich jemals Sex nach einem Streit hatte. Klar. Aber trotzdem. Wie geil ist das denn, wenn man schon beim ersten Mal die schärfste Art von Sex hat. Ist bestimmt total leidenschaftlich und romantisch. Derrick wird mich aufs Bett werfen und mich überall küssen, ehe er mich nimmt. Ein Schauder rieselt mir über den Rücken.

Ich muss an die sexy Unterwäsche denken, die ich eingepackt habe, nur für den Fall. Ein schwarzer Stringtanga und ein Balconette-BH.

»Warum zum Henker hab ich das Bustier nicht mitgenommen?«, murmle ich, gerade als Quinn aus dem Bad kommt.

»Wow«, meint sie. »Klingt, als hättest du da ein recht intimes Problem.«

Ich mache den Mund auf, um irgendwas Schlagfertiges zu erwidern, halte dann aber inne. Quinn steht vor mir, und zwar in einem Outfit, das … ganz und gar nicht Quinn ist. Sie trägt einen rot-weiß gestreiften Rock, der weit oberhalb der Knie endet, und dazu ein weißes Tanktop, das dermaßen tief ausgeschnitten ist, dass man Angst haben muss, ihre Brüste könnten gleich rauspoppen. Das Haar fällt ihr in langen Wellen über die Schultern, die Lider schimmern metallisch, und ein Hauch Rouge betont die leichte Sonnenbräune, die sie sich heute geholt haben muss.

»Was um alles in der Welt hast du denn da an?«, platzt es aus mir heraus, ehe ich mich daran hindern kann.

»Ist das dein Ernst?«, entgegnet sie. »Du wünschst dir ein Bustier, und da stellst du meinen Sinn für Mode infrage?« Sie beugt sich über die Kommode in der Ecke und betrachtet ihr Spiegelbild. Fasziniert sehe ich zu, wie sie sich einen kleinen Schmierer Mascara aus dem Augenwinkel wischt und dann in ihre Tasche greift und einen Lippenstift rauszieht. Sie malt ihre Lippen dunkelrot an, dann lässt sie den Lippenstift wieder in ihrer Tasche verschwinden. Anschließend tritt sie einen Schritt zurück und schüttelt ihr Haar.

»Ähm«, sage ich, »alles in Ordnung?«

Sie dreht sich um und mustert prüfend ihren Hintern im Spiegel und da klappt mir dann doch die Kinnlade runter. Das ist so … überhaupt nicht Quinn, total untypisch. Sie interessiert sich eigentlich gar nicht für Make-up und Klamotten und fürs … na ja, sexy Aussehen. Ist nicht so, als wäre Quinn nicht hübsch. Im Gegenteil. Sie hat leuchtend kastanienrotes Haar und blaue Augen und einen hellen Teint und ein paar Sommersprossen auf der Nase. Ein bisschen sieht sie aus wie Kate Beckinsale. Doch Quinn hat sich nie was auf ihr Aussehen eingebildet. Klar, sie hat sich schon das Haar zurechtgemacht und ein bisschen Lipgloss aufgelegt, aber sich so aufzutussen? Keine Chance.

»Alles bestens«, sagt sie. »Wieso?«

Jetzt bringt sie ein Parfum zum Vorschein und sprüht sich damit am ganzen Körper ein. Ich bin verblüfft, dass sie tatsächlich die entsprechenden Pulsstellen kennt.

»Seit wann benutzt du denn Parfum?«, erkundige ich mich.

»Ach, schon immer«, sagt sie. Aber es klingt mir doch sehr nach einer Lüge. Noch ein letztes Mal betrachtet sie sich eingehend, ehe sie die Schultern strafft und das Kinn hochreckt, als müsste sie sich selbst von etwas überzeugen.

»Bist du dir sicher, dass alles okay ist?«, frage ich wieder.

Einen Moment legt sich ein Schatten des Zweifels über ihr Gesicht, so als wäre sie sich doch nicht so sicher. Dann aber schüttelt sie kaum merklich den Kopf, so als müsste sie sich selbst davon abhalten, etwas zu tun, das sie gerade noch tun wollte.

»Warte nicht auf mich«, sagt sie. Damit dreht sie sich um und verlässt das Zimmer.

Tja.

Egal.

Quinn ist nicht mein eigentliches Problem.

Tatsächlich kümmert sie mich kein bisschen. Und trotzdem. Ich hab ein ungutes Gefühl in der Magengegend. Vorsichtig stehe ich auf, schleiche auf Zehenspitzen rüber zur Tür und linse raus. Ich sehe, wie Quinn sich immer weiter den Flur runter entfernt, ehe sie im Lift verschwindet. Ich hab diesen seltsamen Drang … ihr zu folgen.

Nein, sage ich mir selbst. *Du und Quinn, ihr seid keine Freundinnen mehr. Du und Quinn, ihr seid … tja, nicht unbedingt Feindinnen, aber ganz bestimmt nicht die Sorte ehemalige Freundinnen, die kein bisschen verfeindet sind, die einfach so hintereinander herlaufen und Antworten verlangen.* Quinn ist eine erwachsene Frau. Na ja, zumindest ein erwachsener Teenager. Ein erwachsener Teenager, der seine eigenen Entscheidungen trifft. Und klar ist es ein bisschen komisch, dass sie so … provokant gekleidet ist. Aber mal ehrlich, ich kenne Quinn doch überhaupt nicht mehr. Wer weiß, vielleicht treibt sie sich mittlerweile jeden Tag so rum.

Trotzdem. Vielleicht sollte ich ihr folgen. Ich stelle mir vor, wie ich sie in der Hotellobby stelle und frage, wo sie in dem Aufzug hinwill. Vielleicht nenne ich sie sogar »junge Dame« und zerre sie wieder nach oben. Sie wird sich zunächst wehren, aber dann wird sie nachgeben, und dann …

Mein Handy summt.

Derrick! Das ist Derrick! Derrick schreibt mir!

Aber es ist nicht Derrick.

Sondern meine Mom.

Hoffe du hast Spaß, Liebes!

Jep, tippe ich als Antwort. *Einfach großartig!*

Wie erwartet, fordert sie keine weiteren Details.

Ist ja auch egal. Ich hab weit schlimmere Probleme als das mangelnde Interesse meiner Mutter. Ich muss zu Julianas Party, damit ich Derrick zeigen kann, was ihm den ganzen Tag lang entgangen ist.

Jetzt brauche ich nur noch was total Scharfes zum Anziehen.

Als ich endlich vor Julianas Zimmertür stehe, fühle ich mich schon viel selbstsicherer. Ich trage ein echt süßes Sommerkleid mit Spaghettiträgern und einem weiten Rock und ich hab mir die Zehennägel neu lackiert und meine Haare mit dem Lockenstab eingedreht zu lockeren Wellen. Ich sehe total nach Florida aus. Und total sexy.

Das Oberteil ziehe ich vorne ganz leicht runter, dann richte ich mir das Haar genau wie Quinn vorhin bei uns auf dem Zimmer. Als Letztes pflastere ich mir ein Lächeln ins Gesicht (mein Lächeln ist einer meiner großen Vorzüge), ehe ich bei Juliana anklopfe.

Die Tür fliegt unverzüglich auf.

»Hey, Süße!«, kreischt Juliana, bevor sie die Arme ausstreckt und mich überschwänglich umarmt. Sie riecht nach einer Mischung aus Alkohol und Parfum. Nicht dass sie Parfum drauf hätte, aber im Inneren ihres Zimmers riecht es danach, vermutlich von all den Leuten, die sich hier drinnen drängen. »Ohmeingott, ich bin ja so froh, dass du gekommen bist.« Sie gibt mir einen dicken Schmatz auf die Wange. Ihre Lippen sind ganz feucht und voller Lippenstift. Eklig.

»Oh, ist doch klar«, sage ich und wische mir die Wange ab. »Du weißt doch, dass ich mir so was nicht entgehen lasse.«

»Diese Abschlussfahrt ist echt der Wahnsinn«, sagt sie und breitet die Arme aus, als wolle sie so zeigen, wie toll sie das alles findet. Sie wirbelt herum und lässt sich dann aufs Bett fallen. Das kurze Top, das sie trägt, rutscht ein Stück nach oben, sodass ihr Bauch zu sehen ist.

Ein Junge, den ich noch nie zuvor gesehen habe, beugt sich runter und küsst sie auf den Bauchnabel. Juliana kichert. Die ist definitiv besoffen.

Ich gehe rüber zu der Kühlbox am anderen Ende des Zimmers. Eigentlich will ich mich ja nach Derrick umsehen, aber es soll nicht zu auffällig sein. Ich muss ruhig bleiben, gelassen und entspannt, nicht total übereifrig, als wäre ich so 'ne durchgeknallte Stalkerfreundin.

Ich mustere den Inhalt der Kühlbox. Eis, Weinschorle, Bier, eine Zweiliterflasche Sprite und ein bisschen billiger Wodka.

Ich schnappe mir eine Weinschorle und nehme einen Schluck.

Dann stelle ich mich in die Ecke ans Fenster, das ganz

leicht geöffnet ist, vermutlich um den Gestank nach Gras rauszulassen, der die Luft im Zimmer verpestet.

»Willst du was, Lyla?«, fragt Rory Corbett und hält mir einen Joint hin.

»Nein, danke«, lehne ich ab.

»Sicher?«, drängt sie.

»Ja, ich bin sicher.« Damit trete ich einen Schritt von ihr weg, weil Rory echt nicht aufhören kann zu labern. Sie sitzt in Mathe neben mir, und sie erzählt dauernd die dämlichsten Dinge – in welcher Farbe sie die Wand in ihrem Zimmer gerade streicht, was von ihrer neuen Jeans, wie beschissen es in ihrem Teilzeitjob bei Abercrombie läuft. Ich darf mich keinesfalls in die Nähe von Rorys Sog begeben. Schließlich muss ich dafür sorgen, dass ich auch weiterhin alle meine Sinne beisammen habe.

Ich lasse den Blick durchs Zimmer schweifen, hübsch langsam, damit ich Derrick auch ja nicht übersehe.

»Ohmeingott, Lyla«, lallt Juliana, die plötzlich neben mir steht und an meinem Arm zerrt. »Du musst bei unserem Tanzwettbewerb mitmachen.«

»Ein Tanzwettbewerb?«

»Ja, so was wie ein Marathon«, erklärt sie. »Wir tanzen einfach und tanzen und tanzen, und am Ende gewinnt der oder die Beste!«

»Oh, das klingt ja lustig«, flunkere ich. Mein Blick flackert über die Menge auf der Suche nach Derrick. Doch er ist nirgends zu sehen.

»Suchen wir etwa nach Derrick?«, will Juliana wissen.

»Weil er nämlich nicht hier ist.« Sie sieht mich feierlich an. »Ich schätze, du vermisst ihn.«

»Nein, tu ich nicht … ich meine, ja, klar, ich vermisse ihn.« Ich weiß nicht recht, was ich sagen soll. Dass ich ihn vermisse? Oder dass ich es nicht tue? Schließlich will ich nicht, dass sie mich bemitleidet. Bin mir nicht sicher, warum, aber irgendwie missfällt mir die Vorstellung. Andererseits weiß ich auch, dass sie alles, was ich zu ihr sage, brühwarm an Derrick weitertratscht. Ich nehme noch einen Schluck von meinem Drink. Die Schorle schmeckt nach Waldbeeraroma, widerlich.

»Mach dir keine Sorgen«, sagt Juliana salbungsvoll. »Ich werde dir helfen. Bin recht gut in Physiotherapie.«

»Was?«

»Psycho, meine ich.« Sie hickst. »Ich bin gut in Psychotherapie.« Dann streckt sie die Hand aus und tätschelt mir den Kopf, als wäre ich ein Hündchen. »Ich werde euch beiden helfen, diese schwierige Zeit zu überstehen.«

In dem Moment summt ihr Handy, und sie blinzelt auf das Display und versucht, eine SMS zu entziffern. Wieder lasse ich den Blick durchs Zimmer wandern. Dabei tippe ich im Takt der Musik, die aus jemandes iPod dröhnt, mit dem Fuß auf den Boden. Hier drinnen brennt kein Licht, und bei dem schwachen Dämmerlicht, das durch die Fenster dringt, ist es schwer, etwas zu erkennen.

In der anderen Ecke versucht eine Gruppe von Leuten es mit einer Runde Bier-Pong, was nur leider nicht funktioniert, weil es nur einen Tisch gibt, und der ist klein und rund. Ich entdecke Aven, die an der Tür zu der winzigen Küche steht, die Arme vor der Brust verschränkt. Sie unterhält sich mit Liam, dem Typen, in den sie schon seit einer Ewigkeit heimlich verknallt ist. Sieht so aus, als wären sie in ein angeregtes Gespräch vertieft, und mir fällt wieder ein, wie sie sich mir am Flughafen aufgedrängt und mich gefragt hat, ob ich die E-Mails, die wir uns selbst geschickt hatten, ernst nehmen würde.

Gesteht sie Liam jetzt ihre Liebe? Ob er sie wohl erwidert? Das kann ich mir ehrlich gesagt nicht vorstellen. Ich meine, sie sind schon ewig befreundet. Wenn Liam was für sie empfinden würde, dann hätte er es ihr doch wohl gesagt, oder? Er macht auf mich nicht den Eindruck, als wäre er der Typ, der aus so was ein Geheimnis macht. Nicht dass ich ihn sonderlich gut kennen würde – Aven hat ihn immer irgendwie von uns abgeschottet.

»Es ist Derrick!«, kräht Juliana. Sie hält mir das Telefon vor die Nase. »Er geht noch kurz auf sein Zimmer, dann ist er in zwanzig Minuten hier!« Sie wedelt mit dem Handy, als sollte ich so die Nachricht lesen können, was natürlich unmöglich ist. Weil sie so besoffen ist. Außerdem bin ich total genervt. Warum schreibt er Juliana und nicht mir?

»Keine Ssorge«, lallt sie. »Sobald er kommt, unterhalten wir uns mal. Ihr swei müsss eure Probleme in den Griff kriegen.« Sie wird immer lauter, während sie spricht.

»Klingt toll!«, schwindle ich. »Bin sofort zurück. Muss nur kurz aufs Klo.«

Sie hört mich nicht mehr. Stattdessen geht sie zum

iPod, fummelt daran herum und faselt was von ihrem Tanzwettbewerb. Keiner beachtet sie groß.

Ich will gar nicht aufs Klo.

Ich gehe zu Derrick aufs Zimmer.

Weil ich mit ihm reden muss, bevor er zu der Party kommt. Ich muss die Sache mit ihm klären. Und der letzte Ort, an dem ich das tun will, ist hier, vor den Augen von Juliana.

Als ich an die Tür zu Derricks Zimmer klopfe, ist ein polterndes Geräusch von drinnen zu hören, so als wäre jemand aus dem Bett gefallen. Vermutlich Derrick. Er hat große Füße. Vielleicht wollte er zur Tür rennen, weil er gehofft hat, ich könnte es sein, und ist vor Aufregung gestolpert. Zum Glück liegt sein Zimmer im ersten Stock, darunter befinden sich keine Gästezimmer, sonst hätte derjenige im Zimmer unter ihm vermutlich die Rezeption verständigt. Was aber wegen Julianas Party sowieso jeden Moment geschehen wird. Vielleicht hatte sie es deswegen so eilig mit dem Betrinken. Sie wusste genau, dass ihr nicht viel Zeit bleiben würde. Die von der Schule haben recht deutlich durchblicken lassen, dass wir uns anständig aufführen sollen. Und wenn die vom Hotel irgendeine Form von …

Die Tür fliegt auf.

»Hiii!«, trällere ich. Erst klingt es freudig und verführerisch, so wie ich es insgeheim geübt habe, doch dann verwandelt es sich in einen Schreckensschrei.

»Hiii du«, sagt Beckett. Er stemmt einen Arm gegen den Türrahmen und versperrt mir so die Sicht ins Zimmer. »Vermisst du mich schon?« Sein Blick flackert runter zu meinem Dekolleté, weshalb ich runterfasse und mein Kleid hochziehe.

»Nein«, sage ich hochnäsig. Auf einmal hab ich eine Gänsehaut. »Ich wollte eigentlich zu Derrick.«

»Welcher Derrick?«

Ich verdrehe die Augen. »Kannst du ihn bitte einfach herholen?«

»Na schön.« Er dreht sich um und brüllt: »Derrick! Du hast Besuch!« Dann wendet er sich wieder mir zu und runzelt die Stirn. »Derrick?«, versucht er es wieder. »Derrick?« Er grinst. »Ach so, klar. Der ist ja gar nicht hier.«

Ich hole tief Luft und widersetze mich dem Drang, einfach loszuschreien. Warum muss er mich bloß dauernd verarschen? Das ist jetzt schon das zweite Mal heute!

»Das ist nicht witzig!« Aber was bringt es mir schon, wenn ich ihn anbrülle? Genau das will er doch. Er will bloß sehen, ob er irgendeine Reaktion von mir bekommt. Er will, dass ich mich total aufrege und ausraste. Tja dann! Der soll sich bloß auf was gefasst machen. Ich hab mich nämlich sehr gut unter Kontrolle.

»Kannst gern reinkommen und hier warten.« Er tritt einen Schritt zurück und macht die Tür weit auf. »Bloß kann ich leider nicht sagen, wie lange er weg ist.« Er legt den Kopf schief und tut so, als würde er darüber nachdenken. »Hast du vielleicht eine Ahnung?«

»Ja, klar weiß ich das«, sage ich. »Er wird jeden Moment hier sein. Und wenn du denkst, ich komm rein zu dir ins Zimmer und warte da, dann hast du dich geschnitten.« Ich sehe mich rasch nach einem anderen Ort um, an dem ich warten könnte, aber da ist nichts. War ja klar. Schließlich stehe ich hier auf dem Flur eines Hotels.

Aber auf keinen Fall geh ich zu ihm ins Zimmer. Daher setze ich mich auf den Boden und versuche, nicht darüber nachzudenken, wie viele eklige Füße schon über diesen Hotelteppich gerannt sind. Eigentlich sieht er recht sauber aus, aber man weiß ja nie so genau, was für Bakterien da unter der Oberfläche lauern. Immer wieder hört man von Enthüllungsstorys über die gefährlichen Keime, die in unseren Hotels zu finden sind. Aber darüber will ich jetzt echt nicht nachdenken, la, la, la.

Ich ziehe mein Handy raus und schicke Derrick eine schnelle SMS, in der ich ihm mitteile, dass ich vor seinem Zimmer auf ihn warte. Und ich vergesse nicht, zu betonen, dass ich draußen sitze. Derrick soll bloß nicht denken, dass ich drinnen bin bei Beckett. Grusel.

»Schreibst du ihm, dass du hier bist?«, erkundigt Beckett sich im Plauderton. Er lässt sich an der Wand nach unten gleiten und setzt sich direkt neben mich.

»Nein«, lüge ich.

»Okay.« Er zuckt die Achsel.

Ich warte, dass er noch irgendwas Schmieriges sagt, doch das tut er nicht. Er sitzt einfach nur da, die Beine lässig vor sich ausgestreckt, als wäre es absolut okay für ihn, einfach hier neben mir zu sitzen, obwohl er genau weiß, dass ich ihn hasse. Na ja, eigentlich hasse ich ihn gar nicht wirklich. Um ihn zu hassen, müsste ich ja erst mal eine Meinung zu ihm haben. Und das ist nicht der Fall.

Ich weiß nur, dass ich hier bin, um Derrick zu sehen. *Meinen Freund*. Ich habe das Recht, hier auf ihn zu warten. Es ist doch mein gutes Recht als, äh, Bürgerin dieses Landes. Oder als seine Freundin. Oder als Bewohnerin dieses Hotels. Die Gänge sind doch so was wie gemeinschaftlicher Raum. Die sind für alle da.

Beckett fängt an, neben mir eine leise Melodie zu summen, weshalb ich tief Luft hole, sie eins, zwei, drei Sekunden anhalte und dann langsam wieder eins, zwei, drei entweichen lasse.

»Machst du da etwa diese Atemübung, die wir beim Yoga gelernt haben?«, will er wissen.

»Nein.«

»Klar tust du das.«

»Nein, tu ich nicht.« Ich greife in meine Tasche und wühle darin herum, nur um meine Hände zu beschäftigen. Doch ich hab da nichts drinnen außer Make-up, und das Letzte, was ich will, ist, vor Beckett Lipgloss aufzutragen oder so was. Keine Ahnung, wieso, aber es kommt mir zu … intim vor.

Er dreht sich zu mir und lässt seinen Blick über meinen Körper wandern. »Du siehst hübsch aus.«

Ich suche in seinem Gesicht nach einer Spur von Sarkasmus. Wow. Hatte ganz vergessen, wie grün seine Augen sind. Wieder regt sich etwas in mir, so ein Gefühl, das mich durchzuckt (Anziehung? Ich will das Wort noch nicht mal denken, oh mein Gott, bitte nicht). Nur ist da dieses Mal ein bisschen mehr. Etwas fast schon … Erwartungsvolles. Schon komisch. Und irgendwie beunruhigend.

Ich bewege mein Bein von ihm weg.

»Wenn einem jemand ein Kompliment macht, dann sagt man normalerweise Danke.«

»Danke.« Wo zum Teufel steckt Derrick?

»Also bist du immer noch sauer auf mich?«

Ja. »Nein.«

»Sicher?«

»Beckett, ich kenn dich noch nicht mal richtig. Wie sollte ich sauer sein auf dich?«

»Vorhin hast du auf mich einen ganz schön angepissten Eindruck gemacht.«

»War ich aber nicht.«

»Okay.«

»Okay.«

Ein paar Sekunden lang sitzen wir schweigend da. Meine Beine fangen an, auf und ab zu wippen, und ich muss all meine Willenskraft aufbringen, um sie still zu halten. Ich will auf keinen Fall, dass er denkt, er macht mich nervös.

»Ist das da« – er deutet auf mein Haar und das Outfit – »alles nur für Derrick? Oder hattest du vor, mit deiner Freundin auszugehen?«

»Meiner Freundin?«

»Ja. Mit dieser Quinn. Auf dem Weg in mein Zimmer bin ich ihr in der Lobby über den Weg gelaufen. Sie war total aufgebrezelt, vom Scheitel bis zur Sohle.« Er grinst, als er sich daran erinnert. »Auch wenn sie weit weniger anhatte als du.«

So was wie Eifersucht erfasst mein Herz. Was echt bescheuert ist. Ich bin nicht eifersüchtig auf Quinn. »Quinn ist nicht meine Freundin«, sage ich.

Er zuckt die Schulter. »Wie auch immer.«

Und dann tut er etwas gänzlich Unerwartetes. Etwas total Verrücktes und Seltsames und zugleich Aufregendes. Er streckt die Hand aus und umfasst mein Handgelenk, dreht es um und sieht sich das Armkettchen an, das ich trage. Es ist einfach nur ein Armband … braune Perlen auf einem Gummiband. Nichts Besonderes. Er bewegt den Finger über eine der Perlen, fährt mit der Fingerkuppe über das verschlungene Muster aus verschiedenen Braun- und Gelbschattierungen.

»Was bedeutet das?«, will er wissen.

»Wie?« Ich bin wie vor den Kopf gestoßen. Dieses Armband trage ich jetzt schon seit über zwei Jahren jeden Tag. Jeden. Einzelnen. Tag. Es ist kein teures Armband. Man sollte meinen, dass ich es früher oder später mal verloren oder verlegt oder irgendwo vergessen hätte. In all der Zeit, die ich es habe, hätte es geklaut werden oder mir beim Sport vom Handgelenk rutschen oder abreißen können, während ich so was Alltägliches wie Wäschezusammenlegen erledigte.

Aber nichts von dem ist passiert.

Ich trage es nach wie vor am Handgelenk.

»Was hat dieses Armband zu bedeuten?«

»Es hat nichts zu bedeuten.« Mir stockt der Atem.

»Tigerauge, oder?«

Ich nicke, immer noch die Luft anhaltend.

»Dann muss es was bedeuten.« Er dreht mein Handgelenk noch einmal um, mustert das Armband eingehend und sieht wieder mich an, sein Blick bohrt sich in mich. »Also?«

»Also was?«

»Also, was hat das Armband zu bedeuten?«

»Es ist nur … es war was zwischen meinem Dad und mir.«

»Die Sache mit dem Tigerauge?«

»Genau.«

Er nickt nachdenklich. Seine Finger sind jetzt von den Perlen auf mein Handgelenk geglitten, eine Berührung, die heiße Wellen durch meinen Körper jagt.

Ich will nicht über meinen Dad reden. Ich will nicht über ihn reden, weil ich nicht an ihn denken kann, ohne dass mir Millionen andere beunruhigende Dinge in den Sinn kommen – meine Mom, Quinn, Aven … sie alle stehen miteinander in Zusammenhang. Außerdem nimmt mein Dad keinen Stellenwert mehr ein in meinem Leben. Er interessiert mich nicht mehr. Er ist weg.

»Er ist weg?«, erkundigt Beckett sich, als könne er meine Gedanken lesen.

Ich nicke.

Er neigt den Kopf. Wieder sieht er mich nachdenklich an und sein Zeigefinger kreist immer noch langsam an der Innenseite meines Handgelenks. Mir ist klar, dass ich die Hand zurückziehen sollte, aber ich kann nicht. Ich bin wie hypnotisiert, fast so, als hätte er mich in einen Trancezustand versetzt.

»Wo ist er denn hin?«

»Ich hab keinen Schimmer.« Das ist nicht ganz korrekt. Ich weiß zwar nicht *genau,* wo mein Dad sich aufhält, aber ich weiß, dass er in New Hampshire ist, wo er ganz allein lebt. Was es im Grunde nur noch schlimmer macht, wenn man darüber nachdenkt – er hat uns noch nicht mal für eine andere Familie sitzen lassen. Er ist … einfach so gegangen. Und hat sich nie wieder bei uns gemeldet.

Weil du ihn verraten hast. Du hast ihn angelogen.

Jetzt kommt auf einmal alles wieder hoch – das Gespräch mit meinem Dad, wie ich Aven davon erzählt habe, wie Aven es Quinn erzählt hat und die es dann an ihre Mom weitergetratscht hat und die wiederum an meine.

Meine Mom, wie sie mitten in der Küche vor mir steht. *Ist es wahr, Lyla? Willst du mit ihm weggehen?*

»Lüge.« Beckett kreist immer noch mit dem Finger über mein Handgelenk.

»Er lebt in New Hampshire«, sage ich. »Hat sich von meiner Mom scheiden lassen. Eigentlich wollte er, dass ich mit ihm komme.«

Ich ziehe meine Hand zurück, weil ich das Gefühl, das er in mir auslöst, nicht länger ertrage. Ein Kribbeln jagt durch meinen Körper und löst ein wahres Feuerwerk aus, mein Herz hämmert wild in meiner Brust, und ich hab einen Knoten im Magen.

Ich rede mir selbst ein, dass das, was ich fühle, nichts mit Beckett zu tun hat. Es liegt daran, dass ich von meinem Dad erzähle. Und selbst wenn es an Beckett liegt, hat es nichts zu bedeuten. Es ist so ... als würde man sich ein Foto von Channing Tatum ansehen. Was ja an sich nichts Schlimmes ist. Klar ist Channing Tatum nicht hier bei mir und reibt über mein Handgelenk, während er mir intime Fragen stellt zu meinem Dad.

Ich rutsche ein wenig von Beckett weg und bringe so mehr Abstand zwischen mich und ihn. Aber irgendwie ist mir immer noch total heiß, daher stehe ich schließlich auf.

»Hör mal«, sage ich, »ich bin nicht ... ich will nicht hier sitzen und mit dir über meinen Dad reden.«

Er hat noch nicht mal den Anstand, eingeschnappt zu sein wie jeder normale Mensch. Stattdessen scheint er völlig ungerührt. »Okay«, sagt er. »Dachte ich mir schon.«

»Was soll das heißen?«

»Nur dass ich schon erwartet habe, dass du nicht über deinen Dad reden willst.«

»Warum? Weil du ein absoluter Fremder bist, der ziemlich gemein zu mir war?«

»Nein. Weil das bei dir ganz offensichtlich ein wunder

Punkt ist. Was voll schade ist, weil ich echt gut zuhören kann.«

Ich schnaube. »Das bezweifle ich.«

»Dann trau dich doch und finde es raus.« Seine Stimme, noch vor einer Sekunde total flirty und verführerisch, klingt jetzt irgendwie dunkel und rauchig und ziemlich … ich weiß auch nicht, belegt und brennend.

Sein Blick wandert über meinen Körper, angefangen bei den Beinen und dann immer weiter nach oben, bis er mir direkt in die Augen sieht. Das ist so sexy, dass ich es kaum mehr aushalte. Ich möchte, dass ihm gefällt, was er sieht. Ist es so? Es scheint, als wäre das der Fall. Sein Blick ist verhangen und schwer, er sieht mich unter seinen superlangen Wimpern hervor an.

Trau dich.

Das waren seine Worte. *Trau dich und finde es raus.* Dieser Satz geht mir wieder und wieder durch den Kopf, und so, wie er mich ansieht, frage ich mich, ob er meinen Dad meint oder ganz was anderes.

»Was ist hier los?«, hallt eine strenge Stimme durch den Flur.

Derrick kommt auf uns zumarschiert, die Augenbrauen zu einem Stirnrunzeln verzogen.

»Derrick!«, rufe ich aufgeregt. »Es ist Derrick! Hi, Derrick!« Ich galoppiere den Flur entlang und werfe ihm die Arme um den Hals. »Ich hab dich ja so vermisst!« Nachdem ich ihm auch noch einen Kuss gegeben habe, wird mir – viel zu spät – klar, dass ich mich eigentlich gar nicht so freuen sollte, ihn zu sehen, nachdem er mich praktisch den ganzen Tag geschnitten hat. Mal ehrlich, sollte das nicht Konsequenzen haben?

»Was geht denn hier ab?«, fragt er noch einmal und löst meine Arme aus seinem Nacken.

»Nichts.« Beckett steht auf und zuckt die Schulter. »Ich hab nur hier draußen gesessen und wollte frische Luft schnappen, und da kam Lyla vorbei, um dich zu sehen.« Er streckt die Arme über den Kopf, als wäre er total müde und gelangweilt. Dabei hat er mich gerade noch vor wenigen Sekunden mit seinem Blick quasi ausgezogen. Ich bin mir nicht sicher, ob ich jetzt enttäuscht bin, dass er so tut, als wäre nichts gewesen, oder ob ich dankbar sein soll, dass er vor Derrick keine große Szene macht.

»Jep«, sage ich. »Da war nichts. Wir haben nur … ich meine, ich habe nur auf dich gewartet.«

Derrick funkelt Beckett finster an.

Doch Beckett scheint das nicht zu kümmern. Tatsächlich scheint er es sogar auf gewisse Weise zu genießen, dass Derrick so misstrauisch ist. Er grinst ihm breit zu und klopft ihm auf die Schulter.

»Tja«, sagt er, »dann lasse ich euch zwei Turteltäubchen mal allein.« Damit zieht er eine Sonnenbrille aus der Tasche und setzt sie auf, was echt lächerlich ist, weil die Sonne längst untergegangen ist. »Ich bin da noch auf eine Party eingeladen.«

»Welche Party denn?«, frage ich, weil ich gern wüsste, ob er zu Juliana geht. Dann sehe ich ihn nämlich in wenigen Minuten wieder. Derrick wirft mir einen sonderbaren Blick zu. »Ich meine, viel Spaß!«, brülle ich Beckett hinterher, als er auf den Aufzug zugeht.

Dann drehe ich mich wieder zu Derrick um und sofort krampft sich mein Herz zusammen. Diese ganze Sache mit Beckett ist aber auch zu bescheuert. Derrick und ich sind jetzt schon seit zwei Jahren zusammen. Er ist derjenige, der mir immer zugehört hat, wenn ich mich über meine irre Mom beschwert habe. Er ist derjenige, der sich um mich gekümmert hat, als an unsrer Schule das Norovirus umging und ich nichts bei mir behalten konnte außer Gatorade und trockenes Toastbrot. Und er ist derjenige, der mich gebeten hat, mit ihm zum Juniorball zu gehen, indem er mit Rosenblättern bei uns in der Einfahrt schrieb: *LYLA, GEHST DU MIT MIR ZUM BALL?*

Derrick ist total hübsch und perfekt und bis zum heutigen Tag haben wir uns auch nie gestritten. Tja. Es sei denn, man zählt das eine Mal, als er an Thanksgiving seine Familie auf Cape Cod besuchte und versprochen hatte, er würde sich bei mir melden, sobald er gegen neun losfährt. Und dann kam kein Anruf und keine SMS bis ungefähr Mitternacht, und ich war stinkwütend, weil ich dachte, er wäre bei einem schrecklichen Verkehrsunfall ums Leben gekommen.

Aber selbst das war ganz am Anfang unserer Beziehung und ist schon ewig her. Seitdem gab es keinerlei Streitigkeiten mehr. Er war einfach perfekt. Zwischen uns war alles perfekt.

»Vergessen wir doch den heutigen Tag.« Ich schlinge ihm erneut die Arme um den Hals und sauge seinen Duft tief ein. Er riecht nach Sonnencreme und Strand und Meer. Kurz frage ich mich, wieso er nach Spaß riecht, während ich mich den ganzen Tag lang hundeelend gefühlt habe.

Seine Schultern versteifen sich einen kurzen Moment, und ich befürchte schon, er könnte immer noch sauer sein. Doch nach einem weiteren Augenblick spüre ich, wie er sich entspannt. »Tut mir leid, dass ich so wütend geworden bin«, sagt er. »Das Ganze hat mich echt beunruhigt.« Er seufzt. »Aber ich weiß ja, dass du mir nie im Leben wehtun würdest.« Dann küsst er mich sanft auf die Lippen.

»Nein, das würde ich nicht!«, sage ich. »Ich würde nie etwas tun, das dir wehtut. Oder uns.«

»Willst du einen Spaziergang am Strand machen?«, fragt er. Er ergreift meine Hand.

»Ja«, hauche ich, dankbar, dass er nicht vorschlägt, wir sollten auf Julianas Party gehen. Er will mit mir allein sein! Da kann er ja nicht allzu sauer auf mich sein, oder?

Ein Streit. Ein Spaziergang am Strand. Mondlicht. Hormone in Wallung. Ich könnte mir keine bessere Konstellation vorstellen für das, was bald geschehen wird. Sex. Sex. Sex. Und noch mehr Sex.

Der Strand ist einfach perfekt. Wir sitzen draußen vor einem Restaurant und stopfen uns voll mit Nachos und

Kartoffelschiffchen, ehe wir uns noch ein Ginger Ale zum Mitnehmen bestellen. Wir schütten die Hälfte aus und gießen die Plastikbecher dann auf mit Wein aus einer Flasche, die Derrick vorhin mit einem gefälschten Ausweis von Lincoln gekauft hat. Während wir den Strand entlanggehen, nippen wir an unserem Getränk und sind total beschwipst und glücklich und witzeln herum und lachen und kichern.

»Ich frage mich, was wohl passiert, wenn ich jetzt einfach ins Wasser gehe«, sage ich.

»Du würdest ertrinken«, meint Derrick. »Du bist angetrunken.« Er lächelt, doch ich hab das Gefühl, dass ich leise Kritik in seiner Stimme mitschwingen höre.

»Ich bin nicht angetrunken«, sage ich, stolpere aber genau in dem Moment. »Uff.« Ich kichere. *Kann nichts dafür,* will ich sagen. *Hab ja hohe Absätze an.*

»Du bist angeschickert«, sagt er. »Aber ist schon okay.«

Ich weiß, dass es okay ist, würde ich am liebsten sagen. *Du bist ja derjenige, der mir den Wein gegeben hat, und ich hatte nur ein bisschen was davon, außerdem ist nichts falsch daran, ein bisschen beschwipst zu sein, wir sind hier ja schließlich in Florida, wir sind hier im Urlaub, und was soll die Aufregung überhaupt, ich weiß nämlich genau, dass du dich vor ein paar Tagen noch darüber aufgeregt hast, dass du kein Gras mit an Bord des Fliegers bringen kannst.* Aber von alldem sage ich nichts. Stattdessen greife ich einfach nur nach seiner Hand und gehe weiter.

Ein paar Sekunden später sagt er: »Bist du jetzt sauer?«

»Nein.« Ich versuche, nicht genervt zu sein. Wir versöhnen uns doch gerade erst wieder, und ich will nicht noch mehr von unserem Urlaub hier versauen, indem ich gleich noch einen Streit vom Zaun breche.

»Gut.« Er bleibt stehen und zieht mich an sich, dann hebt er mein Kinn an und sieht mir in die Augen. »Tut mir leid, dass ich dich hab stehen lassen heute«, sagt er. Er lässt seine Finger über meine nackten Arme wandern, dann legt er seine Stirn an meine. »Ich hab mich echt kindisch benommen.«

»Nein, du warst nicht kindisch«, erwidere ich. »Ich hätte nicht zulassen dürfen, dass Beckett mich zum Flughafen fährt. Das war nicht okay.«

»Schon gut«, sagt Derrick leise. »Du hattest keine Wahl.«

Aber du hattest die Wahl, als du mit ihm auf dem Flur gesessen und ihm von deinem Armband erzählt hast und dir das Handgelenk von ihm hast streicheln lassen und total scharf wurdest, während er das tat.

Ich dränge meine Lippen gegen Derricks und gebe mir alle Mühe, mich in dem Kuss zu verlieren. Stürmisch schlinge ich ihm die Arme um den Nacken, während wir uns immer inniger küssen. Nach einer Weile löst er sich von mir, völlig atemlos.

»Los, komm«, sagt er. »Gehen wir auf dein Zimmer.«

SECHS

Wenn jemand sich auf dein Zimmer einlädt, nachdem man gerade leidenschaftlich im Mondlicht geknutscht hat, dann könnte man glatt auf den Gedanken kommen, dass man möglicherweise vielleicht Sex haben wird. Erst recht, wenn man eh schon den ganzen Tag davon gesprochen hat. Und wo Quinn und Aven nicht da sind.

Zunächst sieht es auch tatsächlich so aus, als würde alles darauf hinauslaufen.

Derrick und ich küssen uns.

Derrick und ich küssen uns noch mehr.

Derricks Hände wandern unter meine Kleidung.

Wir legen uns unter die Decke.

Ich ziehe mein Kleid aus. Er entledigt sich seines Hemdes.

Bislang alles vertrautes Terrain – wir tun schon »alles außer« seit mindestens einem Jahr.

Und an dem Punkt geraten die Dinge plötzlich … ins Stocken.

Wir küssen uns immer noch. Wir berühren uns. Aber sonst gibt es keinerlei Fortschritte.

Ich überlege, ob ich dem Ganzen einen kurzen, entschlossenen Stups in die richtige Richtung geben soll, aber ich will nicht diejenige sein, die die Sache vorantreibt, wenn ihr versteht, was ich meine. Ich reibe meine Hüften an seinen, in der Hoffnung, dass die Botschaft bei ihm ankommt. Und diese Botschaft lautet, dass er mich gefälligst ganz ausziehen soll. Ich frage mich, ob er aus Rücksicht auf mich so langsam macht.

»Hast du ein Kondom?«, hauche ich ihm ins Ohr. Nicht die erotischste aller Überleitungen, aber wir müssen ja auch an die Verhütung denken! Auf keinen Fall tu ich es ohne Kondom. Ich nehme die Pille nicht, und das Letzte, was ich will, ist eine kleine Dyla (Derrick und Lyla, kapiert?). Gott bewahre. Jetzt werde ich mir die Pille verschreiben lassen müssen. Ich werde nicht darum herumkommen, es meiner Mom zu sagen, und dann benimmt sie sich bestimmt total seltsam und flippt aus und liest ungefähr fünf Millionen Bücher darüber, wie man seiner Tochter eine gesunde Einstellung zur Sexualität vermittelt. Wie steht denn das Gesetz zum Thema Minderjährige und Geburtenkontrolle? Vielleicht kann ich mir ja was besorgen, bevor wir wieder nach Hause fliegen? Obwohl, vermutlich nicht. Ich hab so das Gefühl, dass die hier in Florida strenger sind als bei uns im Nordosten.

»Äh, ja«, meint Derrick. »Ich hab ein Kondom.«

»Du hast eins?« Ich bin überrascht. Warum hat Derrick denn Kondome? Es sei denn, er hat sie erst heute besorgt, als er unterwegs war.

»Klar«, sagt er. »Hab immer eins dabei. Weißt schon, nur für den Fall.«

»Für welchen Fall?« Ich geb mir alle Mühe, ganz cool zu klingen, aber ich will hundertpro sichergehen, dass er meint, für den Fall, dass ich mich entschließe, es tun zu wollen, nicht für den Fall, dass er irgendein anderes Mädchen trifft. Auch wenn ich überzeugt bin, dass Derrick mich niemals betrügen würde. Wie ich schon sagte, vor dem heutigen Tag haben wir uns kein einziges Mal gestritten.

»Nur für den Fall, du beschließt, dass du bereit bist.«

»Oh.« Ich frage mich, wie lange er dieses Kondom bereits mit sich herumträgt. »Es ist doch nicht abgelaufen oder so, oder?« Wie beschissen wäre das denn? Da ist man ganz verantwortungsvoll, und dann wird man doch schwanger oder holt sich eine Geschlechtskrankheit, nur weil das Kondom abgelaufen war.

»Nein.« Er küsst mich auf den Hals. Dann auf mein Schlüsselbein. Dann am Dekolleté. Ich warte, dass er weitermacht, dass er sich über meinen Bauch nach unten küsst und/oder mir vielleicht den BH auszieht. Aber er tut nichts dergleichen.

Stattdessen hält er sich weiter an meinem Hals auf.

»Ist alles in Ordnung?«, frage ich.

»Klar«, meint er. »Alles bestens. Warum?«

»Tja, es ist nur, weil wir eigentlich Sex haben sollten, und, na ja … wir tun es nicht.«

»Oh. Ich wollte nicht … Ich meine, ich weiß, dass du

gemeint hast, du wärst jetzt bereit, aber ich möchte bloß … Ich will sicher sein, dass es wirklich das ist, was du willst.«

»Oh, und ob ich es will.« Das tu ich wirklich. Zumindest im Kopf will ich es. Mein Körper ist … Ich meine, mir gefällt das mit dem Küssen und alles, aber ich bin nicht … okay, na schön. Ich bin nicht so durcheinander und erregt wie in dem Moment, als Beckett seinen Finger über mein Handgelenk hat wandern lassen. Nicht dass das was zu bedeuten hätte. Klar fühl ich mich bei Beckett so. Beckett ist gefährlich und verboten und gibt meinen bescheuerten Hormonen das Gefühl, sie hätten das Kommando. Derrick hingegen bedeutet Sicherheit und Perfektion, er ist einfach wunderbar. Derrick ist viel besser.

Ich küsse ihn auf die Nase.

»Du hast dich doch erst heute Morgen dazu entschieden, dass du Sex mit mir willst«, sagt Derrick. »Und dann hatten wir so einen komischen Tag, daher frage ich mich, ob wir nicht noch eine Nacht darüber schlafen sollten.«

»Darüber schlafen?«

»Ja. Du weißt schon, damit wir uns sicher sind.« Er küsst mich sanft auf die Lippen, dann schiebt er mir das Haar aus dem Gesicht. »Ich will ja nicht, dass du es morgen wieder bereust.«

»Warum sollte ich es denn morgen bereuen? Ich liebe dich. Wir sind seit zwei Jahren zusammen. Ein einziger dämlicher Streit ändert doch nichts daran.«

»Ich weiß.« Er seufzt. »Es ist nur … das ist ein großer Schritt, und ich will sichergehen, dass alles perfekt ist.« Er grinst. »Ich will Kerzen und Champagner und ein ausgefallenes Abendessen. Nicht dass wir uns den ganzen Tag streiten und dann billigen, verdünnten Wein trinken und eine schnelle Nummer im Hotelzimmer schieben.«

Wer sagt denn was von einer schnellen Nummer? Ein Anflug von Verärgerung wallt in mir auf, und ich tue mein Bestes, um das Gefühl zu unterdrücken. Warum sollte ich sauer sein auf Derrick, nur weil er sicher sein will, dass alles perfekt ist? Er hat schon recht. Mein erstes Mal sollte etwas Besonderes sein, etwas Magisches, mit Blumen und Kerzenschein und all den anderen Dingen, die er erwähnt hat.

Was wir hier treiben, ist vermutlich eher etwas, das Beckett tun würde.

Warum denkst du jetzt wieder an Beckett?

»Okay«, sage ich, »du hast recht.«

»Gut.«

Ich nehme an, dass wir jetzt weiter rummachen. Nur weil wir keinen Sex haben werden, heißt das ja nicht, dass wir nicht alles andere tun können. Doch Derrick dreht sich stattdessen auf die Seite und nimmt meine Hand.

»Ich schlafe hier«, sagt er. Mit einem Mal klingt seine Stimme sehr müde, als hätte er soeben noch ferngesehen oder so und nicht mit mir rumgemacht.

»Okay«, sage ich. Wir haben schon ein paarmal gemeinsam im gleichen Bett geschlafen. Einmal, als seine

Eltern weggefahren sind, und einmal, als wir beide auf einer Party waren und dann in irgendeinem Zimmer eingeschlafen sind, nachdem wir stundenlang rumgeknutscht hatten. Damals hat er sich nicht beschwert, dass alles perfekt sein müsse.

Ich drehe mich auf die Seite und warte darauf, dass Derrick mich an sich zieht oder wenigstens etwas sagt, damit ich mich besser fühle, weil ich nämlich trotz allem das Gefühl habe, zurückgewiesen worden zu sein. Doch das tut er nicht, und eine Sekunde später atmet er schon ganz leise und regelmäßig, sodass klar ist, dass er schläft.

Die Türen zum Balkon stehen offen, aber die Läden sind geschlossen. Warme Nachtluft dringt ins Zimmer und ich höre das sanfte Plätschern der Wellen am Ufer, vermischt mit dem Geräusch der Stimmen von unten. Ist immer noch früh genug, dass die meisten meiner Mitschüler aus sind. Vermutlich flanieren sie gerade über die Promenade oder hängen am Strand ab oder sitzen bei einer späten Mahlzeit in einem der Restaurants.

Mit einem Mal bin ich wütend, dass ich hier bin, in meinem Zimmer, während alle anderen draußen sind und Spaß haben. Doch dann ermahne ich mich selbst, dass ich froh sein sollte, hier bei Derrick zu sein – denn auch wenn wir nicht miteinander geschlafen haben, lieben wir uns doch. Ich bin immer noch das glücklichste Mädchen auf der ganzen Welt. Und ich wette, viele meiner Mitschülerinnen wären lieber drinnen mit jemandem, den sie lieben, als da draußen, wo sie irgendwelche besoffenen Typen abwehren müssen, die nur darauf aus sind, ein beliebiges Mädchen abzuschleppen.

Mein Handy summt ganz laut, und ich strecke die Hand aus, um es auszustellen, ehe es Derrick noch weckt.

Vor dem Abschluss werde ich … lernen zu vertrauen.

Ich sehe auf die Uhr.

Fünf Minuten bis Mitternacht.

Fünf Minuten, dann ist endlich Schluss mit diesen dämlichen E-Mails.

Ich drehe mich im Bett um und schließe die Augen.

Doch es dauert noch eine ganze Zeit, bis ich einschlafe.

SIEBEN

Klopf.

Klopf.

Klopf, klopf.

Klopf, klopf, klopf.

Ächzend wälze ich mich im Bett und frage mich, wer denn um diese unchristliche Zeit an meine Tür klopft ... Oh. Ist ja schon neun. Trotzdem. Neun ist doch viel zu früh, um bei jemandem anzuklopfen, wenn man im Urlaub ist. Ich richte mich auf und schaue mich benommen blinzelnd im Zimmer um.

Quinns Bett ist leer, aber in der Ecke liegt Aven zusammengekauert auf ihrem Klappbett, die Decke fest um sich gewickelt, den Daumen im Mund. Ich schüttle den Kopf. Echt unfassbar, dass sie immer noch am Daumen lutscht. Quinn und ich haben ihr immer eingebläut, dass sie sich dadurch die Zähne ruinieren wird, obwohl ihre Eltern das viele Geld in eine Zahnspange investiert haben und sie immer hat zusehen müssen, dass sie auch ja diese dämliche Außenspange trägt, obwohl damals doch alle ständig bei jemand anderem übernachtet haben, was bedeutete, dass sie ...

Klopf, klopf, klopf.

Jetzt klingt das Klopfen ein wenig hartnäckiger, aber immer noch relativ leise. Schätze, derjenige, der da draußen steht, weiß wenigstens, dass er nicht zu laut werden sollte. Ist vermutlich einer von den Lehrern, der nachsieht, ob alle da sind oder so. Auf keinen Fall dürfen sie mich hier drinnen zusammen mit Derrick erwischen. Obwohl wir ja gar nichts getan haben. Seufz. Ich drehe mich um und beschließe, das Klopfen nicht zu beachten.

Klopf, klopf, klopf.

Inzwischen wird schneller geklopft, stakkatoartig, fast wie ein ganz sanfter Specht oder so. Tja. Vielleicht ein Specht, der nachsieht, ob alle da sind. Obwohl, ich bezweifle es.

Einen kurzen Moment verstummt das Klopfen, dann hört man ein lautes Flüstern.

»Lyla!«

Oh mein Gott. Es ist Beckett!

Beckett Cross steht vor meiner Tür. Ist der total plemplem? Wie kommt er auf die Idee, es wäre in Ordnung, dass er hier aufkreuzt? Will er, dass man ihm den Hintern versohlt? Ich frag mich schon, wer bei einer Schlägerei gewinnen würde, Beckett oder Derrick. Derrick ist größer. Und er macht viel Sport. Also hat er vermutlich die bessere Ausdauer. Aber Beckett hat breitere Schultern. Und er kämpft vermutlich nicht ganz fair – bestimmt kennt er sämtliche Tricks und Kniffe, die man nur auf der Straße lernt.

»Lyla!«

Ach herrje.

Ich klettere aus dem Bett und öffne die Tür.

»Endlich«, sagt Beckett. Dann schüttelt er den Kopf, als könnte er nicht fassen, dass ich ihn die ganze Zeit hier draußen habe stehen lassen – als wären wir zum Frühstück verabredet, dabei ist er doch einfach bloß so aus dem Nichts hier aufgekreuzt und ruft nach mir, obwohl er genau weiß, dass mein Freund bei mir im Bett liegt. Sein Blick wandert wieder mal an mir auf und ab, und mir wird bewusst, dass ich nichts außer einem Tanktop und einer total knappen kurzen Hose trage. Die hab ich gestern Nacht angezogen, nachdem Derrick eingeschlafen war – mir war zu kalt, um halb nackt zu schlafen, und außerdem war es ja nicht so, als wären wir allein. Mir war klar, dass Aven und Quinn irgendwann zurückkommen würden.

»Schlimme Nacht?«, fragt Beckett grinsend.

»Nein.« Ich verschränke die Arme vor der Brust und hoffe, dass er nichts sieht. Er macht einen erstaunlich ordentlichen Eindruck für jemanden, der sich vermutlich die Nacht um die Ohren geschlagen und es total übertrieben hat. Sein Haar ist zerzaust, aber er trägt Baggy-Khakishorts und dazu ein dunkelblaues T-Shirt und Turnschuhe ohne Socken.

»Was willst du?«, frage ich genervt. »Ich bin beschäftigt.« Je schneller er wieder von hier verschwindet, desto besser. Aven und Derrick haben beide einen tiefen Schlaf, aber früher oder später wird einer von ihnen aufwachen.

»Ich wollte fragen, ob du mit mir auf einen Kaffee gehst?«

»*Was?*« Spinnt der total? Natürlich will ich *nicht* mit ihm auf einen Kaffee gehen. *Oh doch, du willst es.* Nein, tu ich nicht. *Tust du wohl.* Nein, tu ich nicht.

»Warum denn nicht?«

»Weil ich einen Freund hab!« Ich schüttle den Kopf. Warum diskutiere ich eigentlich mit ihm? Der ist doch völlig irre. Und mit einem Irren lässt sich nicht vernünftig reden. Daher beschließe ich, meine Taktik zu ändern. Ich trete raus auf den Flur und schließe die Tür hinter mir. »Hör zu«, sage ich. »Ich muss mich hier grad um was kümmern, also gehst du jetzt lieber.«

»Du *kümmerst* dich um was?«

»Ja. Meine Freundin Quinn ist gestern Nacht nicht zurückgekommen und jetzt mache ich mir Sorgen um sie.« Ist ja nicht ganz gelogen.

»Ach so, sie ist gestern mit einem Typen mitgegangen«, sagt Beckett. »Ich hab gesehen, wie sie zu so 'nem Kerl ins Auto gestiegen ist.«

Mein Magen sackt runter bis zu den Füßen. »Sie ist zu einem Typen ins Auto gestiegen?«

»Ja, sie kamen aus einer Bar. Oder einem Klub. Einer von den Läden auf der Hauptstraße.« Beckett nimmt meine Hand und will mich zu sich ziehen. »Los, komm«, sagt er. »Ich hab gesehen, wo sie hin sind. Ich zeig es dir.«

»Langsam, langsam«, sage ich. »Mit dir gehe ich nirgendwohin.« Ich winde mich aus seiner Umklammerung.

»Warum nicht?«, will er wissen, offenbar erstaunt.

»Erstens, weil ich darauf gestern schon hereingefallen bin, und ich lass mich nicht wieder von dir zu deinen irren Spielchen verleiten. Und zweitens ist Derrick bei mir im Zimmer, und wenn er dich hier erwischt, wird er ausflippen.« Entschlossen recke ich mein Kinn in die Höhe. »Und außerdem sind Quinn und ich ... Es geht dich überhaupt nichts an, wo sie steckt.« Doch noch während ich das ausspreche, macht sich Nervosität breit in mir. Warum um alles in der Welt steigt Quinn zu einem wildfremden Typen ins Auto?

Beckett starrt mich einen Moment nur an und sagt keinen Ton. Die Situation ist jetzt doch ein bisschen peinlich, wenn ihr die Wahrheit wissen wollt. Gerade als ich mich umdrehen und wieder im Zimmer verschwinden will, sagt er doch was: »Erstens versuch ich überhaupt nicht, dich zu etwas zu verleiten oder dich irgendwohin zu locken. Ich hab dich nur gefragt, ob du mitkommen willst. Und zweitens, wenn du denkst, dass mich dein Schlappschwanz von einem Freund auch nur annähernd interessiert, dann hast du dich getäuscht.«

»Er ist kein Schlappschwanz!«

»Und ob er ein Schlappschwanz ist! Erst geht er nicht ans Telefon, nachdem du den Bus verpasst hast, und dann lässt er dich seelenruhig den ganzen Tag allein, und du musst vor seinem Hotelzimmer warten, während er sich alle Zeit der Welt lässt.« Als Beckett das sagt, kommt er mir immer näher, bis da kein erwähnenswerter Abstand mehr ist zwischen uns. »Also, wie ich schon sagte, er ist ein Schlappschwanz. Und wie ich ebenfalls sagte, er interessiert mich nicht.«

»Wie auch immer«, entgegne ich. »Ich hab jetzt keine Zeit für so was. Komm bloß nie wieder hierher.«

Damit wende ich mich ab, um wieder ins Zimmer zu gehen, und ich hoffe sehr, dass Aven und Derrick beide noch schlafen.

»Sie könnte in der Klemme stecken«, ruft Beckett mir hinterher.

Ich bleibe stehen. Doch ich drehe mich nicht um. »Wie meinst du das?«

»Quinn. Sie könnte in der Klemme stecken.«

Jetzt drehe ich mich doch um. »Ich bin mir sicher, dass es ihr gut geht.« Trotzdem, während ich die Worte ausspreche, drängt sich ein Bild von gestern Abend in mein Bewusstsein, ein Bild von Quinn in diesem Outfit. Die Art, wie sie ihr Haar zurückwarf. Der rote Lippenstift. Ihr Gang, als sie das Zimmer verließ, so als ginge sie auf eine Mission. »Und außerdem sind wir … wir sind gar nicht mehr wirklich befreundet.« Trotzdem bleibe ich unschlüssig stehen.

»Na und? Machst du dir denn überhaupt keine Sorgen um sie?«, will Beckett wissen. Dann schüttelt er den Kopf, so als wäre er total frustriert. »Das ist doch lächerlich. Ich nehm das jetzt allein in die Hand.«

Damit dreht er sich um und geht davon, den Flur runter zurück zum Aufzug.

»Warte!«, rufe ich. »Du kannst doch nicht einfach ... was hast du jetzt vor?«

Er zuckt die Schulter. »Ich werde mich vergewissern, dass bei ihr alles in Ordnung ist.«

»Wie denn das?«

»Ich hab den Wagen gesehen, in den sie gestiegen ist, und die Richtung, in die sie gefahren sind. Da gehe ich hin.«

»Du willst ihr nachspionieren?«

»Ja.«

»Aber du kennst sie doch gar nicht wirklich?« Zumindest glaube ich das. Ich wüsste nicht, dass Quinn je erwähnt hätte, dass sie was mit Beckett zu tun hat. Er ist nämlich genau die Sorte Kerl, die sie hasst. Die Sorte, die einfach so im Unterricht aufkreuzt, sich keine Notizen macht und trotzdem irgendwie immer gute Noten schreibt. Quinn muss schwer schuften für ihre Zensuren. Echt richtig schwer. Und deswegen mag sie Leute nicht, die das nicht nötig haben.

»Na und?«, fragt Beckett. »Sie könnte in der Patsche sitzen. Und wenn du nichts dagegen unternehmen willst ...« Er lässt den Satz unvollendet, so als könnte er nicht glauben, dass ich nichts tun würde, um Quinn zu retten.

»Ich bin absolut sicher, dass es ihr gut geht. Vermutlich hat sie nur jemanden kennengelernt, den sie abschleppen wollte.«

Die Worte sind kaum ausgesprochen, da wird mir schon klar, dass das nicht richtig sein kann. Quinn, die einen Kerl abschleppt, obwohl sie ihn gerade erst kennengelernt hat? Quinn hatte meines Wissens bis jetzt nur mit einem Typen was, und das war, nachdem sie das Ganze wieder und wieder durchanalysiert und eine Liste sämtlicher Vor- und Nachteile aufgestellt hatte. Das ging über ganze zwei Monate. Am Ende wollte der Junge schon fast nichts mehr von ihr. Zugegeben, es ist schon eine Weile her, dass wir uns das letzte Mal unterhalten haben, aber ich glaube echt kaum, dass Quinn sich derart verändert haben sollte.

Quinn, was ist nur mit dir los?

»Was soll's«, meint Beckett kopfschüttelnd. »Bis später.«

Ich sehe zu, wie er den Flur runtergeht, und ehe ich mich davon abhalten kann, rufe ich ihm hinterher: »Warte!«

Er dreht sich um, geht aber rückwärts weiter.

»Ich komme mit. Lass mich nur schnell was überziehen.«

Auf Zehenspitzen schleiche ich zurück ins Zimmer und schließe vorsichtig die Tür hinter mir. Aven und Derrick schlafen immer noch tief und fest. Avens Locken spitzen aus dem Kokon hervor, den sie sich aus der Decke gebaut hat, und Derrick hat sich über das gesamte Bett ausgebreitet und schnarcht vernehmlich.

Ich überlege, ob ich ihn aufwecken soll. Ich könnte ihn bitten, mitzukommen. Das wäre wohl das Richtige. Viel besser, als einfach so mit Beckett davonzumarschieren und ihn schon am zweiten Tag unserer Abschlussfahrt hier allein zu lassen. Ich meine, mir ist schon klar, dass er gestern *mich* allein gelassen hat, aber trotzdem. Zweimal das Falsche ergibt nicht automatisch das Richtige.

Andererseits, ich darf nicht riskieren, dass es zwischen Derrick und Beckett zu einem Drama kommt. Wenn die sich da beide einmischen, wer weiß, was dann aus der armen Quinn wird? Vielleicht bleibt sie jahrelang bei irgendeinem widerlichen Kerl im Keller eingesperrt, und keiner weiß, wo sie steckt, bis es ihr gelingt, sich mit einem Werkzeug, das sie aus Kabelbindern gefertigt hat, da rauszugraben. Tja. So weit wird es wohl nicht kommen, weil Beckett ja offenbar weiß, wo sie ist. Trotzdem. Bei so was sollte man kein Risiko eingehen.

Die Tür zum Zimmer öffnet sich einen Spaltbreit. »Lyla«, flüstert Beckett. »Ich gehe jetzt. Kommst du mit oder nicht?«

Ich hole tief Luft, dann kritzle ich schnell eine Nachricht auf einen Block, der auf dem Hotelschreibtisch liegt.

Bin raus, um Kaffee zu holen – bald wieder zurück.

Vor diesem Wochenende hab ich Derrick nicht ein einziges Mal angelogen.

Und jetzt tu ich es schon zum zweiten Mal in zwei Tagen.

»Bist du dir sicher, dass du sie hast hierherkommen sehen?«, grummle ich fünfzehn Minuten später. Mir kommt es vor, als wären wir eine Ewigkeit gelaufen. Und was zunächst wie ein netter kleiner Spaziergang am Strand begann, ist jetzt zu einem gewöhnlichen … Marsch durch die Straßen geworden. Viele, viele Straßen.

»Ja«, sagt Beckett. »Es war ein schwarzer Range Rover und sie sind ganz bestimmt hier in dieses Wohngebiet gefahren.« Er geht neben mir her und hin und wieder berühren sich unsere Arme, wenn auch nur ganz leicht. Ich weiche auf dem Gehweg immer wieder aus, aber es ist nicht genügend Platz. Das Einzige, das mich davon abhält, vollends durchzudrehen, ist die Tatsache, dass ich etwas Langärmeliges trage. Wenn meine Arme jetzt auch noch nackt wären, wenn unsere Arme sich berühren würden, und ich seine nackte Haut auf meiner spüren müsste … ich schaudere und schlinge die Arme um meinen Körper.

»Ist dir kalt?«, erkundigt Beckett sich.

»Nein.«

»Aber du zitterst.«

»Nein, tu ich nicht.«

Er zuckt die Achsel. Selbst dieses Achselzucken ist total sexy. Ich versuche, an was anderes zu denken, um mich abzulenken. Die Sonne, die so wundervoll runterscheint auf mein Gesicht. Die warme Luft, einfach perfekt, nicht zu heiß, nicht zu kalt. Das Gefühl von Sand zwischen den Zehen. Dass mein Sweatshirt nach Derrick riecht. Ja, Derrick! Denk an Derrick! Wie schön es war, vergangene Nacht in seinen Armen zu schlafen.

Tja.

Es war nur ein Arm, den er um mich gelegt hat, aber immerhin.

Ich war im Bett perfekt an ihn geschmiegt; er war der große Löffel, ich der kleine.

Nur dass er keinen Sex mit mir wollte.

Nein, nein, nein, denk nicht darüber nach, dass er nicht mit dir schlafen wollte! Warum wollte er denn nicht mit mir schlafen? Es liegt bestimmt nicht daran, dass er mich nicht will. Er möchte bloß, dass alles perfekt ist. Weil *er* perfekt ist. Heute Abend werden wir Sex haben.

Ob mir wohl Zeit bleibt, um noch was hübsches Erotisches zum Anziehen zu kaufen? Irgendwie bin ich mir nicht sicher, ob mein Set aus schwarzem BH und Tanga das Richtige ist. Vielleicht sollte ich doch was besorgen, das ein bisschen … keine Ahnung, ein bisschen trashiger ist. Nicht billig trashig, sondern sexy trashig. Es sollte irgendwie durchsichtig sein, aber nicht …

»Da ist es«, sagt Beckett. Er deutet auf einen einstöckigen türkisen, kastenförmigen Bau mit ordentlich gestutztem Rasen. Ein glänzender schwarzer Range Rover steht davor.

»Wow«, sage ich. »Sieht echt aus, als steckte sie total in der Klemme, Beckett. Zum Glück hast du mich aus dem Bett geholt, um sie aus dieser abgerissenen Crackhöhle zu retten.«

Er wirft mir einen stechenden Blick zu.

»Was denn?«, frage ich.

»Willst du nicht zur Tür gehen?«

»*Ich?*«

»Klar, du.«

»Du bist doch derjenige, der sie hier gesehen hat, wieso gehst du nicht zur Tür?«

»Weil ich sie kaum kenne.«

»Klar, aber wenn ich zur Tür gehe, und sie wurde von irgendeinem Verbrecher entführt, dann nimmt der mich doch auch noch als Geisel.«

Ich erwarte eigentlich, dass er angesichts dieser lächerlichen Behauptung nur den Kopf schüttelt, doch stattdessen nickt er ganz ernst und beißt die Zähne fest aufeinander. »Auch wieder wahr. Du bleibst hier.« Und damit marschiert er los auf die Tür zu.

»Warte!«, rufe ich ihm nach. Doch er hört nicht. Er geht entschlossen die Einfahrt hoch, als hätte er jedes Recht, hier zu sein. »Beckett, warte!«

Er achtet nicht auf mich.

Was zum Teufel hat er vor? Sollten wir uns nicht erst mal einen Plan überlegen oder so? Man kann doch nicht einfach so auf fremder Leute Grund und Boden marschieren und an die Tür klopfen, um zu fragen, ob bei ihnen im Keller wohl zufällig ein junges Mädchen festgehalten wird. So was mögen die Leute gar nicht.

Ich sehe mich um und frage mich, ob ich wohl irgendwas übersehen habe, das uns auf den Gedanken bringen könnte, wir befänden uns hier in einem üblen Viertel. Sieht mir nicht nach einer schlimmen Gegend aus. Wir befinden uns in absoluter Strandnähe, so nah, dass ich das Meer riechen kann, und am Straßenrand, wo der Bürgersteig angrenzt, liegt Sand. Die Häuser hier sind sicherlich Millionen wert. Okay, vielleicht nicht eben Millionen. Es sind keine großen Anwesen oder so was. Aber ich wette trotzdem, dass sie ganz schön teuer sind. Meine Mom redet doch ständig davon, dass es beim Hauskauf vor allem auf die Lage ankommt. Und die Häuser hier befinden sich in Bestlage.

Jetzt, wo ich es mir recht überlege, scheint es mir doch recht unwahrscheinlich, dass Quinn entführt wurde. Warum sollte ein Kidnapper sie in ein teures Haus in Strandnähe bringen? Von so was hab ich wirklich noch nie gehört. Wenn Menschen entführt werden, dann verschleppt man sie doch meistens in irgendeinen heruntergekommenen Apartmentblock, wo die Nachbarn bei allem wegsehen.

Das hier ist auf keinen Fall eine solche Gegend. Bestimmt kennt hier jeder jeden und alle sind besorgt um ihr Hab und Gut. Während ich mich jetzt so umsehe, wirft eine Frau auf der anderen Seite der Straße mir einen misstrauischen Blick zu. Sie tut so, als würde sie die Blumen gießen, aber sie achtet noch nicht mal drauf, wo der Wasserstrahl landet.

Ich lächle ihr freundlich zu, und sie lächelt zurück, doch ihr Misstrauen kann sie dadurch nicht verschleiern.

»Beckett!«, brülle ich in Richtung Eingang. »Beckett, ich glaub, wir können wieder gehen!«

Er dreht sich um und sieht mich an, die Augen mit der Hand gegen die Sonne abgeschirmt. »Was?«, brüllt er.

»Ich finde, wir sollten jetzt gehen! Quinn geht es bestimmt gut!« Diesen zweiten Satz hätte ich nicht sagen sollen. Dass es Quinn gut geht. Jetzt sind die Augen der Nachbarin weit aufgerissen, so als hätte ich angedeutet, Quinn könnte halb nackt und gefesselt sein oder so.

»Alles in Ordnung«, sage ich zu ihr, in der Hoffnung, ich möge wie ein verantwortungsbewusster Mensch auf sie wirken. Ich zerre an meiner engen kurzen Hose. »Wir besuchen nur eine Freundin.«

»Oh, wie nett«, ruft sie mir zu, wirkt aber nicht sonderlich überzeugt.

Ich richte meinen Blick wieder auf Beckett, der jetzt mit irgendeinem Typen redet, der die Tür zu dem kleinen türkisen Häuschen geöffnet hat. Wow. Der Typ ist ja so was von scharf. Er hat zerzaustes blondes Haar und trägt schwarze Surfershorts und kein Oberteil dazu. Als er raustritt auf die Veranda, glänzen seine Muskeln buchstäblich im Sonnenlicht. Sein Gesichtsausdruck ist allerdings nicht allzu glücklich. Vielleicht weil er sich nicht erklären kann, warum irgendein Fremder einfach so vor seiner Haustür aufkreuzt und nach Quinn fragt.

»Ich will nur mit ihr reden«, erklärt Beckett. Dann deutet er auf mich. »Sehen Sie? Das da drüben ist ihre beste Freundin, Lyla.«

Ach herrje. Warum zieht er mich da jetzt mit rein? War ja noch nicht mal meine Idee, hierherzukommen.

Jetzt starrt der scharfe Surfertyp mich an. »Du bist Quinns Freundin?«, ruft er mir über die Straße zu. Er wirkt immer noch verwirrt.

»Ja!«, sagt Beckett im selben Moment, als ich »Nein!« sage.

Beckett reißt die Hände hoch und wirft mir einen Blick zu, der sagt: *Was zum Teufel tust du?*

»Ihr geht's bestimmt gut«, sage ich zu Beckett. Damit drehe ich mich um und werfe der Dame mit dem Gartenschlauch noch ein letztes aufmunterndes Lächeln zu.

»Bill!«, ruft sie in Richtung ihres Hauses. »Bill, komm doch mal hier raus. Und ruf besser Harvey Cooper an. Dieser Flachsbengel führt schon wieder was im Schilde.«

»Nein, nein, nein«, sage ich. »Niemand führt irgendwas im Schilde.«

»Harvey Cooper ist der Vorsitzende des Hausbesitzerverbandes«, erklärt die Frau. »Und er wird nicht allzu erfreut sein, wenn man ihn das zweite Mal in einer Woche hierher beordert.«

Das zweite Mal in einer Woche? Auwei. Tja, selbst wenn Quinn nicht unmittelbar in Gefahr ist, sollte sie sich doch vor diesem »Flachsbengel« in Acht nehmen. Klingt, als brächte er nichts als Ärger. Vermutlich schleppt er ständig irgendwelche Mädchen mit nach Hause und dann beschweren sich die Leute wegen Lärmbelästigung. Jemand, der so gut aussieht wie er, bringt definitiv nichts als Ärger.

Ich drehe mich wieder um zum Haus und rufe noch mal nach Beckett, doch genau in dem Moment tritt Quinn raus auf die Veranda. Sie hat das Outfit von gestern Abend eingetauscht gegen eine graue Jogginghose und ein dunkelblaues T-Shirt, das ihr ungefähr zehn Nummern zu groß ist. Gehört vermutlich diesem Flachsbengel. Und das bedeutet … wow. Hat Quinn etwa mit ihm geschlafen? Tja, selbst wenn nicht, irgendwas war da auf jeden Fall zwischen ihnen. Ihr Haar ist völlig zerzaust, und wenn ich näher bei ihr stehen würde, könnte ich sicher erkennen, dass ihr Make-up ein bisschen verschmiert ist.

Ich starre sie an und versuche rauszufinden, ob sie die ganze Nacht Sex hatte. *Sei doch nicht so naiv, Lyla,* ermahne ich mich selbst. Klar hatte sie die ganze Nacht lang Sex. Sie geht doch nicht einfach so mit einem Typen nach Hause und hat dann am Ende seine Klamotten an. Die haben bestimmt nicht nur zusammen gelernt.

»Lyla?«, ruft Quinn, als sie mich auf dem Gehweg stehen sieht. In ihrer Stimme liegt eine Mischung aus Genervtheit und Verwunderung.

»Oh, hi«, sage ich schwach.

»Was machst du denn hier?«

»Nur, äh …« Ich blicke mich hilflos um auf der Suche nach einer Ausrede, warum ich um diese Tageszeit hier sein könnte, genau vor diesem Haus, ohne dass es irgendwas mit ihr zu tun hätte.

»Wir wollten nach dir sehen«, erklärt Beckett. »Lyla, sag ihr doch, dass wir nach ihr sehen wollten!«

»Nach ihr sehen? Aber warum denn?«, will der Flachsbengel wissen. Der Ton seiner Stimme klingt düster, so als gefiele es ihm ganz und gar nicht, wenn man andeutet, er könnte nichts Gutes im Schilde führen. Vielleicht ist es ja so, dass er öfter mal nichts Gutes im Schilde führt und es satthat, dass die Leute ihm das immer wieder zum Vorwurf machen.

»Weil wir wissen wollten, ob mit ihr alles in Ordnung ist!«, sagt Beckett. Er wendet sich an Quinn. »Quinn, ist alles okay bei dir?«

»Ja«, sagt sie zu Beckett. Dann verschränkt sie die Arme vor der Brust und funkelt mich böse an. »Mir geht's gut.«

Sie scheint ernsthaft wütend zu sein.

»Du wirkst nicht gerade erfreut«, rufe ich vom Ende der Einfahrt aus. »Wir sollten wohl besser gehen.«

»Bist du sicher, dass alles okay ist?«, erkundigt Beckett sich erneut bei Quinn.

»Ihr geht's bestens«, sagt der Flachsbengel. »Sagt ihr mir jetzt verdammt noch mal, wer ihr seid und was ihr hier wollt?«

»Himmel«, meint Beckett, »mach dich mal locker, Alter. Wir sind Freunde von Quinn. Und wie gesagt, wir wollten nur sichergehen, dass mit ihr alles in Ordnung ist.«

»Quinn, sind das wirklich Freunde von dir?«, will der Flachsbengel von ihr wissen.

»Nein«, entgegnet Quinn und verblüfft damit alle. Selbst dieser Flachsbengel wirkt überrascht, so als hätte er bis zu dem Moment zumindest für möglich gehalten, dass er aus einer Mücke einen Elefanten macht.

»Bill!«, brüllt die Frau auf der anderen Straßenseite

jetzt. Sie lässt den Wasserschlauch fallen und ein kleines Rinnsal schlängelt sich über ihren Rasen. Die Blumen sind jetzt auf jeden Fall im Arsch – wenn sie nichts unternimmt, ersäuft sie sie gnadenlos. »Bill, komm schnell! Das wird hier noch ein Fall von Hausfriedensbruch!«

»Nein, wird es nicht«, rufe ich zu ihr rüber. Dann wende ich mich wieder zur Einfahrt um. »Beckett! Komm jetzt, sie ist okay! Lass uns gehen!«

Beckett sieht den Flachsbengel noch einmal kopfschüttelnd an, so als könnte er nicht fassen, wie bescheuert der sich benimmt. So als sollte der Flachsbengel gefälligst glücklich sein darüber, dass er Quinn nach Hause abschleppen konnte und jetzt ein paar Wildfremde auf der Matte stehen hat, die seine Absichten infrage stellen und die Nachbarn aufstacheln. Dann dreht er sich um und kommt zurück zu mir.

»Der Typ ist ein Arschloch«, sagt er, während er die Einfahrt überquert.

»Psst!«, mache ich.

Doch es ist schon zu spät. Der Flachsbengel hat ihn gehört. »Hey«, ruft er Beckett zu. »Wie hast du mich genannt?«

Beckett dreht sich um. »Ich hab dich Arschloch genannt«, sagt er.

Der Blick des Flachsbengels verdüstert sich. Er ist echt sexy, wenn er so grimmig dreinschaut. Tut mir ja leid, aber irgendwie verstehe ich, dass Quinn mit zu ihm nach Hause ist. Ich meine, wenn man sich seinen Ferienflirt aussuchen könnte, dann würde man sich genau so einen Typen wie ihn wünschen.

Ich werfe Quinn einen Blick zu. Sie steht auf der Veranda und wirkt ein wenig benommen. Ist echt alles in Ordnung mit ihr?, frage ich mich. Ich lächle ihr zu, doch sie funkelt mich nur an und guckt dann weg. Na super. So weit scheint sie dann doch in Ordnung. Ich bezweifle jedenfalls stark, dass jemand, der gegen seinen Willen festgehalten und gefoltert wird, so unfreundlich reagieren würde, nicht einmal einer ehemaligen besten Freundin gegenüber.

Dann weiten sich ganz plötzlich ihre Augen. »Sind das meine Shorts?«, ruft sie.

»Nein«, erwidere ich heftig. »Die gehören mir.« Es ist einfach nur eine schwarze kurze Hose. Sie ist nicht die Einzige, die schlichte schwarze kurze Hosen tragen kann. Jeder hat ein Recht darauf. Die sind so was wie Allgemeingut.

»Wie hast du mich genannt?«, fragt der Flachsbengel jetzt wieder, so als fände er das dermaßen unglaublich, dass er gleich zweimal nachfragen muss.

»Ich. Hab. Dich. Arschloch. Genannt.« Beckett kommt näher und ich strecke die Hand aus und halte ihn am Arm zurück.

»Bill, die Polizei, ruf die Polizei!«, kreischt die Frau auf der anderen Straßenseite.

»Komm schon«, sage ich zu Beckett, »das hier geht uns nichts an.«

»Raus hier«, knurrt der Flachsbengel uns an.

Beckett tritt einen Schritt auf ihn zu, so als würde ihn die Tatsache, dass wir einfach so unbefugt auf jemandes Grundstück eingedrungen sind und dass dieser Jemand ihn jetzt mehr oder weniger offen bedroht, gar nichts angehen.

»Beckett!«, sage ich. »Hör auf. Hör einfach auf.«

In der Ferne höre ich Sirenengeheul.

»Das ist die Polizei!«, brüllt die Frau von der anderen Straßenseite aus. »Mein Mann hat die Polizei gerufen! Und sobald die hier sind, werde ich Anzeige erstatten. Ich werde Anzeige erstatten und so sicherstellen, dass diese Gegend nicht zum Getto verkommt!«

Wow. Das war aber jetzt ganz und gar nicht politisch korrekt. Ich glaube kaum, dass man einfach so rumrennen und sagen darf, dass man nicht zusehen will, wie die eigene Nachbarschaft zum Getto verkommt. Außerdem bin ich mir ziemlich sicher, dass man schlechte Gegenden als »Stadtviertel im Umbruch« bezeichnet. Auch wenn es definitiv nicht die gleiche Schlagkraft hat, wenn man sagt, man wolle nicht, dass die eigene Nachbarschaft zu einem »Viertel im Umbruch« verkommt.

»Beckett«, sage ich, »bitte, komm jetzt.«

Er dreht sich um und schaut mich an, und als er mein Gesicht sieht, kommt er wohl endlich zur Vernunft. »Die Polizei kommt und verhaftet dich!«, brülle ich, um auch wirklich jedwedes Missverständnis auszuschließen. »Willst du den Tag im Knast verbringen?«

»Na schön«, sagt er, »wir hauen ab.« Er bewegt sich die Einfahrt runter, doch er geht dabei rückwärts und starrt den Flachsbengel weiterhin nieder. Der Flachsbengel starrt zurück. Ich hab so das Gefühl, dass sie sich auf jeden Fall geprügelt hätten, wären Quinn und ich (und die Nachbarin) nicht gewesen. Wie dämlich. Jungs und ihre bescheuerten Hormone. Wen kümmert es, ob wir hier sind, um nach Quinn zu sehen? Warum müssen die so ein großes Drama darum machen und sich in die Haare kriegen? Wir leben doch nicht mehr im Mittelalter. Da muss man nichts mehr mit Gewalt regeln.

Die Sirenen werden lauter. Nicht auszudenken, auf der Abschlussfahrt mit der Schule verhaftet zu werden und auf einer Polizeistation zu enden, wo sie ein Fahndungsfoto von mir machen. Obwohl, ich weiß gar nicht, ob die solche Fahndungsfotos von einem schießen, wenn man noch keine achtzehn ist. Ich weiß noch nicht mal, ob die einen als Minderjährigen verhaften. Vielleicht schicken die einen gleich in die Jugendstrafanstalt. Nicht dass das so viel besser wäre – man stelle sich vor, meine Mom kriegt einen Anruf und erfährt, dass man mich in den Jugendknast steckt? Da macht ihre Angststörung bestimmt gleich wieder Überstunden.

Die Sirenen werden immer lauter, und mein Herz hämmert so heftig, dass ich es kaum mehr ertrage.

Ich packe Beckett am Ärmel und brülle: »Lauf!«

ACHT

»Kommen sie?«, fragt Beckett ein paar Straßenzüge weiter.

Wir rennen, was das Zeug hält, und er ist noch nicht mal ansatzweise außer Puste. Ganz im Gegensatz zu mir – meine Beine brennen, und mein Brustkorb fühlt sich an, als würde er jeden Moment explodieren. Ich werfe einen Blick zurück. »Keine Ahnung«, sage ich. »Ich sehe niemanden.« Auch von den Sirenen ist nichts mehr zu hören. Aber vielleicht haben sie die auch bloß ausgestellt, damit wir uns fälschlicherweise in Sicherheit wiegen.

»Sollen wir uns eine Ausrede überlegen?«, schlägt Beckett vor.

Ich sehe ihn voller Hochachtung an. »Gute Idee«, schnaufe ich. Ich hoffe bloß, er übernimmt das, weil mir nämlich garantiert keine gute Geschichte einfällt. Meine Fantasie hält sich in Grenzen. Im Kurs für Kreatives Schreiben hab ich immer die übelsten Storys fabriziert. Zum Glück war das nur ein Wahlfach und zählte nicht richtig. Ich bekam lediglich einen Teilnahmeschein ausgestellt. Außerdem gerate ich ja nicht andauernd in solche Situationen. Ich würde alles darauf verwetten, dass

Beckett jemand ist, der ständig Ärger mit den Bullen bekommt. Vielleicht ist das auch der Grund, weshalb er und dieser Flachsbengel aneinandergeraten sind. Unruhestifter mögen es nicht gern, wenn sie auf andere Unruhestifter treffen. Das ist eine explosive Mischung.

Doch wenn Beckett gut darin ist, sich Ausreden zu überlegen, so scheint ihm zumindest jetzt nichts einzufallen.

»Also?«, fordere ich ihn auf.

»Vielleicht sollten wir ihnen erzählen, dass wir einen anonymen Anruf erhalten haben, in dem man uns mitgeteilt hat, dass Quinn gegen ihren Willen festgehalten wird.«

»Das … ergibt … doch … überhaupt … keinen … Sinn«, schnaube ich. Für jemanden, der eigentlich viel Übung in so was haben sollte, macht er seine Sache wirklich alles andere als gut. Ich halt das nicht mehr aus. Also bleibe ich stehen, beuge mich runter und umklammere meine Knie, während ich versuche, zu Atem zu kommen.

»Na los«, sagt Beckett, der auf der Stelle joggt. »Beeil dich! Sie kommen! Die Polizei ist im Anmarsch! Wir landen doch noch im Kittchen!«

Ich mach mir vor Angst fast in die Hose, doch das ist sofort wieder vorbei, als ich sein Gesicht sehe. Weil er nämlich aussieht, als würde er lachen. Zumindest ist er kurz davor. Und dann check ich es. Er hat mich verarscht.

»Du verarschst mich schon wieder«, sage ich verblüfft.

»Nein, nein, tu ich nicht. Ich finde wirklich, dass wir vor einem Polizeifahrzeug wegrennen sollten, das vermutlich noch nicht mal unseretwegen gekommen ist.«

Eine Sekunde lang starre ich ihn ungläubig an, dann drehe ich mich um und marschiere los. »Du bist ein Wichser«, fauche ich.

»Hey, hey, hey«, sagt er und rennt mir hinterher. »Entspann dich.«

»Ich entspann mich nicht!« Ich ziehe die Ärmel meines Sweatshirts runter über die Hände und werfe einen unauffälligen Blick auf die Straßenschilder, in der Hoffnung, dass Beckett das nicht mitkriegt. Ich will mich vergewissern, dass ich die richtige Richtung einschlage, ohne dass er merkt, wie unsicher ich mir bin. »Du scheuchst mich um sieben Uhr morgens aus dem Bett und machst mir weis, man könnte Quinn in eine Drogenhöhle verschleppt haben.«

»Erstens war das um neun Uhr morgens und zweitens hab ich nie was von einer Drogenhöhle gesagt.«

»Dann«, sage ich und komme jetzt allmählich in Fahrt, »prügelst du dich um ein Haar grundlos mit einem Typen. Mit Quinn war alles okay, sie hat was völlig Normales gemacht!«

»Sich von diesem Loser abschleppen zu lassen, ist auf keinen Fall normal!«

»Und anschließend hetzt du uns die Polizei auf den Hals und verarschst mich auch noch, als ich mich besorgt zeige.«

»Stimmt, wenn Besorgnis bei dir so aussieht, dass du total ausflippst und mich anbrüllst, ich solle rennen …«

»Das ist nicht … ich hab nicht …« Jetzt bin ich verwirrt. Soll ich nun sauer sein auf ihn oder nicht? Wir nähern uns immer mehr dem Stadtzentrum, der Hauptstraße von Siesta Key, und ich komme mir zunehmend bescheuert vor. Die hätten uns doch niemals am helllichten Tag ins Gefängnis geschleift. Wenn überhaupt, hätte die Polizei den Typen vernommen, bei dem Quinn war, um rauszufinden, warum das Mädchen bei ihm ist und weshalb wir uns Sorgen deswegen machen.

»Oooh, lauf, lauf, wir landen sonst im Kittchen!«, äfft Beckett mich mit verstellter Stimme nach.

Ein paar Mädchen in Bikinis werfen ihm im Vorbeigehen Blicke zu und kichern dann, und ich kann nicht anders, ich muss auch lachen. Er sieht echt ulkig aus.

»Ich war nicht diejenige, die vom Kittchen angefangen hat.« Die Luft erwärmt sich allmählich, weshalb ich ein Gummiband vom Handgelenk ziehe und mein Haar zu einem Pferdeschwanz zurückbinde. »Das waren deine Worte.«

»Na ja, ich hab mich eben mitreißen lassen von den Ereignissen.« Er tritt nach einem Kieselstein auf dem Boden.

»Tja, das ist dir gelungen.«

Er lächelt mich an. »Hör mal, es tut mir leid, dass ich einfach zu deinem Zimmer gekommen bin und dir dann auch noch so zugesetzt habe. Ich wollte echt nur sichergehen, dass es Quinn gut geht. Schätze, ich hab da wohl ein bisschen überreagiert.«

»Nee, ist schon gut«, sage ich. »War doch nett von dir, dich so um sie zu sorgen.«

Wieder lächelt er, und diesmal habe ich das Gefühl, dass er es aufrichtig meint. Ich erinnere mich an vergangene Nacht, wie ich mit ihm draußen vor seinem Hotelzimmer saß, die Art, wie er ganz lässig mein Handgelenk ergriffen und mit dem Finger über meine Haut gestreichelt hat. Ich unterdrücke einen Schauder. Ebenso unterdrücke ich die Schuldgefühle, die in mir aufwallen, wenn ich mir überlege, dass ich das zugelassen habe, obwohl ich einen Freund habe.

Entspann dich, rede ich mir ein. *Du konntest nichts dafür.* Ich meine, was hätte ich denn sagen sollen? Beckett, stell mir bitte keine Fragen zu meinem Armband? Wie verrückt hätte das denn geklungen?

»Lass es mich wiedergutmachen«, sagt Beckett jetzt.

»Wie denn?«

»Mit der einen Sache, der kein Mensch widerstehen kann.«

»Und das wäre was?«, frage ich, auch wenn ich mich fast vor der Antwort fürchte. Ein Bild, wie wir beide nebeneinander im Bett liegen, die Beine ineinander verschlungen unter der Decke, blitzt in meinem Kopf auf.

Beckett grinst und deutet auf eine kleine Hütte, die mir bis jetzt gar nicht aufgefallen ist, dabei liegt sie mitten auf der Hauptstraße. Ich muss gestern schon mindestens vier Mal daran vorbeigegangen sein. Eigentlich ist es eher ein Stand, mit einem Fenster vorne, wo die Leute bedient werden. Eine Art Eiswagen, nur dass es hier kein Eis gibt.

»Donuts«, sagt Beckett. »Und zwar die besten, die es gibt.«

»Woher willst du das wissen?«

»Was denkst du denn, wovon ich mich ernähre, seit ich hier bin?« Er wirft mir einen Blick zu, so von wegen, *tss, klar esse ich jeden Tag Donuts, was denn sonst*. Das ist so ... *normal,* dass es mir fast schon unangenehm ist. Ich stelle mir Beckett nicht gern als normalen Menschen mit bestimmten Essensgewohnheiten und Vorlieben vor. Das macht ihn so real, und solange er für mich nur eine Karikatur ist, bin ich aus dem Schneider. Bislang war Beckett für mich der scharfe Typ, den man gern ansieht, der aber nichts als Ärger bedeutet und für den ich niemals meine Beziehung aufs Spiel setzen würde. Und das soll auch so bleiben.

Ich werfe einen Blick auf die Uhr: zehn Uhr sieben. Ich wette, Derrick steht nicht vor elf auf, und mal ehrlich, was soll schon schlimm sein an einem winzigen Donut?

»Okay«, sage ich, und mein Magen knurrt voller Vorfreude.

Beckett bestellt für mich einen mit Zuckerguss, ohne mich zu fragen, was ich will, und er verspricht mir, dass das bestimmt der beste Donut ist, den ich je gegessen habe. Wir lassen uns frisch gepressten Orangensaft in Plastikbechern geben und packen die warmen Donuts in

Servietten ein, sodass wir sie essen können, während wir zurück zum Hotel gehen. Massen von Touristen sind bereits auf den Beinen und strömen in Horden Richtung Strand, beladen mit Liegestühlen und Kühltaschen und leuchtend bunten Handtüchern. Sie strahlen allesamt die Zufriedenheit von Leuten aus, die im Urlaub sind.

Als wir den Parkplatz erreichen, der zum Strand führt, sieht Beckett mich mit hochgezogener Braue an. Wortlos stellt er mir so die Frage, ob ich weitergehen will. Ich nicke, und so spazieren wir zum Strand, unsere Füße vergraben sich im kühlen weißen Sand, der so anders ist als an den Stränden bei uns zu Hause, wo der Sand heiß ist und viel grobkörniger.

»Nicht zu fassen, wie schön kühl dieser Sand ist«, sage ich.

»Die nennen das hier Puderzuckersand«, erklärt Beckett.

Überrascht ziehe ich die Augenbrauen hoch.

»Was denn?«, verteidigt er sich, als er meinen Blick sieht. »Ich weiß solche Dinge eben.«

»Ach, ja? Was weißt du denn noch so alles?« Mein flirtender Unterton entgeht mir nicht, und sofort werde ich rot und schaue runter auf meine Füße, in der Hoffnung, er denkt jetzt nicht, dass ich mit ihm flirte. Was ich ja nicht tue. Ich flirte nicht mit Jungs. Außer mit Derrick. Auch wenn wir in letzter Zeit nicht mehr sonderlich viel flirten. Wenn man erst mal in einer Beziehung mit jemandem ist, dann hört das mit dem Flirten irgendwann auf.

»Sehr vieles. Zum Beispiel, dass Virginia der Staat mit der höchsten Dichte an Ulmen ist und dass es in Illinois das größte Garnknäuel der Welt gibt.«

»Ja, klar, und wusstest du auch, dass die älteste Eisenbahnlinie in Pennsylvania liegt? Und dass es das erste Vierundzwanzig-Stunden-Diner in Minnesota gab?«, feuere ich zurück.

»Im Ernst?«

»Nein«, gebe ich zu. »Das hab ich bloß erfunden.«

Er grinst. »Ich auch.«

Ich hebe die Hand und schlage spielerisch nach ihm. »Idiot.«

Er krümmt sich vornüber und tut so, als hätte ich ihn schwer verletzt. »Autsch«, sagt er. »Erinnere mich bloß dran, dass ich mich nie wieder mit dir anlege, McAfee. Du bist stärker, als du aussiehst.«

Jetzt gibt es keinen Zweifel mehr, wir flirten. Eindeutig. Ein seltsames Gefühl durchströmt mich, Aufregung vermischt mit Furcht vermischt mit freudiger Erwartung. Und Schuld. Ich kann sie nicht länger leugnen, die Schuldgefühle. Sie sind da, unter der Oberfläche, und es wird nicht mehr lange dauern, bis sie die Oberhand gewinnen.

»Willst du am Wasser entlanglaufen?«, fragt Beckett.

Das will ich. Aber mir ist klar, dass ich das nicht tun sollte. Ich sollte zurückgehen ins Hotel, sollte Derrick aufwecken, mich erkundigen, was er heute gern unternehmen würde. Ich sollte langsam anfangen, Pläne zu schmieden für den perfekten Tag, gefolgt von der perfekten Nacht.

Vor dem Abschluss werde ich … lernen zu vertrauen.

Die E-Mail kommt mir wieder in den Sinn. Keine Ahnung, warum. Endlich hat das aufgehört mit den Nachrichten. Jetzt sollte ich mich eigentlich befreit fühlen. Ich will nicht über diese bescheuerte Mail nachdenken, aber trotzdem tue ich es. Wenn man lernen will zu vertrauen, sollte man dann nicht zuallererst sich selbst vertrauen lernen?

»Klar«, sage ich. »Gehen wir am Wasser entlang.«

Das Meer ist eisig, aber nach ein paar Minuten gewöhnen meine Füße sich an die Kälte. Dieser Morgen ist wie aus einem Film oder einem Gemälde – Vögel sausen über den Himmel und schießen dann im Sturzflug herab, um mit dem Schnabel ins Wasser zu tauchen auf der Jagd nach ihrem Frühstück. Es ist früh genug, dass die Studenten noch schlafen, und am Strand tummeln sich in erster Linie Familien und ältere Paare. Ein kleines Mädchen im rosa Rüschenbadeanzug tapst vorbei und plumpst dann zu Boden, wo es ein Schippchen in den nassen Sand steckt und anfängt, ihn in ein knallgelbes Eimerchen zu schaufeln.

Beckett und ich sagen eine Weile keinen Ton. Wir gehen einfach immer weiter, essen unsere Donuts und trinken den Orangensaft.

»Sag mal, was ist das eigentlich zwischen Derrick und

dir?«, will Beckett wissen, als wir an einen Strandabschnitt gelangen, an dem weniger los ist. Er bricht ein Stück von seinem Donut ab und steckt es sich in den Mund.

»Was meinst du?«

»Ich meine, ist das was Ernstes?«

»Logo. Wir sind schon seit zwei Jahren zusammen.«

»Und was habt ihr für Probleme?«

»Wir haben keine Probleme!«, erwidere ich empört.

»Warum warst du dann gestern den ganzen Tag auf der Suche nach ihm?«

»War ich gar nicht. Er war bloß sauer auf mich, weil ich ihn angelogen hab, wie ich zum Flughafen gekommen bin.«

»Du hast ihm erzählt, deine Mom hat dich gefahren?«

Ich nicke und nippe an meinem Orangensaft. Irgendwie fühlt sich das hier nicht ganz richtig an – dass ich mit Beckett über Derrick rede. Es kommt mir vor wie Verrat. Ich hab mal gehört, dass man, wenn einem in einer Beziehung irgendwas, das man tut, komisch vorkommt, sich vorstellen soll, der Partner mache das Gleiche mit einem – und wenn man dann sauer wird, ist es falsch. Zum Beispiel sollte ich mir überlegen, wie ich es fände, wenn Derrick mit einem anderen Mädchen hier wäre, ihr Donuts kauft und am Strand mit ihr spazieren geht, während ich im Hotelzimmer liege und schlafe. Allein wenn ich daran denke, überkommt mich eine Stinkwut. Ich wäre ja so was von angepisst. Das würde ich ihm nie im Leben verzeihen.

»Und warum bist du dann jetzt mit mir hier?«, will Beckett wissen.

Ich denke darüber nach. »Weil ich es will.« Die Antwort ist einfach, aber es entspricht der Wahrheit.

»Und tust du immer das, was du willst?«

»Nicht wirklich.« Die Worte sind über meine Lippen, ehe mir klar wird, dass ich sie tatsächlich ausspreche.

»Wann denn zum Beispiel?«

»Dieses Gespräch ist doch bescheuert.«

»Warum? Weil dir das Thema zu real und ernst ist?«

Jetzt fühlt sich das Wasser wieder kalt an, weshalb ich ein paar Schritte rausgehe und mit den Zehen im Sand wühle. »Ach, du willst also über was Ernstes reden?«, frage ich.

»Warum denn nicht?«

Wir sind jetzt im zentralen Strandbereich angekommen und er geht rüber zu einem Mülleimer und entledigt sich seines leeren Bechers.

»Du kommst mir nicht vor wie die Sorte Mensch, der gern über ernste Themen spricht.«

»Ach, echt? Ich rede unglaublich gern über ernste Themen. Ich bin so ernst, wie es nur geht.«

»Okay, na schön«, sage ich, während wir weitergehen. »Dann erzähl mir mal, warum du so ein Aufreißer bist.«

»Entschuldige bitte?«

»Warum bist du ständig mit einem anderen Mädchen zusammen?«, frage ich.

Er wirkt schockiert, dass ich so was überhaupt auch nur andeute.

»Ach komm, ich bitte dich«, sage ich. »Ich hab dich doch gesehen auf den Schulfluren.«

»Keinen Schimmer, wovon du da redest.«

»Das dachte ich mir«, erkläre ich seufzend. »Das war ja mal das ernsthafteste Gespräch aller Zeiten. Geeenaaaau.«

»Okay, na schön«, lenkt er ein. Er holt tief Luft und überlegt. »Ich weiß nicht«, sagt er schließlich. »Schätze, ich hab nie ernsthaft darüber nachgedacht.«

»Dann denk jetzt mal nach.«

»Vermutlich ist es so einfach … leichter.«

»Leichter?«

»Klar. Solange ich einem anderen Menschen nicht zu nahe komme, gibt es keine Erwartungen.«

»Was ist denn falsch an Erwartungen?«

Er zuckt die Schulter. »Davon hab ich zu Hause genug.«

»Deine Eltern stellen hohe Erwartungen an dich?«

Er nickt.

»Welcher Art?«

»Ach, in jeder Hinsicht. Schule, Sport, was auch immer. Ist angenehm, wenn man Beziehungen führt, in denen es niemanden kümmert, was man tut.«

Ich verdrehe die Augen. »Die kümmert es sehr wohl, was du tust, Beckett. Bloß verkrümelst du dich, ehe sie dir die Hölle heiß machen deswegen.«

Er macht den Mund auf und will schon protestieren, dann klappt er ihn allerdings wieder zu. »Okay«, sagt er,

»vermutlich hast du recht.« Wenigstens hat er den Anstand, angesichts dieser Erkenntnis ein bisschen besorgt zu wirken. »Also, jetzt hab ich dir was erzählt«, sagt er. »Dafür musst du mir auch was erzählen.«

»Worüber denn zum Beispiel?« *Bitte frag mich nicht über Derrick aus, bitte frag mich nicht über Derrick aus.*

Beckett streckt die Hand aus und zupft an meinem Armband. »Über das hier.«

»Hab ich dir doch schon gesagt, mein Dad hat es mir geschenkt.«

»Und jetzt ist er weg.«

»Ja.«

»Und du trägst es trotzdem?«

Ich schlucke. »Ja.«

»Was hat es dann zu bedeuten?«

»Das ist …« Ich hole tief Luft und überlege, wie viel ich sagen soll. Über die Sache mit meinem Dad hab ich seit dem Streit mit Quinn und Aven nicht mehr gesprochen.

Ich bleibe mitten auf dem Strand stehen und sehe hinaus aufs Wasser. Das Sonnenlicht tanzt auf den Wellen und wird von ihnen reflektiert.

»Es … fällt mir schwer, darüber zu reden.«

Er nickt, sagt aber nichts.

»Ich hab dir ja erzählt, wie mein Dad von uns weggegangen ist«, sage ich. »Wie er beschlossen hat, meine Mom zu verlassen. Und dass er mich gefragt hat, bevor er gegangen ist … er wollte, dass ich mit ihm komme.«

»Nach New Hampshire.«

Ich nicke.

»Und du hast abgelehnt?«

»Ich hab ihm gesagt, dass ich es mir überlege.« Jetzt kommt die Erinnerung wieder zurück. Ich, wie ich Aven davon erzähle, dass mein Dad sich wünscht, ich würde mit ihm kommen. Wie ich ihr sage, dass ich darüber nachdenke, sie aber bitte, niemandem was davon zu erzählen. Aven, die mir schwört, sie würde kein Sterbenswort darüber verlieren, und es dann doch tut.

»Aber dann bist du doch nicht mit?«

»Nein.« Ich schüttle den Kopf. »Ich hab beschlossen, bei meiner Mom zu bleiben.«

»Und du und dein Dad …«

»An dem Morgen, nachdem ich ihm das gesagt hatte, hat er uns verlassen. Und seitdem hab ich nie wieder was von ihm gehört.«

Beckett nickt, so als würde er darüber nachdenken. Wieder habe ich diesen vertrauten Kloß im Hals, den Kloß, der jedes Mal wieder da ist, wenn ich über meinen Dad rede oder an meinen Streit mit Aven und Quinn denke.

Beckett starrt stur geradeaus und eine Möwe geht in den Sturzflug und landet direkt vor ihm. Sie pickt ein wenig im Sand herum und sucht mit ihrem dünnen kleinen Schnabel nach etwas zu futtern. »Weißt du, Möwen sind völlig zu Unrecht in der Kritik«, sagt er. »Eigentlich sind das wunderschöne Vögel.«

Ich rümpfe die Nase. »Ja, schon, aber sie nerven.«

»Viele Vögel nerven. Nur sind Möwen ständig da – man sieht sie das ganze Jahr über. Daher vergisst man leicht, wie wunderschön sie sind.«

»Schätze, da hast du recht.« Ich spiele mit dem Armband an meinem Handgelenk und der Kloß in meiner Kehle löst sich allmählich auf. Ich bin dankbar, dass er mich nicht drängt, mich nicht zwingt, mehr darüber zu erzählen. Reicht schon, dass ich das bisschen gesagt habe.

Wir gehen wieder weiter. Ein Paar kommt uns entgegen, und als sie sich uns nähern, weichen wir ein Stück in Richtung Wasser aus, um sie vorbeizulassen. Becketts Arm stößt gegen meinen, im selben Moment, als meine Füße das Wasser berühren. Ich kreische los, als die Brandung meine Knöchel umspült. Beckett lacht, dann stapft er ins Wasser und verteilt kleine Spritzer in sämtliche Richtungen, die auch meine nackten Beine treffen.

»Lass das!«, sage ich, aber ich bin nicht sauer. »Ist ja eiskalt!«

»Aaach, sei doch nicht so ein Weichei«, sagt er. Dann watet er noch ein paar Schritte hinein ins Meer.

»Bist du irre?«, frage ich. »Das ist doch viel zu kalt!« Dass die Füße sich daran gewöhnen, ist das eine. Aber ganz reinzugehen …

»Nein, ist es gar nicht.« Er bespritzt sich mit Wasser, aber mir entgeht nicht, dass er friert. »Siehst du? Total erfrischend.«

»Ernsthaft?« Ich gehe ebenfalls ein paar Schritte hinein.

Wirklich saukalt! »Oh, du hast recht«, sage ich und tu so, als wäre ich ganz seiner Meinung. Ich wate an ihm vorbei und schirme die Augen gegen die Sonne ab. »Oh, sieh mal, da drüben ist eine Sandbank«, sage ich. »Willst du da hin?«

Ich drehe mich zu ihm um und sehe gerade noch den panischen Ausdruck, der über sein Gesicht huscht. Ich ziehe die Brauen hoch und werfe ihm einen möglichst unschuldigen Blick zu, den er mir hoffentlich abnimmt. Aber offenbar ist mir das nicht geglückt, weil er nämlich eine Sekunde später neben mir steht.

»Oh, gute Idee«, sagt er. »Gehen wir raus zu der Sandbank.«

»Du zuerst«, sage ich.

»Oh nein, Ladys first«, sagt er und macht eine galante Geste, um mir den Vortritt zu lassen.

Ich mache also ein paar zaghafte Schritte und rede mir selbst ein, dass es ja halb so wild ist. La, la, la, hier gibt es nichts zu sehen. Ich versuche so zu tun, als wäre das Meer ein riesengroßer Whirlpool, und die Wellen umspülen mich heiß und wohltuend, sodass meine Muskeln sich entspannen, während ich weitergehe und die Wärme mich durchströmt. Noch ein Schritt und noch ein Schritt und noch ein Schritt. Seht ihr? Geht doch. Das Wasser wird jetzt nicht mehr tiefer und irgendwie gewöhne ich mich auch an die Temperatur. Warum ist das Wasser eigentlich so eisig? Die Sonne ist warm. Die Luft ist warm. Warum ist das Wasser dann nicht auch warm? Ich versuche mich an das zu erinnern, was wir in der neunten Klasse in Biologie über Gewässertemperaturen und Temperaturschichtungen gelernt haben.

Andere Leute schwimmen im Meer umher, als wäre nichts dabei. Ein paar Meter von uns entfernt planscht ein kleiner Junge zufrieden im Wasser, taucht unter und mit triefendem Haar wieder auf. Ein Stück weiter zieht ein Mann eine Frau auf einem Boogieboard hinter sich her.

Und warum ist mir dann so kalt? Muss ich mich nur noch mehr an das Wasser gewöhnen oder stimmt mit mir was nicht? Gibt es ein Problem mit meiner Körpertemperatur? Aber wenn es bei mir so ist, dann trifft das auf Beckett auch zu, denn …

»Aaaaah!« Ehe ich weiß, wie mir geschieht, gibt der Sand unter meinen Füßen nach, und mit einem Mal stehe ich bis zu den Oberschenkeln im Wasser. Ich drehe mich um in Richtung Ufer, hab aber so meine Probleme, wieder Halt zu finden.

»Langsam, langsam, langsam«, sagt Beckett, und schon hat er seine Arme um meine Hüften gelegt und stützt mich. Er zieht mich ein kleines Stück zurück, bis ich wieder Sand unter den Füßen spüre. »Alles okay?«

»Ja«, sage ich mit pochendem Herzen. »Da ist was weggerutscht.«

»Bist du dir sicher, dass du okay bist?« Seine Hände liegen immer noch auf meinen Hüften und halten mich fest. Und ich bin froh darüber, weil meine Knie mit einem

Mal ganz weich sind, als könnten sie jeden Moment unter mir nachgeben.

»Ja«, sage ich. »Alles in Ordnung.«

»Das ist echt gefährlich«, sagt er. »Man sollte jemandem Bescheid geben.«

»Oh, bitte.« Ich verdrehe die Augen. »Ist ja schon gut. Das Wasser ging mir nicht mal hoch bis an die Hüften.«

»Trotzdem. Dein Handy hätte kaputtgehen können.« Er steckt den Zeigefinger in die Tasche meiner Shorts und fährt über den Rand des Telefons.

»Tja, ist ja zum Glück nichts passiert.« Keine Ahnung, wie ich überhaupt einen Ton rauskriege. Seine Hände kleben an meiner Hüfte, sein Gesicht ist derart dicht an meinem, dass ich schon befürchte (oder hoffe?), dass er mich gleich küsst. Er lässt den Finger in meiner Hosentasche, sein Blick ist mit meinem verschränkt. Dann schnellt seine Zunge hervor, und er leckt sich über die Unterlippe, was echt das Erotischste ist, was ich je in meinem Leben gesehen habe. So was von sexy.

Er berührt mich kaum und trotzdem habe ich das Gefühl, in Flammen zu stehen.

»Wir sollten zurückgehen ins Hotel.« Ich spreche die Worte aus, ehe ich überhaupt sicher bin, ob ich das wirklich will. In Gedanken brülle ich mich selbst an, ich solle so was bloß nicht sagen, dass ich es nie wieder rückgängig machen kann, wenn ich jetzt das verhindere, was vielleicht jeden Moment passiert, und dann werde ich nie das tun, was ich doch so wahnsinnig gerne tun würde.

»Ist es das, was du willst? Ins Hotel zurückgehen?« Beckett schiebt sich ein bisschen näher an mich ran, bis seine Brust die meine berührt.

»Ja.« Meine Stimme klingt schwach.

»Bist du dir sicher?«

»Ja.«

Doch er bewegt sich keinen Millimeter.

Es fühlt sich an, als würde sich alles in Zeitlupe bewegen, und mit einem Mal wirkt alles um uns herum wie durchs Vergrößerungsglas betrachtet. Das Geräusch der Wellen, die behäbig ans Ufer platschen. Das Leuchten des Himmels und der Sonne, durchzogen von weißen Wolken am Horizont. Es ist fast so, als wären alle meine Sinne besonders wachsam, und nach ein paar weiteren Sekunden halte ich es nicht mehr aus. Ich schließe die Augen.

Ich bin mir nicht sicher, ob Beckett das jetzt für eine Einladung hält, mich zu küssen. Ich bin mir nicht sicher, ob mir klar war, dass die Chance vielleicht besteht, und ob ich es deswegen getan habe. Doch jetzt berühren mich seine Lippen ganz sanft, ganz langsam, langsam, langsam, so langsam, dass ich mir nicht mal sicher bin, ob es wirklich geschieht.

Dann aber spüre ich, wie der Griff seiner Hände an meinen Hüften sich verstärkt, und ich merke, wie er mich näher zieht, und das Wasser ist mit einem Mal ganz warm, wie eine riesige warme Badewanne, und meine Muskeln sind ganz schwach. Doch das spielt keine Rolle, weil er mich ja aufrecht hält, und er küsst mich, oh mein Gott, was für ein herrliches Gefühl. Die Stoppeln an seinem Kinn fühlen sich rau an auf meiner Haut, doch die Finger, die er in meinem Haar vergraben hat, sind sanft, einfach perfekt.

Er löst sich als Erstes von mir und sieht mir direkt in die Augen. »Lyla«, haucht er. Noch nie hat jemand so meinen Namen gesagt. Seine Stimme klingt verführerisch und sexy.

Ich schlucke, versuche, meine Stimme wiederzufinden.

Derrick.

Plötzlich kommt mir sein Name in den Sinn und ich trete einen Schritt von Beckett zurück. Mein Herz hämmert wie verrückt, und ich merke, dass sich der Boden unter meinen Füßen dreht.

In dem Moment sehe ich sie.

Juliana.

Sie steht am Strand in einem fließenden weißen Sommerkleid mit Spaghettiträgern. Sie hat eine große grüne Strandtasche bei sich und schirmt mit der Hand die Augen gegen die Sonne ab. Dann spitzt sie die Lippen und kommt auf uns zumarschiert.

»Da ist Juliana«, sage ich wie benommen. Die Sonne und das Meer und der Sand und der Kuss bringen mich ganz durcheinander, sodass ich Schwierigkeiten habe, klar zu denken.

Beckett seufzt. Doch er wirkt nicht überrascht, dass sie jetzt auf uns zukommt.

Ich wate durchs Wasser in Richtung Ufer. Beckett folgt mir.

»Warte auf mich«, sagt er.

Doch ich werde nicht langsamer. Ich kann nicht fassen, dass ich meinen Freund betrogen habe. Ich kann nicht fassen, dass ich mich von einer lächerlichen Fantasie habe einlullen lassen. Ich kann nicht fassen, dass Juliana uns dabei erwischt hat. Und ich kann nicht fassen, dass ich so dämlich war.

»Lyla«, ruft Beckett. »Warte.« Ich gehe schneller, der Sand in Strandnähe wird fester. Und während ich mich dann vom Wasser entferne, wird der Sand wieder weicher, sodass man viel schwerer Halt findet.

Doch das ist mir egal.

Ich fange an zu rennen.

Und ich bleibe erst wieder stehen, als ich zurück beim Hotel bin.

NEUN

Ich bin ja wohl so was von schlecht in Form.

Ernsthaft, es kann ja nicht mehr als ein halber Kilometer sein von der Stelle am Strand zurück in mein Hotelzimmer. Und trotzdem schwitze ich wie ein Schwein, als ich die Lobby betrete. Vermutlich bin ich heute mehr gelaufen als in den letzten zwei Jahren zusammen. Vielleicht sogar mehr als in meinem ganzen Leben. Tja, abgesehen von dem einen Kilometer, den wir in Sport einmal im Jahr laufen müssen, aber das zählt nicht. Obwohl, letztes Jahr bin ich ja gar nicht mitgelaufen, weil ich nämlich dafür gesorgt habe, dass ich an dem Tag nicht da bin. *Toll, Lyla.*

Als ich zu meinem Zimmer komme, bleibe ich kurz vor der Tür stehen. War es richtig, einfach so davonzulaufen? Vielleicht hätte ich versuchen sollen, mit Juliana zu reden, ihr zu erklären, dass das, was sie da gesehen hat, nicht das ist, was sie denkt. Vielleicht hätte ich so tun sollen, als würde ich Beckett eine Ohrfeige verpassen, damit es den Anschein hat, als hätte er mich gegen meinen Willen geküsst.

Ich schüttle den Kopf. Jetzt ist es zu spät. Ich kann

nicht zurückgehen an den Strand. Und da ich schon mal wieder hier bin, muss ich Derrick erzählen, was geschehen ist, ehe Juliana es tut. Ich hoffe nur, er versteht es. Meine Augen füllen sich mit Tränen, aber ich blinzle sie zurück und öffne die Tür.

Derrick liegt immer noch im Bett. Er liegt auf der Seite, das Kissen über den Kopf gezogen. Er sieht so … süß aus und so unschuldig. Er hat keine Ahnung, dass seine Freundin ihn gerade betrogen hat.

In meinen Augen stauen sich die Tränen an. Wie schrecklich. Nein, mehr als schrecklich. Wie konnte ich ihm das nur antun? Und das direkt nachdem ich ihm versichert habe, dass er sich keine Sorgen zu machen braucht, dass da nichts ist zwischen mir und Beckett. Ich blinzle fester und versuche angestrengt, die Tränen zurückzudrängen, damit sie mir nicht über die Wangen rinnen.

»Was ist denn los?«, flötet eine Stimme von der anderen Seite des Zimmers.

Ich schrecke hoch.

Oh. Ist nur Aven.

Ich hatte ganz vergessen, dass sie auch noch da ist.

»Nichts«, sage ich.

»Du machst so ein Gesicht«, sagt sie.

»Was für ein Gesicht denn?«

»Dieses Gesicht, das du immer machst, wenn du kurz vorm Heulen bist.«

»Ich mach bestimmt nicht so ein Gesicht!« Ich überlege. »Und außerdem, ich mach gar kein bestimmtes Gesicht, wenn ich kurz vorm Heulen bin.«

»Doch, tust du. Deine Unterlippe fängt dann an zu beben und du kriegst so komische kleine Fältchen in den Augenwinkeln.« Sie legt den Kopf schief und sieht mich nachdenklich an. »Wenn du heulen willst, dann heul, denn wenn du zulässt, dass dein Gesicht solche Falten zieht, dann brauchst du irgendwann Botox, wenn du älter bist.«

Ich halte es nicht länger aus. Jetzt kullern mir tatsächlich Tränen über die Wangen.

»Oh, wow«, sagt Aven. Ihre Gesichtszüge werden weicher und sie klingt tatsächlich ernsthaft besorgt. »Lyla, tut mir leid. Ich hab doch nur Spaß gemacht. Du brauchst bestimmt kein Botox, wenn du älter bist. Du hast echt schöne Haut.«

»Ich heul doch nicht deswegen«, sage ich. »Nur …« Ich gebe mir alle Mühe, leise zu reden, aber das fällt mir immer schwerer. Wenn Derrick jetzt aufwacht und mich heulen sieht, dann wird er nach dem Grund fragen. Und ich hab ja noch nicht mal einen guten Grund. Obwohl, ich hab doch einen guten Grund. Nur bin ich mir nicht sicher, ob ich ihm den erzählen soll.

Also drehe ich mich um und renne wieder aus dem Zimmer. Draußen auf dem Flur lehne ich mich gegen die Wand, atme tief durch und versuche, mich zu beruhigen.

Eine Sekunde später spüre ich eine Hand auf meinem Rücken. Aven.

»Was ist los?«, will sie wissen.

Ich atme in langen, tiefen Zügen. Bestimmt hyperventiliere ich gleich. »Ich hab jemandem etwas richtig Schlimmes angetan«, sage ich. Keine Ahnung, warum ich mich ihr jetzt anvertraue. Vielleicht weil dieses Geheimnis einfach zu schwerwiegend ist, als dass ich es ganz allein für mich behalten könnte. Es ist zu schlimm, um ganz allein damit zu leben.

»Wem denn?«, erkundigt sie sich.

»Derrick.« Ich wische mir über die Augen und lasse mich dann an der Wand nach unten gleiten, bis ich am Boden hocke.

Aven nickt ernst, so als wüsste sie längst Bescheid. »Bleib hier«, weist sie mich an. Sie verschwindet den Flur runter und kehrt eine Sekunde später mit zwei Dosen Sprite in der Hand und einer Kingsize-Packung Peanut-Butter-Cups zurück.

Sie setzt sich auf den Boden neben mich und reicht mir das Getränk.

»Danke.« Ich schniefe und öffne die Dose, dann nehme ich einen Schluck von der kalten, sprudelnden Flüssigkeit.

»Gern geschehen.«

Eine Sekunde lang sagen wir keinen Ton, sitzen einfach nur da, während wir beide schweigend an unseren Getränken nippen.

»Also, was hast du angestellt?«, erkundigt sie sich schließlich.

Ich schüttle den Kopf. »Ich will nicht darüber reden.« Es ist eine Sache, wenn ich ihr erzähle, dass ich aufgewühlt bin, und zulasse, dass sie mich heulen sieht. Aber es ist etwas ganz anderes, ihr mein Geheimnis anzuvertrauen, zumal sie in der Vergangenheit ja bereits bewiesen hat, dass sie partout nichts für sich behalten kann.

»Okay.« Sie nickt und scheint das zu akzeptieren. Dann macht sie die Schachtel Peanut-Butter-Cups auf und hält sie mir hin.

Ich nehme mir einen und reiße die Verpackung auf.

»Tja, denkst du, ihr kriegt das wieder hin?«, will sie wissen.

Ich überlege. Ich habe einen anderen geküsst. Ich habe *einen anderen geküsst*. Lässt sich das wiedergutmachen? Rein theoretisch schon, klar. Ich meine, es gibt Paare, die überstehen es, wenn einer von beiden fremdgeht, und bleiben zusammen. Solche Paare sind allerdings in der Regel schon seit vielen, vielen Jahren verheiratet und sie haben Kinder und wollen ihre Familie nicht zerstören. Aber trotzdem. Andererseits ist es ja nicht so, als hätte ich mit einem anderen geschlafen. Es war nur ein Kuss. Obwohl, wenn ich ehrlich bin, von dieser Sorte Ausrede, von wegen »war ja nur ein Kuss«, hab ich noch nie viel gehalten. Denn wenn ihr mich fragt, Betrug ist Betrug.

»Ich weiß es nicht«, sage ich.

Aven nickt, dann knabbert sie den äußeren Rand ihres Peanut-Butter-Cups ab.

Ganz plötzlich würde ich am liebsten das Thema wechseln.

»Hast du Liam gestanden, dass du auf ihn stehst?«, platzt es aus mir heraus.

Einen kurzen Moment verdüstert sich ihr Gesichtsausdruck, doch dann tritt ein leises Lächeln auf ihr Gesicht und umspielt ihre Mundwinkel. »Du hast es nicht vergessen. Das mit meiner E-Mail. Was ich mir vorgenommen hab.«

»Klar weiß ich das noch.« Ihre Miene hellt sich gleich noch mehr auf und ich verdrehe die Augen. »Freu dich bloß nicht zu sehr, wie hätte ich das denn vergessen können? Du bist doch schon seit einer Ewigkeit in Liam verliebt.«

Sie schüttelt den Kopf. »Nein. Ich hab es ihm noch nicht gesagt.« Sie holt tief Luft. »Aber ich werde es tun. Und mal ehrlich, Lyla, du solltest Derrick auch die Wahrheit sagen. Du wirst die Sache nicht aus der Welt schaffen können, wenn du es ihm nicht gestehst.« Sie wartet darauf, dass ich was erwidere, doch als ich das nicht tue, steht sie auf und sammelt die leeren Süßigkeitenverpackungen auf. »Ich genehmige mir jetzt ein Frühstück.« Sie drückt meine Schulter. »Viel Glück«, ruft sie noch, ehe sie den Flur runter verschwindet.

»Danke.«

Mir ist ja klar, dass sie absolut recht hat.

Ich muss es Derrick sagen.

Aber mir graut davor.

Ich lasse mir ein paar Sekunden Zeit, um mir die Augen zu wischen und sicherzugehen, dass ich die Tränen unter Kontrolle habe, ehe ich zurück ins Zimmer gehe. Nachdem ich die Tür hinter mir geschlossen habe, wälzt Derrick sich herum und streckt die Arme über den Kopf. Blinzel, blinzel, blinzel. *Ich werde jetzt nicht heulen, ich heule nicht, ich heule nicht.* Dann werfe ich mich neben ihm aufs Bett und vergrabe das Gesicht in der Decke, damit er es nicht sieht. *La, la, la, ich bin nicht schon wieder kurz vorm Flennen.*

»Ich hab dich vermisst«, murmelt Derrick und zieht mich an sich.

Was bin ich für ein schrecklicher Mensch. Man sollte mich bestrafen. Ich muss es ihm sagen. Oder? Ja. Ich muss es ihm auf jeden Fall gestehen. Und ich muss es tun, ehe Juliana mir zuvorkommt.

Es sei denn … vielleicht muss ich es ihm ja doch nicht sagen. Ich meine, es wird mein Wort gegen ihres stehen. Sie hat ja keinen Beweis, dass ich Beckett geküsst habe. Und was hätte es überhaupt für einen Nutzen, es Derrick zu sagen und ihn aufzuregen? Ich mag Beckett noch nicht mal. Er ist so eingebildet und schmierig, und er kann jede haben, die er auch nur ansieht. Jemand, der jede kriegen kann, kann doch kein netter Mensch sein. Das ist absolut unmöglich. Ihr wisst schon, das prägt einen.

Er meinte doch selbst, dass er es nicht mag, wenn Mädchen Erwartungen an ihn stellen. Also werde ich einfach nie wieder mit ihm reden. Eigentlich die perfekte Lösung.

Wenn ich es mir recht überlege, ist es wirklich das Beste, Derrick nichts zu sagen. Ich werde es einfach … leugnen. Und zwar zu Derricks Wohl. Nicht zu meinem. Im Grunde ist das völlig selbstlos von mir.

Und was, wenn er Juliana eher glaubt als dir?

Das würde er nicht. Oder doch?

Ich merke, wie mein Gesicht wieder diese eine Sache macht – dass meine Lippen beben und meine Augen sich an der Seite kräuseln. Nachdem Aven mich darauf aufmerksam gemacht hat, ist mir klar geworden, dass sie recht hat. Es stimmt – ich mach ein ganz bestimmtes Gesicht, ehe ich anfange zu flennen.

Derrick küsst mich ganz sanft auf den Kopf. »Ich geh jetzt zurück auf mein Zimmer und stell mich unter die Dusche«, sagt er. »Und dann gehen wir vielleicht raus und frühstücken.«

Der Donut und der Orangensaft von heute Morgen liegen mir schwer im Magen. Nach dem vielen Zucker und dem Kuss und der Lüge hab ich ganz bestimmt keinen Hunger. Bloß wäre es auffällig, aufs Frühstück zu verzichten. Ist mir ja normalerweise die liebste Mahlzeit des Tages.

»Klingt toll«, sage ich. »Bin am Verhungern!« Meine Stimme hört sich piepsig an, wie eine Maus. Ich klinge wie eine Lügnerin. Eine richtig schlimme Lügnerin.

Doch falls Derrick irgendwas auffällt, lässt er es sich nicht anmerken. Er setzt sich im Bett auf und streckt dann wieder die Arme über den Kopf und gähnt. Die

Muskeln unter seinem Shirt spannen sich an. Gott, er sieht ja so gut aus. *Aber nicht so gut wie Beckett.* Der Gedanke belagert meinen Kopf, ehe ich ihn verscheuchen kann, wie eine Fliege bei einem Picknick. Ich fege ihn beiseite, dann stehe ich auf und gebe Derrick einen Kuss mitten auf den Mund.

»Viel Spaß!«, sage ich möglichst fröhlich.

Er runzelt die Stirn, lächelt aber dann. Vielleicht denkt er, ich küsse ihn, weil ich ihn schon mal aufheizen will für unsere späteren Sexkapaden. »Ich schick dir eine SMS, sobald ich mit duschen fertig bin.«

Ja, klar wirst du das.

Gott, was ist nur mit meinen Gedanken los? Ich muss wirklich lernen, sie zu kontrollieren. Vielleicht sollte ich einen von diesen Meditationskursen machen, für die immer am Schwarzen Brett der Schule geworben wird. Klar sind die für Leute gedacht, die Probleme mit ihrer Aggressionsbewältigung haben. Im letzten Jahr gab es mehrere Schlägereien und da ist die Schulleitung durchgedreht und hat all diese neuen Kurse eingeführt. Aber wenn man lernen kann, seine Aggressionen in den Griff zu kriegen, dann sollte man doch wohl auch fähig sein, die eigenen sexuellen Begierden unter Kontrolle zu bringen? Ich stelle mir vor, wie ich in der Turnhalle unserer Schule auf einer widerlichen Yogamatte hocke (die stellt die Schule zur Verfügung und die werden bestimmt nie richtig sauber gemacht), umgeben von Typen, die sich am liebsten gegenseitig die Fresse polieren würden.

Sobald Derrick gegangen ist, beschließe ich, mich am Riemen zu reißen.

Ist ja noch nichts Schlimmes passiert.

Ja, ich hab einen anderen Jungen geküsst. Ja, Juliana hat uns dabei gesehen. Aber sie hat es Derrick noch nicht erzählt. Und so soll es auch bleiben, dafür muss ich sorgen. Ich muss die Sache in die Hand nehmen.

Entschlossen greife ich mir mein Telefon und wähle Julianas Nummer.

»*Hola, chica*«, sagt sie, als sie rangeht. In ihrer Stimme liegt ein gewisser Unterton, so als wüsste sie genau, weshalb ich anrufe, und sie freut sich schon drauf, mich damit unter Druck zu setzen.

Sofort gehe ich in die Offensive. »Heilige Scheiße!«, stöhne ich total übertrieben und genervt, weil Juliana eigentlich immer anspringt auf wilde Dramatik und völlig überzogenes Gehabe. »Kannst du fassen, dass Beckett das getan hat?«

»Dass er *was* getan hat?«, neckt sie mich, als wüsste sie das nicht. Ich widersetze mich dem Drang, runter zu ihr ins Zimmer zu marschieren und sie zu erwürgen.

»Dass er mich geküsst hat! Ich meine, verdammte Axt! Wie kommt er darauf, das könnte in Ordnung gehen?«

»Ich hab nicht die leiseste Ahnung«, sagt Juliana. »Derrick bringt ihn um.«

»Ja, ich fürchte auch«, pflichte ich ihr bei, froh, dass sie mir meine Version der Ereignisse abzunehmen scheint. Und darin bin ich das arglose Opfer, und Beckett ist der arrogante Frauenverführer, dem man mal ordentlich in den Hintern treten sollte. »Ich hab es Derrick noch nicht erzählt. Denkst du, das sollte ich tun?«

»Hmmm.« Sie dehnt das Wort hübsch in die Länge, so als müsste sie ernsthaft überlegen. »Ich weiß es nicht.«

»Ich auch nicht.« Ich tu so, als würde ich über die Sache nachdenken. »Ich meine, ich will es ihm schon sagen. Aber er würde sich doch total aufregen und sich Beckett vorknöpfen.«

»Mhmm«, murmelt sie. »Was wolltet ihr beide überhaupt zusammen am Strand?«

»Wir waren nicht zusammen da!«, entgegne ich lautstark. »Ich meine, äh, ich wollte mir nur einen Kaffee und Donuts besorgen. Und da bin ich Beckett über den Weg gelaufen.«

»Wow. Der stalkt dich ja wohl. Vielleicht solltest du es Derrick *doch* sagen.«

»Vielleicht«, erwidere ich, und mein Herz krampft sich zusammen.

»Obwohl, vielleicht doch nicht«, sagt sie. »Wie du schon sagtest, das regt ihn bloß auf.«

»Genau.« Erleichtert atme ich aus.

»Wie auch immer, ein paar von uns wollen zum Brunch, danach legen wir uns an den Strand und holen uns ein bisschen Farbe. Willst du mit?«

»Äh, nein, danke«, sage ich. Da stech ich mir lieber mit einem Zahnstocher beide Augen aus. »Ich treff mich gleich mit Derrick.«

»Dann sehen wir uns vielleicht später«, sagt sie. Ich bin mir sicher, dass ich mir das nur einbilde, aber in ihrer Stimme schwingt was Drohendes mit.

»Oh, klar, bestimmt.« Nicht.

Ich lege auf. Eigentlich sollte ich jetzt erleichtert sein. Ich meine, es sieht ja nicht so aus, als wollte Juliana Derrick erzählen, was sie gesehen hat. Und klar, das hilft mir nicht unbedingt bei meinem Problem, ob ich es ihm nun gestehen soll oder nicht. Aber zumindest habe ich so die Wahl.

Ich frage mich bloß, warum es für sie okay ist, wenn ich es ihm nicht sage. Und warum hat sie mir nicht … keine Ahnung, gedroht oder so was? Mir nicht erklärt, dass sie es ihm sagt, wenn ich es nicht tue? Sie ist doch angeblich Derricks beste Freundin. Tatsächlich ist sie viel dicker mit Derrick befreundet als mit mir. Warum verlangt sie dann nicht von mir, dass ich es ihm gestehe? Erzählt sie es ihm möglicherweise doch?

Diese ganze Abschlussfahrt wird mir allmählich viel zu kompliziert. Das hier soll doch Spaß machen und keine dramatische Übung in puncto ehemalige Freundinnen und Rache und Fremdgehen sein. Verwirrt schüttle ich den Kopf. Ich muss mich konzentrieren. Eigentlich bin ich doch hierhergekommen, um meinem Freund näherzukommen und vielleicht sogar meine Jungfräulichkeit zu verlieren. Ja, es gab ein paar Anfangsschwierigkeiten und unvorhergesehene Kursänderungen, doch die simplen Fakten sind immer noch die gleichen. Wir sind nur noch zwei Tage hier, da muss ich alles, was ich noch schaffen will, in den nächsten achtundvierzig Stunden erledigen. *Du kannst nicht mit Derrick schlafen, solange du ihm nicht gestehst, dass du Beckett geküsst hast. Und du solltest dir ernsthaft überlegen, weshalb es für Juliana in Ordnung ist, dass du es ihm nicht sagen willst.*

Ich schiebe diese Gedanken beiseite und gehe ins Badezimmer, wo ich die Dusche so heiß aufdrehe wie möglich und dann unter den Strahl trete. Da steht eine ganze Batterie an teuer aussehenden Shampoos und Spülungen auf einem kleinen Regal über der Mischbatterie, die ich jetzt durchsehe. Wow. Kiehl's und so was. Man möchte doch meinen, dass die Schule ein Hotel wählt, das nicht ganz so teuer ist. Aber ich schätze, sie musste ein so teures nehmen, weil sonst wieder reihenweise Eltern ausflippen, weil sie denken, dass wir in einem ranzigen Motel abgestiegen sind. Nicht dass ich mich beschweren will. Ich meine, hallo, Kiehl's!

Ich shampooniere mein Haar und lasse mir besonders viel Zeit mit der Spülung. Normalerweise klatsche ich das Zeug einfach bloß so drauf und wasche es sofort wieder aus. Aber heute nicht. Heute sehe ich zu, dass ich mir mit den Fingern jede einzelne Strähne auskämme, damit sich die Spülung gleichmäßig verteilt.

Dann wasche ich alles aus und lasse mir Zeit beim Föhnen, bis mein Haar absolut glatt ist. Als ich mit dem Trocknen fertig bin, stöpsele ich das Glätteisen ein, das entweder Aven oder Quinn im Bad liegen gelassen hat.

Strähne für Strähne bearbeite ich mein Haar damit. Gott, warum mach ich das eigentlich nicht öfter? Sieht echt super aus.

Anschließend kleide ich mich gewissenhaft für den Tag, ziehe meinen Bikini an und werfe die Tunika über. Sie ist einfach wunderschön – cremefarben und fließend, und sie zeigt gerade genug, um sexy zu sein, ohne dass es übertrieben wirkt.

Als ich fertig angezogen bin, widme ich mich ausgiebig meinem Make-up. Ich folge sogar diesem Smokey-eye-Tutorial, das ich auf Youtube gefunden habe, und zwar vor ungefähr zig Millionen Jahren. Bislang hatte ich einfach nur nicht die Geduld dafür. Als ich mit dem Make-up fertig bin, ist da immer noch keine SMS von Derrick. Daher nutze ich die Zeit noch für ein paar letzte Konturierungen. Und zwar, indem ich mit Rouge Schatten auf mein Gesicht zaubere, damit die Wangenknochen schön hervorstechen und ich krass dünn wirke.

Ich hab kein Rouge, daher benutze ich stattdessen Bronzepuder. Wow. Ich sehe ja fast aus wie ein Model. Angewidert schüttle ich den Kopf angesichts der Botschaften, die die Medien uns vermitteln. Sie lassen alle in dem Glauben, dass Promis so viel besser aussehen als wir Normalos, dabei braucht man doch bloß einen Pinsel und ein bisschen Farbe, dazu ein Youtube-Video und ein kleines bisschen Zeit. Und *voilà!*

Aber die Leute können sich gar nicht vorstellen, genauso gut auszusehen. Tja. Schafft man vielleicht nicht eben jeden Tag. Und jetzt, da ich genauer hinsehe, sieht das mit dem Bronzepuder vielleicht doch ein bisschen zu dick aufgetragen aus. Aber egal. Wir sind hier in Florida. Hier sind alle ziemlich braun. Und nicht wenige Leute sind stark geschminkt.

Und man soll sich ja immer den Landessitten anpassen, nicht wahr?

Ich sprühe mich von oben bis unten mit Parfum ein, dann bediene ich mich noch an dem Make-up-Fixierspray, das auf der Ablage steht. Das brauche ich, zumal ich ja den ganzen Tag draußen in der Sonne sein werde.

Ich lächle mir selbst im Spiegel zu, dann gehe ich wieder raus ins Zimmer. Allerdings bin ich mir nicht sicher, was ich jetzt tun soll. Ob ich Derrick eine Nachricht schicke? Ich gehe ein paarmal auf und ab und versuche, meine Gedanken davon abzuhalten, ständig abzuschweifen in eine Richtung, in die sie nicht gehen sollen. Und zwar zu Beckett. Und dem Kuss.

Du hast doch nicht diese ganzen Make-up-Tutorials befolgt, nur weil du für Derrick gut aussehen willst. Du wolltest dich dadurch bloß von Beckett ablenken. Davon, wie seine Lippen sich angefühlt haben. Wie seine Hände dich näher gezogen haben. Wie schrecklich sexy die Stoppeln an seinem Kinn waren und dass er nach Orangen und Zucker und nach Gefahr geschmeckt hat.

Mittlerweile laufe ich schneller. Ich muss hier raus, sonst explodiert mir noch der Kopf.

Also beschließe ich doch, zu Derrick aufs Zimmer zu

gehen. Ist ja egal, ob er fertig ist oder nicht, oder? Ich hab genug von den Spielchen.

Ich patsche den Flur runter und steige in den Lift (ich hab meine rosa Flipflops an, in denen mir aus irgendeinem Grund auf einmal die Füße wehtun – vielleicht hätte ich sie erst mal einlaufen sollen?), dann fahre ich runter und gehe zu Derricks Zimmer.

Ich setze mein verführerischstes Lächeln auf, wie ich hoffe, dann stemme ich die Hand gegen den Türrahmen und lehne mich dagegen. Dabei ziehe ich die Tunika ein Stück nach unten, damit ich gerade genug Dekolleté zeige, um sexy zu wirken.

Schließlich klopfe ich an die Tür.

Stille, ehe man es drinnen im Zimmer rascheln hört.

Die Tür fliegt auf.

»Oh«, sagt Beckett. Seine Lippen kräuseln sich wieder mal zu seinem typischen sexy Grinsen. »Hallo du. Willst du mehr?«

Meine Augen weiten sich und sofort schiebe ich meine Brüste zurück in mein Oberteil. Tja. So gut es eben geht. Wenn ein Bikini so unangemessen ist wie meiner, dann sind einem Grenzen gesetzt.

»Wo ist Derrick?«, will ich wissen. Scheiße. Ich dachte echt, Beckett wäre immer noch unten am Strand.

Insgeheim hast du aber doch gehofft, er möge hier sein.

Lüge, Lüge, Lüge! Gott, in meinem Kopf herrscht wirklich Chaos heute. Langsam frage ich mich, ob ich wohl so was wie eine multiple Persönlichkeitsstörung entwickle. Eine meiner Persönlichkeiten ist absolut normal und liebt Derrick und freut sich an dieser Abschlussfahrt. Und meine andere Persönlichkeit ist eine sexsüchtige Irre, die ihre Brüste nicht in ihrem Top behalten kann und dauernd knutschen will und ihren Freund mit jedem Typen betrügt, den sie in die Finger kriegt.

Nicht mit jedem Typen. Nur mit Beckett.

Aaaah!

»Er ist im Bad«, sagt Beckett. Er hat kein Oberteil an. Beckett. Trägt. Kein. Oberteil. Sein Körper ist einfach perfekt, unglaublich. Sein Bizeps tritt besonders deutlich hervor, weil er sich an der Tür abstützt, und seine Brust ist glatt und gebräunt und wie gemeißelt. Auf seinem flachen Bauch zeichnet sich die perfekte Andeutung eines Sixpacks ab, das sich unten zu einem V verjüngt und dann übergeht in die dunkelblaue kurze Hose, die er trägt.

Meine zweite Persönlichkeit findet diesen Anblick ganz schön scharf.

»Oh.«

»Willst du reinkommen und auf ihn warten?«

Ja. »Nein.«

»Soll ich ihn dann zu dir aufs Zimmer schicken?«

»Warum braucht er denn so lang?«

»Ich weiß es nicht.« Er zuckt die Schulter. Dann wirft er einen Blick über die Schulter und tritt raus auf den Flur, ehe er die Tür hinter sich schließt. Ich weiche einen Schritt zurück, aber er ist mir immer noch beängstigend nah. So nah, dass ich die Hitze spüre, die von seiner nackten Brust ausstrahlt und mich durch das dünne Material der Tunika trifft.

Ich weiß, dass ich noch weiter zurückweichen sollte, aber seine Augen schlagen mich in ihren Bann. Es ist fast so, als würden sie mich an die Stelle fesseln, an der ich stehe.

Vielleicht hat er ja Superkräfte. Wie ein Held aus einem paranormalen Liebesroman. Wie? Ist doch möglich. Ich bin überzeugt, dass Bella auch ziemlich überrascht war. Und vermutlich wurde ihr das alles erst so richtig klar, als sie ihr Vampirbaby zur Welt brachte. Falls ich ein Vampirbaby bekommen sollte, hoffe ich, dass an dem Tag meine andere Persönlichkeit übernimmt.

»Hör mal«, sagt Beckett, »es tut mir leid. Das, was am Strand geschehen ist. Es war dumm.«

»Es war *richtig* dumm«, sage ich. Dann recke ich das Kinn hochnäsig in die Luft. »Ich hab einen Freund. Also war das absolut unangemessen.«

Er nickt. »Ich wollte nicht … so was tu ich nicht andauernd. Du weißt schon – dass ich mich an Mädchen ranmache, die einen Freund haben.« Dann seufzt er und reibt sich das Gesicht mit den Händen. »Obwohl, das stimmt nicht so ganz. Im Grunde versuche ich total oft, Mädchen aufzureißen, die vergeben sind. Aber bei dir hätte ich das nicht tun sollen.«

Er ist echt ein Arsch. Das werde ich ihm nie verzeihen. »Das ist echt widerlich«, sage ich. »Du solltest keine Mädchen anmachen, die einen Freund haben! Wieso tust du so was?«

Er blinzelt mich an und wirkt überrascht, so als hätte ihn das noch nie ein Mensch gefragt. Seine Wimpern sind lang und dicht. Es scheint mir nicht fair, dass die Natur sie an einen Jungen verschwendet. Sie dienen nämlich bloß dem Zweck, ihn noch schärfer aussehen zu lassen. Sein Gesicht ist so fein ziseliert und männlich, dass die Wimpern ein schönes Gegengewicht bilden. Und sie passen perfekt zu seinen wunderschönen grünen Augen.

»Keine Ahnung«, sagt er. »Schätze, wegen dieser Sache, die ich vorhin schon erwähnt hab … du weißt schon, das mit den Erwartungen.«

»Moment mal.« Ich schüttle angewidert den Kopf. »Du wolltest dich an mich ranmachen, weil du dachtest, ich habe keine Erwartungen?« Wow. Was bildet er sich ein? Denkt er ernsthaft, dass ich einfach mit ihm losziehe und mit ihm rumknutsche, und dann ist es okay für mich, wenn er nie wieder ein Wort mit mir wechselt? Ich meine, wow.

»Nein!« Er wirkt entsetzt. »Nein, das ist nicht der Grund.«

»Lügner!« Der Typ hat sie ja wohl echt nicht mehr alle. Langsam frag ich mich, ob er eine Art Psychopath ist. Oder ein Soziopath. Und zwar so einer, der total charmant und gut aussehend ist und daran gewöhnt, alles zu kriegen, was er will, bis er einen dann in lauter kleine

Stücke zerhackt, nachdem er monatelang seine Spielchen mit einem gespielt hat.

»Ich schwöre es«, sagt er. »Lyla, das hätte ich dir niemals angetan.«

»Warum denn nicht?«

»Weil ich es einfach nicht getan hätte.« Sein Blick bohrt sich in mich und plötzlich kommt alles zum Stillstand, alles bis auf das Pochen meines Herzens. »Ich hab dich geküsst, weil ich es wollte. Nicht weil ich mir erhofft habe, dass da keine Erwartungen sind. Eigentlich hätte ich sogar ganz gern, dass du Erwartungen an mich hast.« Ich spüre, wie es mir den Hotelteppich unter den Füßen wegzieht. Alles tritt in den Hintergrund und gerät in Vergessenheit. Jetzt sind da nur noch wir beide, Beckett und ich.

Und dann lande ich mit einem Mal wieder auf dem Boden der Tatsachen. »Du hast mich also geküsst, weil du es wolltest, hast dann aber beschlossen, dass du es besser nicht hättest tun sollen?« Wie soll denn das alles einen Sinn ergeben? Langsam tut mir der Kopf richtig weh.

Er sperrt den Mund auf, um was zu sagen, aber ich komme ihm zuvor.

»Ist ja auch egal«, sage ich. »Ich muss jetzt zu meinem Freund.«

Damit dränge ich mich an Beckett vorbei ins Zimmer und marschiere zum Bad. Die Tür ist geschlossen und ich höre das Geräusch der laufenden Dusche. Allerdings kann ich auch Derricks Stimme hören. Was echt seltsam ist. Mit wem sollte Derrick sich denn unter der Dusche unterhalten?

Ich klopfe an. »Derrick!«, sage ich, in der Hoffnung, meine Stimme möge nichts von dem Chaos verraten, das in mir herrscht. »Ich bin hier. Wir können jetzt frühstücken gehen und an den Strand!« Dann hole ich tief Luft und versuche, mich zu beruhigen. Ich klinge ja wie eine total Irre.

»Lyla?«, kommt die Antwort. Er klingt überrascht. Die Tür öffnet sich einen Spalt und er linst heraus. »Was willst du denn hier?«

»Du hast ja ewig gebraucht«, sage ich. »Also bin ich gekommen, um dich zu holen.« Dann fällt mir wieder ein, dass ich ihn ja heute Abend verführen soll, daher nehme ich rasch die Pose ein, die ich vorhin vor der Tür eingenommen habe. Die Hand am Türrahmen, Brüste rausgedrückt, Lächeln im Gesicht. Ich lecke mir über die Lippe und hoffe, dass das sexy aussieht. »Ich bin so weit.« Dieses Mal sage ich aber nichts vom Strand oder so. *Ich bin so weit,* das klingt doch so, als wäre ich bereit für alles. Hoffentlich bringt ihn das auf schmutzige Gedanken.

»Okay.« Er hält sein Handy hoch. »Gib mir eine Sekunde. Ich telefoniere gerade.«

»Mit wem sprichst du denn?« Meine Stimme klingt erstickt. Juliana! Bestimmt telefoniert er mit Juliana! Die Schlampe hat ihn wahrscheinlich angerufen, sobald sie nach unserem Telefonat aufgelegt hatte. Ob sie es ihm schon erzählt hat? Er wirkt nicht sauer. Oder irgendwie aufgebracht. Und er hat Beckett noch nicht vermöbelt.

Ein seltsamer Ausdruck schleicht über Derricks Gesicht, dann legt sich seine Stirn in Falten. »Was hast du denn da im Gesicht?«

»Was meinst du?« Meine Hände fliegen hoch zu meinen Wangen. Hab ich mich aus Versehen mit Schokolade oder irgendwas beschmiert? Ich hab aber gar keine Schokolade gegessen. Oh mein Gott. Vielleicht Puderzucker von den Donuts! Vielleicht hab ich Puderzucker im Gesicht! Wie soll ich das denn erklären? Ich werfe einen Blick ins Badezimmer und betrachte mich im Spiegel.

Oh. Da ist ja gar kein Puderzucker. Es ist der Bronzer. Wow. Mir war gar nicht klar, wie dunkel der aussieht. Ist auch ein bisschen … fleckig.

»Das ist nur mein Bronzepuder«, wiegle ich ab.

»Was ist damit passiert?«, will Derrick wissen. »Sieht ein bisschen … verschmiert aus.«

»Tja, ist eben schwer, den perfekt aufzutragen«, entgegne ich. »Das gleicht sich schon aus, sobald wir draußen an der Sonne sind.«

»Okay«, meint Derrick, wirkt aber nicht sehr überzeugt. Er beugt sich vor und gibt mir einen Kuss. Er schmeckt nach Zahncreme und duftet nach Seife. »Du siehst bestimmt scharf aus so gebräunt.«

Vor Freude laufe ich rot an. »Aber, äh, mit wem telefonierst du denn jetzt?«

»Mit meiner Mom.« Ja!! »Gib mir eine Minute, dann bin ich fertig.«

Als Derrick hinter mich sieht, drehe ich mich um. Beckett sitzt auf dem Bett und verfolgt unser Gespräch. Derrick funkelt ihn nur an und gibt mir dann noch einen Kuss. »Vielleicht solltest du besser draußen auf dem Gang warten«, sagt er.

»Gute Idee.«

Er schließt die Badezimmertür.

Absichtlich weiche ich Becketts Blick aus. Ich muss aufhören mit diesem Irrsinn, das geht schon viel zu lange so. Ich werde diese Abschlussfahrt erst wieder genießen können, wenn ich keinen Kontakt mehr mit Beckett habe.

Schnipp. Ich tu einfach so, als wäre da so eine Art dünne Schnur, die Beckett und mich verbindet, und die habe ich soeben durchtrennt. Das Tolle an so einer Schnur ist ja auch, dass man sie nicht wieder reparieren kann. Wenn sie einmal gekappt ist, dann war's das. Es gibt kein Zurück. Dann ist es … geschehen. Ende der Geschichte.

Ich bin schon fast bei der Tür, als er mir nachrennt.

»Ich hab's mir anders überlegt«, raunt er mir ins Ohr. Sein Atem kitzelt mich, sodass die kleinen Härchen auf meinem Rücken sich aufrichten, und meine Haut fühlt sich an, als stünde ich in Flammen. »Es tut mir nicht leid, dass ich dich geküsst habe. Am liebsten würde ich es sogar wieder tun.«

Er bewegt sich nicht, steht einfach nur da und wartet

darauf, dass ich eine Entscheidung treffe. Ich spüre seine Lippen nur wenige Zentimeter von mir entfernt. Ich müsste mich nur umdrehen und schon könnten wir uns küssen. Seine Lippen wären wieder auf meinen und er würde erneut seine Hände in meinem Haar vergraben. Mein Körper schreit danach, dass er mich berührt, er verzehrt sich nach seinem Kuss, nach allem. Aber ich kann das nicht tun. Ganz gleich, was mein Körper auch will, wie könnte ich einen anderen Jungen küssen, wenn mein Freund nur wenige Schritte entfernt ist? Das wäre ja wirklich der Oberhammer, ein ganz neues Level an Grausamkeit.

Auch wenn alles in mir lautstark protestiert, nehme ich also meine ganze Selbstkontrolle zusammen, öffne die Tür und trete raus auf den Flur.

ZEHN

Okay. Jetzt fühle ich mich schon gleich viel besser.

Mein Herzschlag beruhigt sich, mein Körper ist nicht mehr ganz so angespannt, und mein Magen hat aufgehört, Purzelbäume zu schlagen. Eigentlich bin ich ganz entspannt und ruhig. Ich liege ausgestreckt auf dem längsten und weichsten Strandtuch der Welt, die Zehen in Richtung Meer gestreckt, während die Sonne meinen Körper wärmt und ich eine wunderschöne Bräune annehme. (Klar lass ich es langsam angehen mit dem Bräunen. Als wir hier ankamen, hab ich mich gleich mit Lichtschutzfaktor fünfzig eingeschmiert. Denn Hautkrebs ist jetzt eher weniger sexy. Oder vorzeitige Hautalterung.)

Derrick liegt auf dem Handtuch neben mir und wir hören Musik auf seinem Handy. Um uns herum Möwen, die kreischend herabtauchen, spielende Kinder und Leute, die sich lachend unterhalten. Eine Gruppe Studenten wirft sich am Strand einen Football zu, gerade nah genug, dass ich sie sehen kann, aber nicht so nah, dass Gefahr besteht, der Ball könnte ihnen entwischen und mir an den Kopf knallen.

»Das ist echt schön«, sage ich. Wer braucht denn da noch einen Meditationskurs? Ich bin total entspannt. Ich bin so entspannt, dass ich fast einschlafe. Ich strecke die Hand aus, greife nach meinem Schlapphut und setze ihn mir aufs Gesicht.

»Was?«, will Derrick wissen.

»Hier ist es traumhaft schön«, sage ich.

»Das hier ist schön.« Er berührt mich am Arm und lässt seine Finger über meine Haut wandern. »Deine Haut fühlt sich toll an«, sagt er leise.

»Deine Hände fühlen sich gut an«, erwidere ich. Das ist gelogen. Seine Hände fühlen sich gar nicht gut an. Irgendwie sind sie fettig von der Sonnencreme. Oder vielleicht ist es auch Schweiß. Iiiii. Klar finden manche Leute Schweiß sexy, sind angetörnt von schwitzenden Körpern im Fernsehen, aber ich finde es nur eklig.

Hör auf, ermahne ich mich selbst. *Du bist zu streng mit ihm.*

Ich stütze mich auf die Ellbogen und streife mit der Hand durch den feinen weißen Sand. »Was willst du heute Abend denn machen?«, frage ich.

»Tja«, meint Derrick und dreht sich zu mir. Er trägt eine dunkle Sonnenbrille und sein Haar weht sachte im Wind. »Ich dachte mir, wir gehen vielleicht essen. Ich hab da einen echt netten Laden direkt am Wasser entdeckt. Und dann vielleicht noch ein Eis bei Big Olaf und anschließend ein netter Abendspaziergang am Strand.«

»Mmmm«, seufze ich. »Klingt perfekt.«

»Das wird es.« Seine Finger kehren wieder zu meinem Arm zurück und gleiten daran nach oben. Nur dass sie dieses Mal in der Ellbogenbeuge innehalten und sich dann hin und her bewegen, hin und her.

»Ich kann es kaum erwarten«, sage ich.

Er rückt näher an mich heran. »Und danach könnten wir aufs Zimmer gehen«, meint er noch.

»Deins oder meins?«

»Unsres.« Er lächelt. »Ich hab uns ein Zimmer in einem anderen Hotel gebucht. Da wird uns keiner stören.« Seine Finger bewegen sich jetzt etwas schneller über meinen Arm, so als würde ihn allein der Gedanke schon total erregen. Warum konzentriere ich mich bloß so sehr auf die Finger auf meinem Arm? Ich strecke die Hand aus und greife nach seiner. Sie ist schwitzig, immer noch. Ich zwinge mich, an etwas anderes zu denken.

»Wow«, sage ich. »Das ist ja der Hammer.« Ich frage mich, wie wir uns aus dem Hotel schleichen sollen, ohne dass irgendwer was davon mitkriegt. Wobei, wahrscheinlich müssen wir gar nicht die Nacht in diesem anderen Hotel verbringen. Wir können ja einfach nur dort miteinander schlafen und dann zurück in unsere Zimmer gehen. Soweit ich weiß, haben die bis jetzt nicht nachgesehen, ob die Leute abends auch tatsächlich in ihren Betten liegen, aber vielleicht können sie das trotzdem irgendwie kontrollieren. Oder vielleicht fangen sie heute Abend damit an.

Derrick nimmt meine Hand und zieht sie sanft an die

Lippen. Zärtlich küsst er jeden einzelnen Finger. Dann beugt er sich vor und küsst mich auf den Mund.

Jetzt habe ich mit zwei Jungs an einem Tag geknutscht. So was hab ich in meinem ganzen Leben noch nicht gemacht. Bevor ich Derrick kennengelernt hab, konnte ich mir noch nicht mal vorstellen, auch nur einen Jungen zu küssen, und jetzt mach ich es gleich mit zweien an einem Tag! Was ist nur mit mir los? Verliere ich vollends den Verstand?

Mein Handy summt im Sand neben mir. Ich drehe mich rüber und greife danach. Mein Gesicht ist ganz heiß, und ich will nicht, dass Derrick mitkriegt, dass da was nicht stimmt.

Oh. Es ist meine Mom.

Sie will wissen, wie es so läuft.

Ich schreibe zurück und erkläre, dass alles bestens ist. Am Ende meiner SMS füge ich noch einen Smiley ein, dann gehe ich auf Senden. Die Antwort folgt unmittelbar. *Großartig! Viel Spaß, pass gut auf dich auf und bis bald!*

Ausnahmsweise bin ich mal dankbar, dass meine Mom nicht der Typ ist, der unzählige Fragen stellt und sich ständig in mein Leben einmischt. Normalerweise nervt mich die Tatsache, dass sie nicht sonderlich viel Interesse zeigt. Aber jetzt bin ich froh, dass sie nicht so eine überengagierte Mutter ist, die alle deine Freundinnen kennt und selbst so tut, als wäre sie deine beste Freundin. Und die dann auch noch deine Klamotten trägt. Ich stelle mir vor, wie meine Mom und ich zusammen losziehen, um uns unangemessene Badebekleidung zu kaufen, und fast lache ich laut los.

»Was ist denn so komisch?«, will Derrick wissen.

»Ach, nichts«, sage ich. »Ich musste nur an etwas denken … ach, nichts.« Irgendwas sagt mir, dass ihn die Vorstellung nicht unbedingt antörnt, wie seine Freundin mit ihrer Mom Badesachen kaufen geht.

»Erzähl mir mehr von heute Abend«, sage ich.

»Tja. Wir werden Champagner trinken.«

»Mmmm.«

»Und Schokolade essen.«

»Lecker.«

»Und es wird Erdbeeren geben und Rosenblüten.«

»Yippie!« Seht ihr? Das wird ganz wundervoll. Ich male mir ein supertolles Hotelzimmer aus, eins von diesen Luxusteilen, bei denen man sich denkt, dass sie besser nicht in Strandnähe sein sollten, weil man sie ja bloß ruiniert mit dem vielen Sand, den man zwangsläufig reinträgt. Rosenblüten werden um den Teppich herum verstreut sein (oder auf dem dunklen Bambusboden liegen – ich hab mal dunkles Bambusparkett in einem Film gesehen, das sah toll aus), und im Kühler steht eine Flasche Champagner.

Derrick wird mich ganz langsam und zärtlich küssen. Er wird mir sagen, dass er mich liebt (das hat er zwar schön öfter getan – wenn auch nicht allzu oft, aber manche Jungs sind eben nicht so gut darin, ständig über ihre

Gefühle zu sprechen, und das ist völlig in Ordnung für mich), und dann wird er anfangen, mich auszuziehen, hübsch langsam. Unsere Körper werden …

»Oh, wir haben übrigens einen Whirlpool auf dem Zimmer.«

»Wie bitte?«

»Du weißt schon, eine von diesen Badewannen mit Sprudelwasser? Das Zimmer wurde mit dem Slogan ›cuddle and bubble‹ beworben oder so.«

»*Cuddle and bubble*? Was soll das denn bedeuten?«

»Na, man füllt den Whirlpool mit blubberndem Badewasser und dann kuschelt man darin.« Er macht ein selbstzufriedenes Gesicht. »Ist angeblich total sexy und romantisch.«

»Ja, so klingt es«, schwindle ich. Ich bin mir nicht sicher, ob ich das echt so sexy finde. Ich meine, wenn die das ›cuddle and bubble‹ nennen, dann heißt das doch, dass man Sex im Whirlpool hat. Denen ist also klar, was da passiert. Der Gedanke, meine Jungfräulichkeit in einem Whirlpool zu verlieren, in dem schon haufenweise andere Paare Sex hatten, wirkt auf mich nicht so verlockend. Und wie soll man im Wasser überhaupt ein Kondom benutzen? Ich bin mir ziemlich sicher, dass Kondome nicht wasserfest sind. Zumindest war davon im Sexualkundeunterricht an der Schule keine Rede. Vielleicht hat unser Biolehrer Mr Williams aber auch noch nie was von »cuddle and bubble« gehört. Klingt nach etwas, das gerade erst erfunden wurde. Oder das gibt es nur in Florida.

»Das wird großartig.« Derricks Augen funkeln. »Ich freu mich echt riesig drauf.«

Sein Handy vibriert auf dem Handtuch neben mir und stört die Stimmung. Er greift danach, sieht aufs Display und lässt den Anruf dann auf die Mailbox gehen.

»Wer war das denn?«, will ich wissen. Juliana! Das ist bestimmt Juliana! Wollte sie nicht auch zum Strand kommen? Hektisch sehe ich mich nach ihr um – vielleicht lauert sie ja schon irgendwo.

»Niemand.« Er zuckt die Achsel. »Nur meine Mom. Aber ich bin jetzt mit dir zusammen. Da will ich mich nicht stören lassen.«

»Hast du nicht vorhin erst mit deiner Mom telefoniert?« Ich gebe mir Mühe, nicht allzu misstrauisch zu klingen, aber ganz ehrlich, irgendwie klingt das schon höchst verdächtig. Es *muss* Juliana sein. Obwohl … wenn sie ihn anruft, wieso sollte er lügen? Liegt es daran, dass sie in ihn verknallt ist, wie Beckett meinte? Haben die beiden etwa eine heimliche Affäre? Ist Juliana …

»Hiiii!«, trällert da eine Stimme. Auf einmal steht Juliana da, fast wie aus dem Nichts, und lässt sich neben uns in den Sand plumpsen. Ich bin genervt, dass sie einfach so hier aufkreuzt, aber irgendwie auch erleichtert, sie zu sehen. Wenn sie das gewesen wäre am Telefon, dann wäre sie doch wohl jetzt nicht hier, oder? Aber wer war das dann? Gibt es noch ein Mädchen?

Misstrauisch sehe ich Derrick an und verfluche Beckett dafür, dass er mir diese Idee in den Kopf gesetzt hat.

»Was ist los?«, will Derrick wissen.

»Nada.« Juliana trägt extrem unangemessene Badesachen. Also noch viel unangemessener als mein Bikini. Ihr Oberteil ist weiß und es ist ziemlich durchsichtig. »Ihr solltet mit weiter runterkommen zum Strand«, sagt sie. »Wir bauen eine Sandburg.«

»Ist das nicht was für Fünfjährige?«, frage ich, ehe ich es verhindern kann. Mir ist klar, dass es nicht sonderlich schlau ist, sie zu verärgern, wo ich doch hoffe, dass sie mein Geheimnis für sich behält. Aber die Worte sind raus, ehe ich mich bremsen kann. Warum belästigt sie uns überhaupt?

»Wohl eher was für Dreijährige«, sagt sie und lächelt mich an. »Aber weißt du, wenn man am Strand ist, muss man sich ja irgendwie beschäftigen.« Sie bedenkt mich mit einem wissenden Grinsen.

Ich schlucke. Ich schlucke wirklich. Laut und vernehmlich, wie in einem Zeichentrickfilm.

»Auch wieder wahr«, sage ich.

»Also, wollt ihr mitkommen?« Irgendwie liegt in ihrer Stimme … ein vage drohender Unterton. Fast so, als würde was passieren, wenn wir es nicht tun. Und da wird mir klar, dass das jetzt mein Leben ist – wenn ich es Derrick nicht erzähle, wird Juliana immer etwas gegen mich in der Hand haben. Warum musste sie bloß genau im gleichen Moment am Strand sein, als ich mit Beckett da war? Hätte sie nicht in ihrem Zimmer sein müssen, um ihren Rausch auszuschlafen? Ich beschließe, nichts zu sagen. Soll Derrick ihr doch eine Abfuhr verpassen.

Doch zu meiner Verblüffung steht er auf und fängt an, sein Zeug zu packen. »Klar«, meint er.

»Klar!«, flöte ich ebenfalls, scheinbar bestens gelaunt.

Zehn Minuten später sitzen wir weiter unten am Strand und meine Stimmung hat einen ganz neuen Tiefpunkt erreicht. An diesem Strandabschnitt ist viel zu viel los – er liegt ganz in der Nähe der Toiletten und der Essensstände und der Urlaubshotels.

Zwei Jungs aus unsrem Jahrgang, Maddox Hanson und Bentley Green, werfen einen Football herum und er saust wieder und wieder über meinen Kopf hinweg. Dauert bestimmt nicht lang, bis die jemandem die Nase brechen. Vielleicht bin ich es.

Juliana steht auf und rennt zwischen den beiden hin und her. Ungefragt macht sie sich so zum Affen. Sie lacht und wirbelt herum und springt dem Football hinterher und sie sieht aus wie die letzte Idiotin. Klar fahren die Typen am Strand voll darauf ab, weil ihre Titten wild auf und ab springen in ihrem absolut unangemessenen Bikini.

Ich schirme meine Augen gegen die Sonne ab und werfe Derrick einen Blick zu. Auch er beobachtet, wie Juliana durch die Gegend springt.

»Warum schießt du kein Foto? Dann hast du länger was davon«, grummle ich, ehe ich es verhindern kann. Ist total kindisch, dass ich das sage, mal abgesehen davon, dass ich so was Ähnliches das letzte Mal mit sieben Jahren gehört hab.

»Was?«, hakt Derrick nach und macht ein verdutztes Gesicht.

»Ach, nichts.«

»Nein, was hast du gesagt?«

»Nichts.«

»Na dann ist ja gut.«

In seiner Stimme liegt ein schneidender Unterton, etwas, das ich noch nie zuvor bei ihm gehört habe. Normalerweise ist Derrick total cool und entspannt. Allerdings war ich auch *echt* biestig. Aber trotzdem. Er hätte ja wegen Juliana nicht so in Verzückung geraten müssen. Mir ist schon klar, dass Jungs da hormongesteuert sind, wenn sie so was tun, aber man möchte doch meinen, dass er das wenigstens vertuscht. Vielleicht hat es auch gar nichts mit Juliana zu tun. Vielleicht ist der Grund ja eher Beckett.

»Hey«, sage ich. »Bist du immer noch sauer wegen gestern? Wir hatten ja noch gar keine richtige Gelegenheit, darüber zu reden.«

Sofort werden seine Züge weicher. »Nein, ich bin nicht sauer auf dich.«

»Bist du dir sicher? Ich meine, kann mir schon vorstellen, dass es ein komisches Gefühl ist, zu hören, dass Beckett mich gefahren hat.« *Und dass ich dich angelogen habe,* denke ich noch im Stillen, spreche es aber nicht laut aus. Warum sollte ich das noch betonen?

»Egal.« Derrick zuckt die Schulter. »Mir ist ja klar, dass

du keine andere Wahl hattest, du konntest nur mit Beckett fahren. Und es war wirklich dumm von mir, anzunehmen, da könnte was sein zwischen euch.«

»Im Ernst?«, frage ich ganz automatisch. »Warum?« Upsi.

»Keine Ahnung. Beckett ist so …« Er hebt die Hände, als fände er keine Worte, um Beckett zu beschreiben. »Er war mal mit Katie Wells zusammen, das wusstest du, oder?«

»Na und?«

»Das ist die Sorte Mädchen, auf die er steht.«

»Du meinst hübsch?«

»Ja. Ich meine, nein! Also ja, schon, Katie ist hübsch. Aber natürlich lange nicht so hübsch wie du.«

Ich sehe ihn mit zusammengekniffenen Augen an. »Du willst damit also sagen, dass ich für Beckett nicht gut genug aussehe.«

»Nein.« Derrick schüttelt heftig den Kopf. »Ich will damit nur sagen, dass Beckett eher auf dumme Mädchen steht. Die Sorte Mädchen, die nur zwei Sachen im Kopf haben – Jungs und Klamotten.«

Aber ehe ich noch weiter nachbohren kann, fällt ein Schatten über mein Handtuch. Ich blinzle hoch in die Sonne. Gegen das gleißende Licht zeichnet sich eine dunkle Gestalt ab.

Beckett.

Das Herz klopft mir sofort bis zum Hals.

Doch dann fängt die Gestalt an zu reden.

»Was zum Teufel hast du dir bloß dabei gedacht?« Es ist die Stimme eines Mädchens. Eine vertraute Stimme. Eindeutig nicht Beckett.

Ich rutsche ein Stück zur Seite auf meinem Handtuch, bis die Sonne mich nicht mehr blendet. Es ist Quinn. Und sie wirkt gar nicht glücklich.

»Oh, hi, Quinn«, sage ich ganz freundlich.

»Komm du mir nicht mit ›oh, hi, Quinn‹«, sagt sie. »Was zum Teufel hast du da heute Morgen getrieben?«

»Heute Morgen?« Derrick runzelt die Stirn. »Was hast du denn gemacht heute Morgen?«

»Nichts«, sage ich. Oh Gott, oh Gott, oh Gott. Da dachte ich schon, ich komme damit davon, dass ich einen anderen Jungen geküsst habe, und jetzt steht Quinn vor mir und lässt alles auffliegen! Die ganze Zeit mache ich mir Gedanken wegen Juliana, dabei hab ich ganz vergessen, dass Quinn mich ja auch mit Beckett gesehen hat. Geschieht mir nur recht. Liegt wohl an meinem Karma. Ich bin ein schrecklicher Mensch und als schrecklicher Mensch passiert einem nun mal so was. Man kriegt alles zurück.

Quinn kneift die Augen zusammen und sagt dann: »Kann ich dich unter vier Augen sprechen?«

Derrick bläht die Brust auf. »Alles, was du Lyla zu sagen hast, kannst du auch mir sagen.«

Tja. Nicht *alles.*

»Nein«, erklärt Quinn und schüttelt entschieden den Kopf. »Ich muss mit ihr alleine reden.«

»Klar«, sage ich, in der Hoffnung, dass ich nicht allzu erpicht darauf klinge. Ich schnappe mir meine Tunika, ehe ich Quinn über den Sand folge.

Als wir ein Stück von Derrick entfernt sind, bleibt Quinn stehen und dreht sich zu mir um, als wäre sie jetzt bereit, mit mir zu reden. Nervös werfe ich einen Blick über die Schulter zurück. Derrick liegt auf seinem Handtuch und trommelt mit den Fingern zum Takt der Musik auf seinen Bauch. Wir müssten eigentlich weit genug entfernt sein, dass er uns nicht hört, aber ganz sicher kann ich mir nicht sein.

»Hast du Lust, zum Kiosk rüberzugehen?«, frage ich Quinn. »Ich könnte was zu trinken brauchen.«

»Eigentlich nicht.«

Ich verdrehe die Augen. »Na los, gehen wir.« Quinn war schon immer stur. Wenn sie sich in den Kopf gesetzt hat, dass sie etwas nicht tun will, bleibt es immer dabei, ganz gleich was auch passiert. Als ich noch mit Quinn befreundet war, war ich immer diejenige, die nachgab, wenn wir Streit hatten. Ich wusste genau, dass ich gegen sie keine Chance habe, daher ließ ich ihr immer ihren Willen. Warum mit dem Kopf gegen eine Wand anrennen, wenn sie sowieso gewinnt?

Doch Quinn und ich sind keine Freundinnen mehr.

Und ich kann nicht zulassen, dass sie das mit Beckett vor Derrick ausplaudert. Nicht dass ich das ewig geheim halten will. Nein, ich glaub, ich sag es ihm. Derrick. Heute Abend. Ganz sicher. Es ist das Richtige. Und ich komme sowieso nicht zur Ruhe, solange die Sache mit Juliana nicht aus der Welt ist. Die sitzt mir doch dauernd im Nacken.

Außerdem, wenn ich es Derrick heute Abend gestehe, wenn wir es uns ganz gemütlich gemacht haben und alles voll romantisch ist, dann wird es ihm nicht ganz so viel ausmachen. Er wird einsehen, dass er derjenige ist, mit dem ich schlafen will, und nicht dieser dämliche Beckett.

Ganz unvermittelt sehe ich Beckett und mich vor mir, wie wir im Whirlpool sitzen und uns küssen.

Ich lehne mit dem Rücken am Wannenrand, Dampf steigt in kleinen Wölkchen in die Höhe. Er küsst mich, die Hände in meinem Haar, sein Mund ist heiß und begierig. Er beugt sich zu mir und flüstert: »Lyla, du bist so wunderschön.«

Nein, nein, nein, nein! Ich darf keine Sexfantasien haben! Hormonell bedingte Sexfantasien haben in meinem Hirn nichts zu suchen! Es sei denn, sie betreffen Derrick.

Ich versuche mir dieselbe Szene noch mal auszumalen, nur diesmal mit Derrick. Aber irgendwie ist das nicht das Gleiche, es fühlt sich nicht ganz so gut an.

»Hallo!«, sagt Quinn. Sie ist ein paar Schritte weitergegangen in Richtung Kiosk. »Kommst du jetzt oder nicht?«

»Klar, ich komme.« Im Gehen binde ich mir die Tunika um. Es ist eine Sache, einen unangemessenen Bikini so ganz privat auf dem eigenen Handtuch zu tragen. Aber es ist etwas ganz anderes, wenn man vor aller Augen am Strand damit rumläuft.

Schweigend gehen wir zu dem Kiosk, Quinn immer ein paar Schritte vor mir. Wütend rammt sie die Füße in den Sand.

Als wir schließlich dran sind mit Bestellen, beugt sich ein gut aussehender Typ in einem schlichten weißen T-Shirt vor und schaut uns durch das Bestellfenster an.

»Hey, Ladys«, sagt er.

Ich lächle ihm zu. »Hey«, sage ich.

»Was darf's sein?«

»Nur ein Wasser«, sagt Quinn in hartem Tonfall. Gott, was hat die nur für ein Problem? Sie braucht doch nicht so unfreundlich zu sein zu diesem Typen. Er wollte doch nur nett sein.

Er verzieht kaum merklich das Gesicht, so als wäre er es nicht gewöhnt, dass man so mit ihm redet. »Achte nicht auf sie«, sage ich zu ihm. »Sie ist ein bisschen … überspannt.«

»Bin ich nicht!«, protestiert Quinn.

»Wir nehmen auch noch eine Tüte Chips und eine Brezel«, sage ich. Mir knurrt der Magen. Derrick und ich haben auf dem Weg zum Strand noch Pfannkuchen gegessen, aber ich schätze, Pfannkuchen und Donuts und Orangensaft sind nicht unbedingt der Treibstoff, der einen durch den Tag bringt. Ist ja auch logisch. Reden Ernährungswissenschaftler nicht dauernd von leeren Kohlenhydraten? Hmm. Vermutlich nicht ideal, dass ich gerade noch ein paar mehr bestellt habe.

»Also hör zu«, meint Quinn, während der Junge loszieht, um meine Sachen zu holen. »Ich wollte dir nur sagen, dass du bitte aufhören sollst, mich zu verfolgen.«

Ich hasse es, wie sie »bitte« sagt. Manchmal ist es nur höflich, bitte zu sagen. Aber es gibt auch Gelegenheiten, wo Leute es nur verwenden, weil sie dir was mitzuteilen haben, das dir nicht gefallen wird, und dann benutzen sie dieses »bitte«, damit es wenigstens den Anschein macht, als wollten sie nur nett sein. »Ich hab dich nicht verfolgt. Beckett meinte, du könntest in der Klemme stecken, also wollte ich sichergehen, dass du okay bist. Entschuldige, dass ich mich um dich sorge.«

»Oh, klar, als würdest du dir so viel aus mir machen.« Quinn rollt ihre eisblauen Augen in Richtung Himmel.

»Ich würde nicht wollen, dass dir was Schlimmes passiert, wenn es das ist, was du andeuten willst.«

»Im Ernst? Und warum hast du mich dann so aus dem Haus gehen lassen?«

»Wie denn?«

»Na, in einem Aufzug, als würde ich mir irgendeinen Typen angeln wollen!«

»Ich bin nicht deine Anstandsdame, Quinn«, sage ich. »Ich wollte ja was sagen, aber du ...«

»Das macht dann sechzehn Dollar«, sagt der scharfe Typ, der jetzt mit meiner Bestellung ans Ausgabefenster kommt. Er schiebt mir das Wasser und die Chipstüte und die Brezel zu.

»Sechzehn Dollar?«, wiederhole ich ungläubig. »Für eine Tüte Chips und ein Getränk?«

»Tja, und eine Brezel«, hilft er mir auf die Sprünge, als würde es das besser machen. Jetzt, da er versucht, mich über den Tisch zu ziehen, kommt er mir schon nicht mehr ganz so niedlich vor.

Ich greife in die winzige Tasche meiner Strandtunika und ziehe einen zerknüllten Zehn-Dollar-Schein raus. Mehr hab ich nicht dabei. Meine Kreditkarte hab ich auf dem Zimmer gelassen, weil ich sie nicht verlieren wollte.

»Schätze, die Chips lasse ich dann mal hier«, sage ich bedauernd.

Die Sahneschnitte nimmt sie wieder vom Tresen und drückt ein paar Tasten am Kassencomputer. *Auf Wiedersehen, ihr leckeren, knusprig frittierten Kohlenhydrate. Wir kannten uns ja kaum.*

»Macht dann zwölf Dollar«, sagt er nun.

Ich seufze. »Schätze, auf die Brezel muss ich auch verzichten.«

Entsetzt sieht er mich an. »Die Brezel kannst du aber nicht zurückgeben! Die hab ich dir schon rausgereicht!«

»Nicht so richtig.« Ich sehe sie an, wie sie da liegt, in ihrer verlockenden salzigen Weichheit. »Sie liegt doch bloß da.«

»Sobald ich die aus dem Speisenwärmer nehme, darf ich sie nicht mehr zurücklegen. So lauten die Bestimmungen.«

»Na schön, dann gebe ich eben das Wasser zurück.«

»Aber das hab ich bereits ausgeschenkt!«

»Oh Mann«, ächzt Quinn. Sie knallt einen Zehn-Dollar-Schein vor mir auf den Tresen. »Hier. Nimm das.«

»Danke«, sage ich höflich.

Der Typ hinter dem Ausgabefenster schüttelt den Kopf, so als könnte er nicht fassen, mit wie viel Dummheit er sich rumschlagen muss. Echt unglaublich, dass ich erst dachte, der wäre süß. Oder nett.

Er gibt mir acht Dollar Wechselgeld, die ich an Quinn weiterreiche.

Sie steckt das Geld in ihre Tasche, ohne einen einzigen Blick auf mich.

Dann gehe ich auf einen der Picknicktische in der Ecke zu und lege meine Sachen ab. »Möchtest du ein Stück von der Brezel?«, frage ich, als wir sitzen.

»Nein.«

»Also, was genau willst du mir sagen?«, frage ich. »Du willst, dass ich dich in Ruhe lasse? Also gut, ich lass dich in Ruhe. Ich werde dir nicht mehr zu den Häusern irgendwelcher Typen nachrennen.« Damit reiße ich ein Stück Brezel ab und stecke es mir in den Mund. Hmmm. Wie lecker. Aber ich wünschte, ich hätte ein wenig Senf. Als ich mich danach umsehe, kann ich aber keinerlei Soßen entdecken. Vermutlich wäre das auch gegen die Bestimmungen.

»Gut«, meint Quinn.

»Wo hast du den Typen überhaupt kennengelernt? Der war ja wirklich richtig scharf.«

»In einem Klub.«

»Im Ernst?« Ich ziehe die Augenbrauen nach oben. Klar hab ich gesehen, wie Quinn gestern Abend angezogen war, und natürlich war heute Morgen, als wir sie im Haus von diesem Typen aufgespürt haben, mehr als klar, was sie getrieben hatten, aber trotzdem. Eigentlich hatte ich eher erwartet, sie hätte den Typen vielleicht schon vorher gekannt – ein Collegefreund ihrer Schwester oder jemand, den sie im Ferienlager getroffen hat. Nicht einfach nur irgendein Typ, der ihr in einem Nachtklub über den Weg gelaufen ist.

»Klar. Warum?«

»Keine Ahnung. Sieht dir nur nicht ähnlich.«

»Tja, du kennst mich eben nicht mehr.«

»Offensichtlich nicht.« Ich zucke die Schulter und nehme mir noch ein Stück Brezel. »Du kennst mich aber auch nicht.«

»Stimmt, du hast nämlich deinen Freund hintergangen.«

»Ich hab ihn nicht hintergangen! Ich hab dir doch erklärt, dass Beckett zu mir aufs Zimmer gekommen ist und meinte, du könntest in der Klemme stecken.«

»Und seit wann bist du so dick mit Beckett befreundet?«

»Bin ich ja gar nicht.«

»Weiß Derrick davon?«

»Natürlich nicht.«

Sie schüttelt den Kopf, so als könnte sie nicht fassen, dass Derrick davon nichts weiß. Sie hat einen leichten Sonnenbrand auf der Nase, sodass ihre Sommersprossen noch stärker zur Geltung kommen und den bohrenden

Blick, den sie mir jetzt zuwirft, ein bisschen harmloser wirken lassen. »Na ja, was soll's. Ich hab keine Zeit, mich mit deinen Problemen zu beschäftigen.«

»Meine Probleme? Du bist doch diejenige, die sich von irgend so 'nem Typen hat abschleppen lassen.«

Sie beißt sich auf die Unterlippe und öffnet den Mund, um irgendwas Schlaues zu erwidern. Dann aber legt sich ein Schatten über ihr Gesicht. Sie klappt den Mund wieder zu und starrt runter auf den Boden.

»Tut mir leid«, sage ich kopfschüttelnd. »Ich hätte das nicht sagen sollen. Geht mich ja wirklich nichts an.« Ist tatsächlich so. Und außerdem – *richtet nicht, auf dass ihr nicht gerichtet werdet* oder so ähnlich.

»Hast du deine E-Mail bekommen?«, fragt Quinn nun etwas freundlicher.

»Die, die wir an uns selbst geschickt haben? Klar.« Ich beiße wieder von meiner Brezel ab. Warum erwähnt sie jetzt diese Mail? Doch dann fällt mir ein, was sie damals geschrieben hat. *Vor dem Abschluss werde ich ... etwas Verrücktes tun.*

War diese verrückte Sache etwa der Typ? Der, mit dem sie geschlafen hat? Das scheint mir doch sehr riskant und ziemlich unbesonnen.

»Wirst du tun, was darin steht?«, will Quinn wissen. »Lernen zu vertrauen?«

Ein Augenblick verstreicht, ohne dass eine von uns etwas sagt. Es ist einer dieser Augenblicke, die das Potenzial haben, alte Wunden zu heilen, sofern man das Richtige sagt. Die Sorte Augenblick, der man nur selten begegnet, die man sich aber in einer solchen Situation nur wünschen kann. Es fühlt sich an wie ein Tennisball, der wacklig auf dem Netz liegt, und man weiß nicht, in welche Richtung er fallen wird, und jetzt ist es an mir, ihm zu sagen, was er tun soll.

»Quinn …«, setze ich an. Aber ich hab einen Kloß in der Kehle. Was soll ich denn jetzt sagen? Was sagt man zu jemandem, der mal wie eine Schwester für einen war? Mit dem man alles geteilt hat? Und wie kann jemand, der einem einst so nah war, einfach so aus deinem Leben verschwinden, als wäre nichts gewesen? Ich krame in meinem Kopf nach den richtigen Worten, nach Worten, die etwas bewirken, die den breiten Abgrund überbrücken, der mittlerweile zwischen uns liegt.

»Ach, spar dir das«, sagt sie und steht auf. Ihre Züge sind nun wieder hart, als könnte sie nicht fassen, wie dämlich ich bin und wie dämlich sie war, zu denken, ich könnte etwas anderes sein als dumm. »Halt dich einfach raus aus meinem Leben, ja?«

Und dann ist sie fort.

ELF

»Hast du Lust, in einen Klub zu gehen?«

Diesen Satz sagt Derrick später zu mir, als er in mein Zimmer kommt, um mich für unseren großen Abend abzuholen.

»Wie bitte?«

»Einen Klub.« Er wirkt ziemlich … keine Ahnung. Energiegeladen? Irgendwie überdreht? Er trägt ein frisches, blaues Hemd und Khakishorts und er riecht nach Haargel und Rasierwasser. Hmm, lecker.

»Was für einen Klub denn?«

»Einen, wo man tanzen kann. Ein paar Leute wollen da hin.«

»Ich dachte, wir wollten was essen gehen«, sage ich und gebe mir alle Mühe, nicht enttäuscht zu klingen. Nicht dass er denkt, mich interessiert nur das Materielle. »Und dann wollten wir doch kuscheln – im Whirlpoolzimmer.«

»Oh, das tun wir ja auch«, sagt er. »Aber ich dachte mir, wir könnten dazwischen noch tanzen gehen.« Wir stehen im Aufzug und er beugt sich zu mir. »Komm schon. Du und ich auf der Tanzfläche … das wird total erotisch und sexy.« Seine Augen leuchten vor Aufregung.

»Du tanzt doch normalerweise gar nicht«, ziehe ich ihn auf.

»Mit dir werde ich tanzen.«

»Ich tanze aber auch nicht.«

»Du wirst es schon hinkriegen.«

Ich denke darüber nach. Derrick und ich in einem sexy Klub mit pumpender Housemusic und blitzenden Stroboskoplichtern. Wir bestellen Drinks und trinken sie in einer Ecke, beobachten Leute und unterhalten uns mit zusammengesteckten Köpfen, bis wir angeschickert genug sind, um zur Tanzfläche zu gehen. Unsere Körper werden eins, bis wir ganz scharf sind aufeinander und bereit, auf das Hotelzimmer zu gehen, wo wir dann in den Whirlpool fallen, um uns den Schweiß runterzuwaschen.

Obwohl, das klingt eigentlich ganz schön eklig. Warum sollten wir uns im Whirlpool waschen? Dann würden wir ja am Ende in unserem eigenen Dreck sitzen. Ganz zu schweigen davon, dass schon unzählige andere Leute den Whirlpool dazu benutzt haben, sich zu waschen. Vielleicht machen die die Wannen gar nicht richtig sauber. Dann sitzen wir auch noch in deren Dreck. Vermutlich putzen da irgendwelche Studenten, denen das alles scheißegal ist und die von so was wie antibakteriellem Reinigungsspray noch nie gehört haben. Wahrscheinlich spritzen die die Wanne bloß mit ein bisschen Wasser aus und machen dann Feierabend.

»Und, willst du?«, fragt Derrick. »Gehen wir tanzen?«

»Klar.« Klingt echt sexy. Und nach Spaß. Ich beschließe, da einfach mitzuziehen. Außerdem hab ich ja eh schon das perfekte Tanzoutfit an – ein schwarzes Tanktop und einen kurzen, weiten Rock, ebenfalls in Schwarz. Dazu schwarze Riemchensandalen, die ich am Nachmittag auf einem kleinen Flohmarkt auf der Straße gekauft habe. Sie ergänzen den Look perfekt. Ich hab schon ganz gut Farbe bekommen und der Bronzepuder ist jetzt endlich richtig gut eingezogen und verteilt. Das Haar hab ich mir zu lockeren Wellen aufgedreht und dann das Ganze mit tonnenweise Haarlack fixiert, damit es auch ja hält. Ich seh total sexy aus, typisch Florida, und bin zu allen Schandtaten bereit.

Derrick nimmt mich bei der Hand, als wir das Hotel verlassen und raus auf den kopfsteingepflasterten Weg treten, der zum Bürgersteig führt. Ich laufe vor Freude rot an, weil ich mit ihm zusammen bin. Ich weiß noch gut, als Derrick und ich frisch ein Paar waren. Das war im zweiten Jahr an der Highschool. Wir haben uns bei einem Basketballspiel der Schule kennengelernt, als ich voll beladen mit Essen versucht habe, die Tribüne zu erklimmen. Ich bin gestolpert und wäre um ein Haar auf seinem Schoß gelandet und dabei hab ich ein bisschen was von meinem Getränk verschüttet und ihn erwischt. Doch das war ihm egal. Er half mir, das Gleichgewicht wiederzufinden, hielt meinen Becher, und dann nahm er mich an der Hand und führte mich zu meinem Platz.

Während des Spiels kam er immer wieder hoch zu mir, um nach mir zu sehen und mich zu fragen, ob es meinen Beinen gut gehe. Und dabei machte er Witze, ich solle ihm bloß Bescheid sagen, wenn ich wieder versuchen sollte, irgendwohin zu gehen, denn dann würde er mir helfen. Es war die perfekte erste Begegnung. Aber weil es in meinem Leben nicht zugeht wie im Film, dachte ich damals, ich würde ihn eh nie wieder sehen. Wir hatten keine Kurse zusammen und auch keine gemeinsamen Freunde, also gab es keinen Grund, weshalb wir uns wiederbegegnen sollten. Doch als ich ihm am darauffolgenden Tag zwischen der zweiten und dritten Stunde auf dem Flur über den Weg lief, zog er mich zur Seite.

»Hi«, sagte er.

»Hi.« Er hatte eine Ausgabe von *Früchte des Zorns* in der einen Hand, bei der die obere Ecke schon total ausgefranst war. Ich hatte das Gefühl, mitten in einem Traum zu sein – solche Dinge (süße Jungs, die mitten auf dem Flur auf mich zukommen, nachdem ich die halbe Nacht lang an sie gedacht habe) passierten mir sonst nie. Doch wenn ich nur geträumt hätte, wäre mir doch so ein nebensächliches Detail wie ein zerfranstes Buch gar nicht erst aufgefallen. Und solange diese zerfranste Ecke da war, war auch alles andere, das geschah, real.

»Hör mal«, sagte Derrick damals, »ich will nicht lange um den heißen Brei rumreden und schüchtern tun. Seit gestern Abend kann ich nicht aufhören, an dich zu denken. Hast du Lust, dich später mit mir zu treffen?«

Und das war's dann.

Wir sind seit einer Ewigkeit zusammen.

Alles war perfekt.

Wir waren perfekt.

Bis zu diesem Zeitpunkt.

Du hast ihn betrogen.

Ich muss es ihm sagen. Ich weiß, dass ich es tun muss. Ich kann nicht mit ihm schlafen, solange ich das vor ihm geheim halte. Es ist einfach nicht richtig.

Als wir endlich beim Restaurant sind, einem netten kleinen Fischlokal namens »The Anchor« direkt am Meer, hab ich einen Knoten im Magen.

»Alles okay?«, will Derrick wissen, als wir an unserem Platz sitzen.

»Alles bestens. Mir tun nur die Füße weh vom Laufen in diesen Schuhen.«

»Oh nein«, meint er. »Ich hoffe, du kannst nachher noch tanzen.« Er greift nach der Speisekarte, die vor ihm liegt, und überfliegt das Angebot. »Ich möchte, dass du bestellst, worauf immer du Lust hast. Der heutige Abend ist etwas Besonderes, das sollten wir feiern.«

Ich drücke seine Hand und lächle ihm zu. Vielleicht sollte ich es ihm doch nicht sagen. Ich meine, warum sollte ich einen solch besonderen Abend ruinieren? Und mal ehrlich, würde er es überhaupt wissen wollen? Ich weiß noch, wie ich mich mal total mit Quinn gefetzt habe, weil sie meinte, sie würde es nicht wissen wollen, falls jemand sie betrügt. Wir waren damals auf einer Party und spielten eins von diesen Spielen, bei denen ein Satz Karten mit Fragen drauf rumgereicht wird, und jeder muss darauf antworten. Eine der Fragen lautete: »Wenn dein Freund oder deine Freundin dich betrügen würde, würdest du es wissen wollen?« Und Quinn meinte beharrlich, dass sie es lieber nicht wüsste, denn wenn dieser Betrug in der Vergangenheit liegt, könne man eh nichts daran ändern, warum sollte man dann eine Beziehung aufs Spiel setzen dafür?

Ich frage mich, ob Derrick wohl der gleichen Meinung wäre.

Der Kellner tritt an unseren Tisch. Es ist einer dieser piekfeinen Ober, von der Sorte, die total ausrasten, wenn man sein Steak durch will, weil sie finden, das ruiniert das Fleisch. Wie kann das Fleisch denn ruiniert sein, wenn ich es doch so mag? Ich liebe es total durchgebraten. Ist einfach so.

»Was darf ich Ihnen zu trinken bringen?«, erkundigt er sich. Zwei graue Haare wachsen ihm aus der Nase.

»Ähmmmm …« Ich lasse den Blick zur Weinliste schweifen, doch er wirft mir einen missbilligenden Blick zu. Egal. Ich wollte eh keinen Alkohol. Muss ja alle meine Sinne beisammen haben. »Bloß einen Shirley Temple.«

»Cola«, sagt Derrick.

»Sehr wohl«, sagt der Ober, doch er sieht aus, als könnte er nicht fassen, mit was für Idioten er sich abgeben muss.

»Also«, meint Derrick, als der Kellner wieder abgezogen ist. Er streckt die Hand über den Tisch aus und ergreift die meine. »Ich bin echt froh, dass ich mit dir hier bin.«

»Ich bin auch sehr glücklich, dass ich mit dir hier bin.«

Seine Finger kneten ganz sanft die Innenseite meines Handgelenks. Mmm. Das fühlt sich gut an. Ich spüre, wie die Anspannung in meinen Schultern und im Rücken sofort von mir abfällt. Seht ihr? Wird schon alles gut gehen. Das wird großartig. Wieder streckt Derrick die Hand aus und betastet nun die Perlen an meinem Tigeraugenarmband. Unwillkürlich zucke ich zurück, als hätte ich mich verbrannt.

»Was ist denn los?«, will Derrick wissen.

Doch da taucht der Ober wieder auf und serviert unsere Getränke, ehe ich noch was erwidern kann.

»Möchten Sie bestellen?«, erkundigt der Mann sich. Allerdings sieht es nicht so aus, als wäre er schon bereit, die Bestellung aufzunehmen. Er hat keinen Notizblock bei sich oder irgendwas in der Art. Ich hasse es, wenn Kellner sich eine Bestellung nicht notieren. Am Ende geht immer alles schief, und dann ist man selbst der Arsch, der sein Essen zurückgehen lassen muss, dabei hätten sie es sich doch bloß aufzuschreiben brauchen.

Ich hab mir die Speisekarte noch gar nicht richtig angesehen, aber Derrick überrascht mich jetzt, indem er sagt: »Ja, wir sind so weit. Wir nehmen beide das Filet mignon, eines ganz durch, das andere medium. Dazu das Knoblauchpüree und Maiskolben.«

»Ausgezeichnet, Sir«, sagt der Ober, klingt aber so, als wäre es alles andere als das.

»Also, was denkst du?«, fragt Derrick, als er wieder weg ist. »Schöner Laden, nicht?«

Was ich denke? Ich denke, ich hätte mein Essen lieber selbst ausgesucht und bestellt, das denke ich. Wo leben wir denn, in den Fünfzigern? Wer bestellt denn irgendwas mit Knoblauch an einem Abend, wo man das erste Mal miteinander schlafen will? Knoblauch ist ja echt alles andere als sexy. Außerdem gibt es hier getrüffelte Käsemakkaroni, die echt verdammt lecker aussehen, die hätte ich wahnsinnig gern probiert. Wie war das doch gleich? Sollte ich nicht bestellen, worauf ich Lust habe?

»Das Restaurant ist toll«, schwindle ich.

»Hoffentlich macht es dir nichts aus, dass ich für uns bestellt habe. Das Filet mignon soll hier einfach großartig sein.« Er nimmt meine Hand und küsst ganz sanft meine Finger. »Ich dachte, das wäre vielleicht romantisch.«

»War es auch.« Vielleicht.

Eine sonderbare Energie erfasst meinen Körper, und mein Bein wippt unter dem Tisch auf und ab. Es knallt von unten an die Tischplatte, sodass unsere Wassergläser wackeln.

»Alles okay bei dir?«, erkundigt Derrick sich. »Du wirkst nervös. Bist du nervös?«

»Wegen heute Abend? Nein.« Das ist noch nicht mal gelogen. Wie sollte ich auch Zeit haben, nervös zu sein, weil ich meine Jungfräulichkeit verliere? Das ist gerade mein geringstes Problem. Mich macht eher die Tatsache nervös, dass ich meine Jungfräulichkeit an einen Jungen verlieren werde, den ich betrüge. Na ja, den ich *betrogen habe*. »Betrüge«, das klingt ja so, als wäre es was Fortdauerndes. Was es ja auf keinen Fall ist.

»Bist du sicher? Wir können über alles reden, Lyla. Das weißt du doch, oder?«

Seine Augen wirken total aufrichtig, so als meinte er das absolut ernst, dass ich ihm alles sagen kann. *Sag es ihm. Tu es. Tu es jetzt.* Okay. Ich tu es. Sofort. Jetzt. In dieser Sekunde.

»Hast du Lust, ein Spiel zu spielen?«, platzt es da aus mir heraus.

Derrick wirkt verwirrt und dann dämmert es ihm. »Du meinst ein Sexspiel?« Er schüttelt den Kopf. »Weiß nicht. Ich meine, klingt schon ganz witzig, aber ich bin mir nicht sicher, ob wir wirklich was tun sollten, wobei wir uns verletzen könnten. Erst recht nicht beim ersten Mal.« Er legt den Kopf schief und überlegt. »Aber vielleicht könnten wir es ja beim zweiten Mal versuchen. Du weißt schon, später heute Nacht.«

»Nein.« Ich schüttle den Kopf. »Ich meine ein Frage-Antwort-Spiel.« Ich bin ja so was von genial. Jetzt muss ich nur noch so tun, als würde ich eine hypothetische Frage stellen, ob Derrick wissen wollen würde, ob er betrogen wird, oder nicht. Wie ich es mit Quinn auf der Party damals gemacht habe. Und wenn ich die Antwort dann weiß, werde ich wissen, was zu tun ist.

»Du meinst so was wie ›Wahrheit oder Pflicht‹?«

»So was in der Art, ja.« Ich seufze. Das wird schwerer, als ich dachte. Zu schade, dass ich dieses Kartenspiel nicht dabeihabe – dann wäre es nicht so auffällig. Plötzlich kommt mir die zweite geniale Idee binnen nur weniger Minuten.

»Das ist so 'ne neue App«, schwindle ich. Ich ziehe mein Handy aus der Tasche und tue so, als würde ich eine imaginäre App aufrufen. Bloß dass ich dann versehentlich eine meiner Playlisten starte, und schon dröhnt *All the Single Ladies* von Beyoncé aus dem Lautsprecher. Das Paar mittleren Alters, das am Nebentisch sitzt, wendet die Köpfe und wirft uns böse Blicke zu. »Tut mir leid«, sage ich.

»Du wirkst echt ein bisschen durch den Wind«, sagt Derrick. Er streckt die Hand aus und nimmt die meine. »Wenn du noch nicht bereit bist …«

»Nein, nein, ich bin bereit!«, sage ich. Wir dürfen jetzt nicht vom Thema abkommen. »Ich dachte nur, es wäre vielleicht ganz witzig, ein Spielchen zu spielen. Du weißt schon, um, äh, damit ich mich entspanne.« Ich räuspere mich. »Okay, in dem Spiel geht es darum, dass man dem anderen Fragen stellt.«

»So was wie ›Ich habe noch nie‹?«, fragt Derrick. »Ist das nicht ein Trinkspiel?«

»So was in der Art, ja«, sage ich. »Aber die Fragen sind etwas, na ja, tiefgründiger. Okay, also zum Beispiel …« Ich schaue auf mein Handy, so als würde ich gleich eine

Frage von der erfundenen App vorlesen. Falls es so eine App nicht längst gibt, sollte man sie unbedingt erfinden. Vielleicht sollte ich sie selbst entwickeln. Dann könnte ich das Spiel spielen, wann immer ich will. Oder noch besser, vielleicht entwickle ich ein Fake. Für Situationen wie diese. Vermutlich verdiene ich tonnenweise Geld damit. Aber was soll ich Derrick jetzt fragen? Ich kann ja nicht gleich mit der Frage zum Betrügen anfangen. Das wäre dann wohl doch zu offensichtlich.

»Ähm, wenn du einen deiner Freunde bei der Arbeit beim Klauen erwischen würdest, würdest du ihn verraten?«, beginne ich.

»Logo«, meint er. »Klauen ist nicht okay.«

»Klar, aber was, wenn es ein *Freund* von dir ist?«

»Selbst wenn es ein Freund ist, ist es immer noch falsch.« Er nimmt einen Schluck von seiner Cola.

»Was, wenn ich was klauen würde? Würdest du mich auch verraten?« Der Gedanke, Derrick könnte mich verraten, ist fast schon tröstlich. So als würde die Tatsache, dass er mich rein hypothetisch verraten würde, wettmachen, dass ich ihn tatsächlich verraten habe, als ich mit Beckett geknutscht habe.

»Vielleicht würde ich zuerst versuchen, mit dir zu reden«, sagt Derrick, »und dich bitten, damit aufzuhören. Aber wenn du dann immer noch klaust, würde ich das Richtige tun müssen. Man sollte immer das Richtige tun.«

Oh Gott, oh Gott, oh Gott.

»Bist du da nicht meiner Meinung?«

»Oh, klar, auf jeden Fall. Ich würde auch jeden verpfeifen, der klaut.« Das ist eine Lüge. Warum sollte ich einen Freund verraten, der was gestohlen hat? Und außerdem, wieso sollte ich mit so jemandem überhaupt befreundet sein? Ich bin genervt, dass das Spiel eine Frage beinhaltet, die keinen logischen Sinn ergibt, aber dann fällt mir wieder ein, dass die App ja bloß erfunden ist, und zwar von mir erfunden.

»Okay, nächste Frage!« Ich klinge ein bisschen überspannt. »Okay, nächste Frage«, sage ich etwas ruhiger. »Wenn jemand dich betrügen würde, würdest du es wissen wollen?«

Er runzelt die Stirn. »Wenn jemand mich betrügen würde?«

»Ja, also wenn deine Freundin, äh, dich … rein hypothetisch betrügen würde.«

»Warum?« Derrick grinst. »Betrügst du mich denn?«

»Nein!« Na toll. Jetzt hab ich ihm die Sache nicht nur verschwiegen, ich hab ihm direkt ins Gesicht gelogen. Obwohl, so wie er es formuliert hat, hat es sich angehört, als würde er wissen wollen, ob ich ihn *aktuell* betrüge. Also in der Gegenwart. Und das ist ja nicht der Fall. Da kann ich mich also vielleicht irgendwie rauswinden. Ist es hier drinnen nicht verdammt heiß? Kommt mir sehr heiß vor hier drinnen.

»Ich weiß doch, dass du mich niemals betrügen würdest«, sagt Derrick zärtlich. »Deshalb tut es mir ja so leid, dass ich mich gestern so benommen habe. Du weißt doch, dass ich dir vertraue, nicht wahr?«

»Klar.« Pause. Er antwortet aber nicht auf meine Frage. Er muss die Frage beantworten. »Und, wie lautet deine Antwort?«

»Welche Antwort?«

»Die Antwort auf die Frage. Mit dem Betrügen.«

»Aber ich hab doch gerade gesagt, du würdest mich nie betrügen.«

Warum muss er das alles so wörtlich nehmen? »Klar, aber es ist doch ... du sollst dich doch nur mal reinversetzen. Es geht hier um eine hypothetische Freundin.«

»Ich hab aber keine hypothetische Freundin. Ich habe dich.«

»Tja, dann eben die Freundin, die du nach mir haben wirst.«

Er wird kreidebleich. »Warum sollte ich denn eine Freundin nach dir haben?« Sein Blick begegnet meinem über den Tisch hinweg, und im Schein der flackernden Votivkerzen in Cremeweiß sehe ich deutlich, wie ernst ihm das alles ist. Meint er damit, dass er mich heiraten will? Er will mich heiraten! Er wäre ein echt guter Ehemann. Und ein guter Vater obendrein. Ich wette, er würde sich sehr gut um unsere Kinder kümmern.

Und ich würde echt grandios aussehen in einem Meerjungfrauen-Hochzeitskleid. So eins wollte ich schon immer haben. Mit einem zweiten Kleid für den späteren Empfang, ist ja klar. In einem Meerjungfrauen-Kleid kann ja schließlich kein Mensch tanzen. Nicht dass ich überhaupt tanzen könnte. Wie gut, dass wir in einen Klub gehen. Vielleicht kann ich mir da ein paar Tanzbewegungen abschauen.

Dann kommt der Ober mit unserem Essen.

Wow.

Das ging ja echt schnell.

Ich nehme eine Gabel von dem Püree. Köstlich.

»Gut?«, erkundigt Derrick sich lächelnd.

»Perfekt.«

Ich glaube, ich sollte es ihm besser nicht sagen. Ich meine, es ist eine Sache, wenn man seinen Freund von der Highschool betrügt. Aber seinen zukünftigen Ehemann? Das ist ganz was anderes.

Wir bleiben noch etwa eine Stunde sitzen, bestellen Nachtisch und lachen und schwelgen in Erinnerungen. Zwischen uns ist alles total entspannt. Mein Körper ist kein bisschen verkrampft mehr und auch das mit gestern scheint vergessen.

Wir sind einfach nur … glücklich.

Auf dem Weg in den Klub atme ich die warme Nachtluft ein und nehme den Duft des Ozeans in mich auf. Keine Ahnung, was ich mir dabei gedacht habe, mich einfach so von Beckett küssen zu lassen. War es überhaupt so, dass ich es zugelassen habe? Irgendwie ist alles total verschwommen. Der Türsteher vor dem Klub verlangt keinen Ausweis von uns, was ich echt cool finde, bis mir klar wird, dass der Klub gar nicht erst ab einundzwanzig ist. Alle, die einundzwanzig sind, bekommen ein grünes Bändchen ums Handgelenk, sodass der Barmann weiß, dass er ihnen was Alkoholisches zu trinken geben darf. Aber der Türsteher fragt noch nicht mal, ob wir so eines wollen. Ich muss also jünger aussehen.

Was soll's.

Ich kann heute Abend auch gut ohne Alkohol.

Weil ich betrunken bin vor Liebe.

Drinnen im Klub ist es genau so, wie ich es mir vorgestellt habe. Rote Ledersofas außen herum, dazwischen sind Schwebetische an der Wand angebracht. Dazu passende Lederhocker sind wahllos über den Raum verteilt, was dem Klub einen ganz lässigen, aber auch recht mondänen Anstrich verleiht. Es ist gar nicht mal so voll, aber das liegt vermutlich daran, dass es noch recht früh ist. Vor elf ist hier generell noch nicht viel los und jetzt ist es erst zehn Uhr.

»Setzen wir uns da drüben hin«, meint Derrick und deutet auf eine Sitzgruppe in der Ecke. Sobald wir Platz genommen haben, beugt er sich zu mir. »Ich hab dich gestern vermisst«, haucht er mir ins Ohr. »Ich kann es gar nicht erwarten, später mit dir allein zu sein.«

»Ich kann es auch nicht erwarten«, sage ich.

Als die Kellnerin vorbeikommt, bestellt Derrick für mich noch einen Shirley Temple und für sich selbst wieder eine Cola.

»Willst du tanzen?«, fragt er.

»Vielleicht in fünf Minuten«, sage ich, noch nicht ganz bereit, mich da rauszubegeben auf die Tanzfläche. Ich sehe zu, wie sich ein Mädchen im neongrünen bauchfreien Top an einem Mädchen in schwarzen Ledershorts reibt. Der Kesha-Remix, der aus den Boxen dröhnt, scheint wie für die beiden gemacht. Hoffentlich kreuzen die guten Tänzer schon früh hier auf, und bis alle anderen dann eintreffen, sind wir auf dem gleichen Level. Außerdem, je besoffener die Leute sind, desto schlechter werden sie im Tanzen. Das ist dann meine Entschuldigung, falls ich mich echt total blöd anstelle. Ich tu einfach so, als hätte ich getrunken.

Nach einer Weile füllt sich der Klub, und es wird heißer, daher ziehe ich das kurze schwarze Jäckchen aus, das ich übergezogen habe.

»Lecker«, sagt Derrick und küsst meine nackte Schulter.

»Mmm«, hauche ich und versuche die Tatsache zu ignorieren, dass er das Wort »lecker« benutzt hat. Lecker ist nicht sexy. Lecker sagt man, wenn man ein Eis isst. Ich bin doch kein Eis.

Derricks Hand liegt auf meinem nackten Bein, und dann wandert sie ganz langsam nach oben, höher und höher, bis sie sich schließlich unter meinen Rock schiebt. Ich seufze und zwinge mich dazu, mich locker zu machen, bis mein Körper auf seine Berührung reagiert. Ich verfalle in eine Art benebelten Zustand, in dem ich spüre, wie die Musik durch meine Adern pulsiert, und mir ist heiß, und ich bin müde und halbwegs angetörnt und irgendwie weggetreten.

Und genau in dem Moment kommt Beckett in den Klub marschiert und ruiniert alles.

ZWÖLF

Er trägt eine Baggy Jeans mit einem schwarzen T-Shirt dazu und schwarze Schuhe von der Sorte, wie man sie zu geschäftlichen Treffen trägt. Sie glänzen noch total neu und stehen in starkem Kontrast zu seinem restlichen Outfit, das eher lässig ist, auch wenn sein T-Shirt nicht eben billig aussieht. Er strahlt Selbstbewusstsein aus, und er steht einfach so da und sieht sich in dem Laden um, so als würde er nur darauf warten, dass die Leute ihn registrieren. Obwohl, das stimmt nicht so ganz. Weil die Leute ihn nämlich *längst* bemerkt haben. Genauer gesagt eine Gruppe Mädchen, die neben uns sitzen und aufgeregt flüstern. Vermutlich unterhalten sie sich darüber, wie scharf er doch ist.

Auf einmal juckt meine Haut und mir ist heiß. Warum ist er jetzt hier? Musste er ausgerechnet *heute* Abend in *diesen* Klub kommen? Warum ist dieses Siesta Key eigentlich so verdammt klein? Und warum haben wir unsere Abschlussfahrt nicht nach Disneyland oder so was gemacht? Das ist riesig, dahin kommen jedes Jahr Millionen von Besuchern. Da hätte ich ihm bestimmt aus dem Weg gehen können.

Ich löse mich von Derrick, weil ich ihn fragen will, ob er nicht jetzt schon zurück ins Hotel möchte. Ich bin echt bereit zu gehen. Klar, wir haben noch nicht mal getanzt, aber wen kümmert das? Tanzen ist eh total überbewertet.

Doch ehe ich etwas sagen kann, meint Derrick: »Ich wusste gar nicht, dass Beckett und Katie wieder zusammen sind.«

Das kommt so unerwartet, dass ich es erst gar nicht registriere. Dann schaue ich noch mal rüber zur Tür.

Und da sehe ich sie.

Beckett.

Und Katie Wells.

Zusammen.

Sie trägt eins von diesen Flapperkleidern, bei denen das Oberteil eng anliegt wie eine zweite Haut, der Rock dann weiter wird und ganz unten Fransen hat. Sie hat genau den richtigen Körperbau für die Sorte Kleid, das sieht echt toll aus – sie ist groß und gertenschlank, richtig elfenhaft. Das Kleid ist weiß, und jedes Mal, wenn das Stroboskoplicht sie trifft, leuchtet es, und dann sieht alle Welt, wie schön sie ist.

»Ich glaub nicht, dass die zusammen sind«, sage ich.

»Sie halten Händchen«, meint Derrick.

Ich schaue genauer hin. Stimmt. Das tun sie. Sie halten Händchen.

Brennende Wut kocht in mir hoch. Wie kann er es wagen, ihre Hand zu halten, nachdem er heute Morgen noch mich geküsst hat? Ich verschwende keinen Gedanken an die Tatsache, dass ich einen Freund habe und dass ich plane, heute Nacht mit ihm zu schlafen. Beckett hat mich heute Morgen *geküsst*. Er sollte nicht mit Katie hier sein, und auch mit keiner anderen. Was für ein Arsch.

Mir ist echt zum Heulen zumute, was ja eigentlich keinen Sinn ergibt. Ich hab doch gar kein Recht, mich so aufzuregen. Das ist mir absolut klar, aber das macht es bloß noch schlimmer. Ich bin nicht nur traurig und enttäuscht, nein, ich bin obendrein noch sauer auf mich selbst, eben weil ich traurig und enttäuscht bin.

Ich muss hier raus, aber schnell.

Als ich Derrick erklären will, dass ich jetzt gern ins Hotel gehen würde, fragt er im selben Moment: »Willst du tanzen?«

Und da wird mir klar, dass ich unmöglich gehen kann. Wenn ich jetzt darum bitte, dass wir gehen, dann sieht es so aus, als wollte ich hier weg, weil Beckett da ist. Und wenn ich mir den Anschein gebe, als wollte ich gehen, weil Beckett da ist, dann ist klar, dass Beckett mir nicht gleichgültig ist.

»Ich weiß nicht«, rede ich mich raus. »Langsam werde ich müde.«

»Ach, komm schon«, sagt er. »Ich übernehme die Führung.« Was ist nur mit ihm los? Sollte er mich nicht eigentlich ganz schnell hier rauszerren und mich in unser Hotelzimmer bringen, damit er sich mit mir vergnügen kann? Jetzt, da ich es mir so überlege, wird mir klar, dass er das schon den ganzen Abend hinauszögert. Warum bloß? Stimmt was nicht mit mir? Hat Derrick es sich anders überlegt? Will er jetzt doch nicht mit mir schlafen?

»Du weißt ja gar nicht, wie man führt«, erwidere ich patzig.

»Klar weiß ich das.«

»Wie denn?«

»Lass es mich dir zeigen.«

Ich zögere. »Na schön«, sage ich schließlich, auch wenn Tanzen wirklich das Letzte ist, was ich jetzt tun will. Ich bin in schrecklich mieser Stimmung. Hat Beckett mir diesen Urlaub nicht schon genug versaut? Erst lässt er mich auf einem Motorrad mitfahren. Ich hätte sterben können! Und dann küsst er mich und ruiniert mir so fast meine Beziehung. Und obendrein sorgt er dafür, dass ich mich mit Quinn anlege. Ich meine, ist das nicht langsam mehr als genug?

Derrick nimmt meine Hand und zieht mich auf die Tanzfläche. Sobald wir da draußen sind, stellt der DJ das Stroboskoplicht um auf einen langsamen, schleppenden Rhythmus. Und dann läuft ein Song, den ich noch nie zuvor gehört habe. Ein langsames, melodisches Stück. Derrick schlingt mir die Hände um die Hüften und ich lege meinen Kopf an seine Schulter. Da der Song so langsam ist, muss ich nicht viel tun. Ich schmiege mich nur an Derricks Körper und wiege mich mit, wenn er sich wiegt. Vielleicht ist da sogar was dran, von wegen, dass er führen kann. Tja. Zumindest wenn Führen bedeutet, dass er mich über die Tanzfläche schiebt, was für mich ehrlich gesagt ganz okay ist.

Derrick dreht sich mit mir im Kreis, bis ich Becketts Blick begegne.

Er sitzt an der Wand, die Beine baumeln über die Lehne des Ledersofas, und die Schultern hängen irgendwie, so als wäre er sich nicht sicher, ob er überhaupt hierbleiben soll.

Sein Blick bohrt sich in mich und brennendes Verlangen durchflutet meinen Körper.

Ich schließe die Augen ganz fest. Weil ich Beckett nicht sehen will. Nicht jetzt.

Ich löse mich von Derrick. »Sollen wir jetzt gehen?«, flüstere ich.

»Wie?«, fragt er. Er beugt sich so nah zu mir, dass ich die Cola in seinem Atem rieche.

»Sollen wir gehen?«

»Nur noch ein paar Lieder«, sagt er. »Ich will heute Nacht nichts überstürzen.«

Wovon redet er bloß? Kein Mann würde derart zögern an dem Abend, an dem er endlich Sex haben wird. Sind es normalerweise nicht immer die Jungs, denen es gar nicht schnell genug gehen kann? Vor allem jetzt, wo wir so kurz davor sind. Ist ihm denn nicht klar, dass er mich sofort auf dieses Zimmer bringen und sich an mir vergehen könnte?

Wir tanzen noch zu ein paar weiteren Nummern. Bei den schnelleren Stücken gebe ich mein Bestes, im Takt der Musik mitzuhopsen. Mittlerweile sind dermaßen viele Leute auf der Tanzfläche, dass ich Beckett gar nicht mehr im Blick habe. Und nach einer kleinen Weile vergesse ich sogar, dass er da ist. Tja. Zumindest ansatzweise. Immerhin so viel, dass ich mich ein bisschen beruhige.

»Bist du jetzt bereit?«, frage ich Derrick etwa zwanzig Minuten später. »Ich glaub, ich will echt gehen.«

»Sicher?«

»Ja.«

Dieses Mal versucht Derrick nicht mehr, sich zu wehren. Er nickt.

»Ich muss nur noch schnell aufs Klo«, sage ich.

»Okay«, meint Derrick. »Ich geh die Getränke zahlen und hol deine Jacke.«

»Danke.« Ich drücke seine Hand und verschwinde dann in Richtung Toiletten.

Klar ist da eine Schlange.

Ich stelle mich also an, raffe mein Haar hoch zu einem verschwitzten Pferdeschwanz und hebe ihn an, sodass Luft an meinen Nacken kommt. Hier drinnen ist es kühler, fühlt sich gut an.

Als ich endlich die Toilette betrete, steht da Katie Wells vor dem Spiegel und zieht ihren Lippenstift nach. Ihre Wangen sehen frisch aus und leuchten, wie bei Jennifer Lopez oder Beyoncé. Entweder ist das alles Natur oder sie gibt haufenweise Geld für Schminksachen aus. Und für Flapperkleider.

Ich achte nicht auf sie und trete in eine der Kabinen.

Und auch wenn da draußen eine Schlange ist, lasse ich mir Zeit, in der Hoffnung, sie möge verschwunden sein, bis ich wieder rauskomme.

Ist sie aber nicht. Sie steht immer noch vor dem länglichen Spiegel bei den Waschbecken, die Schminksachen hat sie auf dem schmalen Regal darunter ausgebreitet. Sie tut echt so, als würde der Laden ihr gehören. Aber egal.

Ich hole tief Luft und trete ans Waschbecken, um mir die Hände zu waschen.

Als ich fertig bin, sehe ich mich um, aber Katie blockiert den einzigen Handtuchspender im Raum. Auf der anderen Seite gibt es Händetrockner, aber die sind beide in Benutzung.

Ich überlege, ob ich einfach gehen soll, aber wo soll ich mir dann die Hände abtrocknen? An meinem Kleid vielleicht? Nein, danke.

Dieselbe Wut, die ich verspürt habe, als Beckett in den Klub spaziert ist, wallt wieder in mir hoch. Für wen hält die sich eigentlich, dass sie die gesamte Toilette in Beschlag nimmt? Und noch dazu steht sie direkt vor dem Handtuchspender. Was, wenn jemand reinkommt und sein Baby wickeln muss und Tücher braucht?

Nicht dass irgendwer ein Baby mit in einen Klub nehmen würde, aber trotzdem. Das zeigt nur wieder, dass sie keinerlei Rücksicht auf andere nimmt. Sie ist echt so was von egoistisch. War sie schon immer. Ich erinnere mich vage, wie sie im zweiten Jahr an der Highschool in Englisch um etwas Aufschub gebeten hat für einen Text, weil sie mit ihrer Familie auf Kreuzfahrt gehen wollte. Man stelle sich das mal vor! Kann man denn auf einem Schiff nicht arbeiten? Das sollte ja noch nicht mal so umfangreich werden, was sie da zu schreiben hatte.

Vermutlich ist sie daran gewöhnt, dass ihr alles nur so zufliegt, weil sie blond ist und so rosige Bäckchen hat. Tja. Damit ist jetzt Schluss.

»Entschuldige bitte«, sage ich in zuckersüßem Ton, »ich bräuchte ein Papiertuch für meine Hände.«

Sie beugt sich gerade über das Waschbecken zum Spiegel, um ihren Eyeliner am Unterlid nachzuziehen. Dann begegnet sie im Spiegel meinem Blick und bewegt sich ungefähr fünf Zentimeter zur Seite, sodass ich gerade eben genügend Platz hab, um mir ein Tuch zu nehmen.

Ich lasse mir Zeit mit dem Händeabtrocknen, dann werfe ich das Tuch in den Mülleimer und will wieder aus der Toilette verschwinden. Eigentlich bin ich fast schon enttäuscht. Ich hatte total viel Adrenalin im Blut – eigentlich war ich bereit, mich mit ihr anzulegen. Was echt lächerlich ist. Woher sollte Katie mich überhaupt kennen?

Und dann ruft sie meinen Namen. »Lyla.«

Ich drehe mich um. Sie sieht mich nicht an. Nein, sie zieht immer noch ihren Eyeliner nach. Und legt viel zu viel von dem Zeug auf. Wenn das nicht wasserfest ist, dann hat sie echt ein Problem, wenn es regnet. Gott, ich hoffe, es fängt an zu schütten. Aber wahrscheinlich würde sie einfach hinreißend aussehen, und fünf verschiedene

Typen würden losrennen, um einen Schirm für sie zu holen.

»Ich will ja keinen Unfrieden stiften«, meint sie. »Aber lass dir gesagt sein, wenn du Beckett noch einmal küsst, werde ich sauer.«

Ich bin mir nicht sicher, ob ich es mir nur einbilde, aber plötzlich kommt es mir viel stiller und leerer vor auf der Toilette.

»Ich hab Beckett nicht geküsst«, sage ich.

»Hast du wohl«, entgegnet sie. »Am Strand. Er hat es mir erzählt.«

Ich bin derart schockiert, dass es mir einen Moment die Sprache verschlägt. »Nein, hab ich nicht. Er hat *mich* geküsst.«

»Er behauptet das Gegenteil.«

»Tja, dann lügt er.«

»Beckett lügt nicht«, sagt sie. »Ist nicht seine Art. Das hat er gar nicht nötig.«

»Na, ist mir doch egal, ob das seine Art ist oder nicht – er lügt. Er hat mich geküsst, nicht umgekehrt.«

»Lyla, gib's auf. Er ist nicht an dir interessiert. Du hast Derrick. Ich habe Beckett. So sieht es aus.« Sie sagt diese letzten Worte mit solcher Entschiedenheit, dass es schwer ist, ihr zu widersprechen. Und sie hat ja auch recht. Beckett ist cool und sieht umwerfend aus und sie ist ebenfalls cool und umwerfend.

Mir schwirrt der Kopf und meine Brust fühlt sich eng an.

Ich drehe mich um und renne aus der Toilette.

Und im gleichen Moment beginnen die Tränen zu fließen.

Ich muss völlig durch den Wind sein, denn als ich raus auf den Flur trete, schlage ich die falsche Richtung ein. Am Ende befindet sich eine Tür mit der Aufschrift AUSGANG, also drücke ich sie auf und stehe mit einem Mal auf einer Seitenstraße zwischen dem Klub und dem Gebäude daneben.

Ich atme tief durch und bemühe mich, das Heulen zu unterdrücken.

Was ist nur mit mir los? Warum bin ich nur so aufgelöst wegen eines Typen, den ich kaum kenne? Warum mache ich mir solche Gedanken wegen einem Scheißkerl, der mir noch nicht mal was bedeutet? Lass ich mich so leicht aus der Fassung bringen? Eigentlich bin ich ja recht selbstsicher. Oder nicht?

Mein Handy vibriert.

Derrick. Ich kann jetzt nicht wieder rein in den Klub. Auf keinen Fall darf ich riskieren, Beckett oder Katie noch mal über den Weg zu laufen. Derrick wird schon rauskommen müssen und sich hier mit mir treffen. Er wird mich in die Arme nehmen und mich in unser Hotelzimmer bringen. Vielleicht bestellen wir uns dann Erdbeeren aufs Zimmer, mit denen er mich füttert, ehe wir in den Whirlpool steigen.

Aber es ist nicht Derrick, der anruft.

Nein, es ist eine E-Mail-Benachrichtigung.

Vor dem Abschluss werde ich … lernen zu vertrauen.

Wieso bekomme ich diese Mail denn jetzt schon wieder? Die sollte doch eigentlich bloß gestern den ganzen Tag wiederholt gesendet werden, aber nicht heute. Ehe ich es verhindern kann, übernehmen der ganze Ärger und der Frust der vergangenen achtundvierzig Stunden die Kontrolle über mich, und schon pfeffere ich das Handy so fest ich kann auf den Boden. Das Display zerspringt in eine Million winzige Teile.

»Oh«, entfährt es mir. Entsetzt starre ich auf die Glassplitter auf dem Pflaster. »Oh nein!« Ich bücke mich runter und drehe mein ruiniertes Handy um. Ein kleiner Teil des Displays ist zersplittert und rausgebrochen, den Rest durchzieht ein Netz aus Rissen. Ich fange an zu heulen und werde von heftigen Schluchzern geschüttelt, die meinen gesamten Körper erfassen.

Nach einem kurzen Augenblick spüre ich eine Hand im Rücken. Ich drehe mich um in der Erwartung, Derrick zu sehen. Doch es ist nicht Derrick. Es ist Beckett. Am liebsten würde ich ihn anbrüllen, wie er es wagen kann, mit Katie hierherzukommen, ihr zu erzählen, ich hätte ihn geküsst. Doch mit einem Mal fehlt mir die nötige Kraft.

»Ich hab mein Handy ruiniert«, sage ich stumpf.

»Ich weiß«, meint er. »Ich hab gesehen, wie du es zerdeppert hast.« Er beugt sich neben mir runter und sieht sich die Bescherung an. »Das ist kaputt, kein Zweifel.«

Ich schaue runter auf mein Handy und wieder füllen meine Augen sich mit neuen Tränen.

»Hey, hey, hey«, beschwichtigt Beckett mich. »Nützt doch nichts, wegen eines kaputten Handys zu heulen.«

»Ich hab doch kein anderes«, sage ich. »Da waren alle meine Fotos drauf.«

»Die kannst du schon noch retten. Nur weil das Display kaputt ist, kannst du es ja trotzdem noch einstecken und alles auf deinen Computer ziehen.«

»Vielleicht«, sage ich, auch wenn ich nicht recht daran glaube. Ich kann nicht aufhören, auf mein Handy zu starren. Irgendwie steht es doch sinnbildlich für diese ganze Abschlussfahrt. Erst fängt alles so super und spannend an und jetzt liegt es da auf dem Boden, zersprungen in tausend Stücke. Ärger kocht in mir hoch, der gleiche Ärger, der mich dazu gebracht hat, mein Handy auf den Boden zu schmeißen. Jetzt krieg ich einen kleinen Energieschub. »Lass mich in Frieden«, sage ich und versuche aufzustehen. Ich wanke, schaffe es aber, mich aufzurichten.

»Du blutest ja«, stellt Beckett fest.

Ich sehe runter. Am kleinen Zeh habe ich zwei kleine Schnittwunden und eine tiefere am Fußgelenk. »Egal«, murmele ich und gehe los. Ich muss weg von ihm. Jedes Mal, wenn ich in seiner Nähe bin, passiert was Schlimmes. Und davon hab ich jetzt genug. Ich will, dass er mich in Ruhe lässt. Ich halte mich ab sofort fern von ihm. Er ist ein Arschloch, und ich will ihm nicht die Genugtuung geben, dass er mich so aufgelöst sieht.

»Du solltest die Wunden säubern«, meint Beckett. Er packt mich am Ellbogen. »Und du brauchst jemanden, der dich beim Gehen stützt.«

»Nein, brauch ich nicht. Ist schon gut, echt. Tut nicht weh oder so.« Doch meine Entschlossenheit bröckelt bereits. Tatsächlich pulsieren die Wunden, und irgendwie prickelt mein Gesicht so seltsam, und mir ist ganz heiß, als würde ich gleich ohnmächtig werden.

»Du solltest sie trotzdem sauber machen.« Er führt mich rüber zum Gehweg und hilft mir, mich auf die Bordsteinkante zu setzen. »Bin gleich wieder zurück«, sagt er. »Kommst du eine Minute alleine klar?«

Ich nicke und betrachte die Wunden an meinem Bein. Die Schnitte am Zeh sind nicht sonderlich tief, aber aus dem am Knöchel tropft Blut.

Ein Pärchen spaziert Händchen haltend an mir vorbei. Sie werfen einen Blick auf meinen blutenden Knöchel.

»Alles okay mit dir?«, erkundigt sich der Mann. »Brauchst du Hilfe?«

»Nein, schon gut«, sage ich. »Ein Freund von mir ist grad los, um Wasser zu besorgen.«

»Okay.« Als sie weitergehen, werfen sie mir noch einen Blick über die Schulter zu, so als wären sie sich nicht ganz sicher, ob sie mich wirklich alleine hier sitzen lassen können. Ehrlich gesagt bin ich mir da selbst nicht so sicher. Eigentlich geht es mir nämlich gar nicht gut, so ganz allein. Ich meine, immerhin hab ich gerade mein Handy zerschmettert.

Ich hab mein Handy zerschmettert! Oh mein Gott. Eigentlich bin ich doch gar kein gewalttätiger Mensch. Sein eigenes Handy zerdeppern, so was macht man doch bloß, wenn man ein Problem mit der Aggressionskontrolle hat. Wie die Mädels in der Schule zum Beispiel, die sich so heftig aufregen, wenn ein Lehrer sie zum Direx schickt, dass sie auf dem Weg nach draußen Bücher und Hefte runterwerfen. Oder die Jungs, die ständig in Raufereien verwickelt sind und wegen denen in der Schule jetzt dieser Meditationskurs angeboten wird.

Dann taucht Beckett wieder auf mit zwei Flaschen recht teuer aussehendem Wasser in der Hand, einem Stapel Servietten und drei Heftpflastern.

»Anderes Wasser gab es nicht«, sagt er. »Aber ich glaub eh, dass es besser ist, wenn es aus der Flasche kommt. Dann holst du dir wenigstens keine Infektion.« Er schraubt den Deckel von der Flasche ab und reicht sie mir. »Trink«, weist er mich an.

»Ich hab keinen Durst.« Wütend recke ich das Kinn hoch. Es ist eine Sache, dass er mich gestützt hat, aber dass er mich jetzt auch noch zwingen will, was zu trinken …

»Interessiert mich nicht. Trink.«

Ich nehme einen Schluck Wasser. Das beste Wasser, das ich je getrunken habe – schön kühl, frisch, einfach köstlich. Keine Ahnung, ob es daran liegt, dass es so teuer ist oder dass ich viel zu lange in dem stickigen Klub war. Vermutlich haben die Shirley Temples, die ich getrunken habe, mich nicht ausreichend mit Flüssigkeit versorgt.

Beckett gießt ein bisschen Wasser auf eine der Servietten, dann wischt er mir damit das Blut vom Bein. »Tut das weh?«

Ich schüttle den Kopf.

Als er fertig ist mit dem Säubern der Wunden, bringt er ganz professionell die Heftpflaster an. »So«, sagt er. »Schon besser. Vielleicht solltest du dir zur Sicherheit noch eine antibiotische Salbe besorgen, sobald du wieder im Hotel bist.«

»Ich hab mal gelesen, dass sich auf einem Handy weit mehr bakterielle Krankheitserreger befinden als auf einem Klositz«, sage ich. Sobald diese Worte über meine Lippen sind, wird mir klar, wie dämlich das klingt. Wie peinlich ist das denn? Wie komme ich bloß auf die Idee, so was zu sagen?

Doch Beckett grinst nur. »Ein Grund mehr, dass du dir die Salbe besorgst.«

Ich nicke.

»Und, wo steckt Derrick?«, fragt er.

Himmel. Derrick. Den hab ich ja ganz vergessen. Und es ist eindeutig kein gutes Zeichen, dass ich meinen Freund vergessen habe. »Er ist drinnen«, sage ich. »Wartet auf mich. Bestimmt kommt er jeden Moment raus.« Blöderweise kann ich ihn nicht anrufen, weil mein Handy kaputt ist. Vielleicht leiht Beckett mir ja seins? Aber das wäre auch komisch – wenn ich Becketts Handy benutze, um meinen Freund anzurufen.

Eigentlich erwarte ich, dass Beckett jetzt wieder verschwindet, doch stattdessen rückt er näher an mich ran auf dem Bordstein. »Lyla …«, setzt er an.

»Nein«, würge ich ihn ab und schüttle vehement den Kopf. Dabei schaue ich runter auf den Asphalt. Eine winzige Muschel liegt im Rinnstein, die ich jetzt aufhebe und zwischen den Fingern hin und her drehe. »Bitte nicht.«

»Bitte *was* nicht?«

»Bitte sag nicht, was du sagen wolltest.«

»Woher willst du denn wissen, was ich sagen wollte?«

»Weil ich schon jede Menge Filme gesehen habe.«

Er runzelt die Stirn. »Das kapier ich nicht.«

»Ich hab schon unzählige Filme gesehen, in denen ein scharfer Typ einem Mädchen auf die nette Tour einen Korb gibt, dabei ist er im Grunde einfach nur ein totales Arschloch. Ich weiß also, was du sagen willst. Und das muss ich echt nicht hören.« Irgendwie gruselig, dass ich mir jetzt so die Blöße gebe, dass ich einfach alles so offen sage. Aber das ist mir egal. Es ist nun mal die Wahrheit – ich will nicht hören, was Beckett zu sagen hat. Bis jetzt wollte ich noch nicht mal, dass er weiß, was er in mir auslöst. Doch der Schmerz der Zurückweisung, die mir bevorsteht, ist bestimmt schlimmer, als ihm zu gestehen, dass ich mir was aus ihm mache.

Sein Mundwinkel zuckt und verzieht sich zu einem Grinsen. »Du findest mich also scharf?«

»Nein!« *Doch.* »Das ist nicht … Der Punkt ist der: Ich weiß, dass du mir gleich lang und breit erklären wirst, warum du mich erst küsst und dann hier mit Katie aufkreuzt.« Ich gebe mir alle Mühe, ruhig zu bleiben. Die Wahrheit ist nämlich, ich will eigentlich schon hören, was er zu sagen hat. Auch wenn ich weiß, dass das, was aus seinem Mund kommt, voller Lügen sein wird und Halbwahrheiten und anderen Dingen, die ich nicht glauben kann. Und auch wenn ich noch vor einer Sekunde so sauer war, dass ich es kaum mehr ausgehalten hab, will ich jetzt hören, was er zu sagen hat. Ich will ihn so lange wie möglich hier bei mir halten. Denn wenn er mir seine bescheuerte Erklärung erst mal geliefert hat, wird er gehen. Und dann redet er vermutlich nie wieder ein Wort mit mir.

»Wirst du mir dann auch erklären, warum du mich erst küsst und anschließend mit Derrick hier auftauchst?«, fragt er.

»Nein.«

»Warum nicht?«

»Weil Derrick mein Freund ist.«

»Leere Worte.«

»Und außerdem hab nicht ich dich geküsst – du hast mich geküsst.«

»Du hast doch zurückgeküsst.«

»Nein, hab ich nicht.«

»Lyla.« Er sagt meinen Namen, als wäre es eine Feststellung, keine Frage. Und er klingt dabei noch nicht mal genervt. Im Grunde teilt er mir lediglich mit: *Komm schon, wir waren beide beteiligt, spielen wir doch keine Spielchen.* Was mich echt durcheinanderbringt. Wenn er keine Spielchen spielen will, warum benimmt er sich dann wie einer, der gern spielt?

»Ich habe einen Freund«, sage ich. »Ich hätte heute Morgen nicht mit dir am Strand sein dürfen. Und du hättest Katie nicht erzählen sollen, dass wir uns geküsst haben.«

»Ich hab Katie von dem Kuss erzählt, damit sie weiß, dass ich nicht auf die Art an ihr interessiert bin.« Er streckt die Hand aus und betastet eine der Perlen an meinem Tigeraugenarmband, genau wie schon im Hotel. Seine Berührung fühlt sich vertraut an und aufregend zugleich. Sofort kriege ich eine Gänsehaut am Arm. »Meinst du das ernst, dass du heute Morgen nicht mit mir am Strand hättest sein sollen?«

»Ja«, sage ich. Doch meine Stimme hört sich blechern an und komisch und wie aus weiter Ferne, so als befände ich mich in einem weitläufigen Gang, durch den das Echo hallt, oder in einem Film mit miserablem Ton.

»Dann sag es noch mal.«

»Was?«

»Schau mich an und sag mir ins Gesicht, dass du nichts mehr mit mir zu tun haben willst.«

»Das ist doch lächerlich.« Ich wende den Blick ab und schaue die Gasse runter in Richtung Strand. Wenn man genau hinsieht, entdeckt man einen Streifen Ozean zwischen den Gebäuden, und man hört sogar das Geräusch der Wellen, die sich am Ufer brechen.

»Wenn es so lächerlich ist, dann tu es doch einfach. Sag

es.« Ich merke, wie er leicht vorrutscht auf der Bordsteinkante, bis seine Ellbogen auf den Knien ruhen. Ich weiß genau, wenn ich ihn jetzt ansehe, dann hab ich sein Gesicht direkt vor mir, und dann werde ich wieder dran denken müssen, wie er mich geküsst hat und wie wundervoll sich das angefühlt hat. *Ich bin mit Derrick hier,* rufe ich mir selbst ins Gedächtnis. Vielleicht sollte ich mir ein Gummiband ums Handgelenk tun. Und jedes Mal, wenn ich Beckett über den Weg laufe, lasse ich es dann schnalzen. Irgendwann würde ich den daraus resultierenden Schmerz gleichsetzen mit Becketts Anblick, und dann würde ich anfangen, ihm aus dem Weg zu gehen. So was nennt man Aversionstherapie. Haben wir in Psychologie gelernt.

»Warum bist du mit Katie hier?«, platzt es aus mir heraus.

»Warum bist du mit Derrick hier?«

»Derrick ist mein Freund.«

»Na und? Du tauchst hier mit ihm auf, obwohl du heute Morgen mich geküsst hast.«

Ich erwidere nichts darauf.

»Für dich ist alles nur entweder schwarz oder weiß, nicht wahr, Lyla?«

»Wie?«

»Du denkst, bloß weil du einen Freund hast, war es falsch, mich zu küssen. Du denkst, bloß weil ich nach dem Kuss mit Katie hierhergekommen bin, bin ich der totale Arsch. Du überlegst dir wohl nie, welche Gründe dahinterstecken könnten, oder?«

Ich schüttle den Kopf. »Keinen Schimmer, wovon du sprichst.«

Vor dem Abschluss werde ich … lernen zu vertrauen. Wieder mal kommt mir diese dämliche Mail in den Sinn. Am liebsten würde ich die Hände zu Fäusten ballen, sie mir an die Stirn pressen und loskreischen. Ich hab mein Handy zerdeppert. Jetzt sollte ein für alle Mal Schluss sein mit den Mails.

»Was ich sagen will, ist …«

Genau diesen Moment sucht Derrick sich aus, um nach draußen zu kommen und mich zu erwischen, wie ich neben Beckett sitze.

»Lyla«, ruft Derrick, als er mich sieht. »Alles in Ordnung? Wo hast du gesteckt? Ich hab mir Sorgen gemacht.« Dann erst bemerkt er, dass Beckett neben mir sitzt. »Was will der denn hier?«

»Er wollte gerade gehen«, sage ich.

Doch Beckett rührt sich nicht.

»Oookaaay«, meint Derrick. »Aber was will er hier draußen?«

»Hallo, hier bin ich, Kumpel«, sagt Beckett und verdreht die Augen. »Du kannst mich ruhig direkt fragen.«

Derricks Schultern versteifen sich und er macht den Rücken ganz gerade. Oh-oh. »Na schön«, meint er. »Was machst du hier verdammt noch mal mit meiner Freundin?«

»Deine Freundin war ganz allein hier draußen und sie hat sich am Fuß verletzt. Also hab ich ihr geholfen«, erklärt Beckett. Er steht auf. »Und wenn du dir wirklich was aus ihr machen würdest, wärst du längst hier draußen gewesen.«

»Ich wusste doch gar nicht, wo sie steckt!«, meint Derrick empört. Dann wendet er sich mir zu. »Was tust du überhaupt hier draußen?«

Gute Frage. Was hab ich eigentlich für eine Entschuldigung dafür, dass ich hier draußen auf der Straße sitze, nachdem ich ihm erzählt hab, dass ich aufs Klo gehe? Ihm zu erklären, ich sei hier rausgerannt, nachdem mir dort Katie begegnet ist, kommt wohl nicht so gut an. »Ich hab mich irgendwie verlaufen«, sage ich. »Erst hab ich die falsche Tür erwischt und dann ist mir auch noch mein Handy runtergefallen.«

Ich deute auf die Überreste meines Telefons, die immer noch über den Bürgersteig verstreut sind und im Mondlicht glitzern, das nun in die Seitengasse fällt. »Und ich hab mich geschnitten«, füge ich noch hinzu.

»Bist du okay?« Derrick kommt angerannt und sieht sich meinen Knöchel an.

»Ja, mir geht's gut.« Es gefällt mir nicht, dass wir drei zusammen hier draußen sind. Da kommen mir alle möglichen gruseligen Gedanken, die mir Angst machen. Beckett ist total unberechenbar, und wer weiß, vielleicht erzählt er ja doch, was wirklich passiert ist. »Ich hab bloß keine Lust mehr auf den Laden«, sage ich. »Ich möchte lieber nach Hause.«

Zurück ins Hotel, meine ich, oder in das Hotel, das

Derrick für uns gebucht hat. Doch jetzt, da ich so darüber nachdenke, richtig zu Hause wäre auch nicht schlecht. Mein Zimmer zu Hause ist hübsch – ich hab luxuriöse Laken, die ich mir von meinem eigenen Geld gekauft habe, dazu eine kuschelige Bettdecke und einen weichen Überwurf aus Chenille. An der Wand hängt ein Fernseher und ich hab Kerzen auf dem Nachttisch und mein eigenes Bad mit einer riesigen (wenn auch ein wenig altmodischen) Badewanne. Mit einem Mal überkommt mich derart heftiges Heimweh, dass ich es fast nicht mehr aushalte.

»Können wir jetzt bitte gehen?«, frage ich Derrick. »Bitte?«

»Lyla …«, setzt Beckett an.

»Beckett, bitte«, sage ich mit einem Kopfschütteln. »Bitte, geh … geh einfach.«

Eine Sekunde steht er da und sieht mich an.

»Bitte«, sage ich, und diesmal sehe ich ihm fest in die Augen. »Ich meine es ernst, geh bitte einfach.«

Ein Schatten legt sich über sein Gesicht, doch dann nickt er ganz langsam, wendet sich ab und geht.

»Tut mir leid, dass du dich mit diesem Arschloch rumschlagen musstest«, meint Derrick. »Ich kann echt nicht fassen, dass er es okay findet, wenn er einfach so mit dir allein hier draußen sitzt.« Er schüttelt den Kopf. »Der kennt echt keine Grenzen.«

Du hast ja keine Ahnung. »Können wir jetzt bitte ins Hotel gehen?«, flehe ich.

»Klar. Möchtest du immer noch … Ich meine, gehen wir in unser erstes Hotel oder in das, du weißt schon, mit dem ›cuddle and bubble‹?«

»Ins zweite.«

Derrick nickt und wirkt plötzlich aufgeregt. »Okay, gut. Ähm, nicht dass ich dich unter Druck setzen will oder so.«

Er setzt mich nicht unter Druck. Aber jetzt, wo ich hier so sitze und ihn betrachte, den Jungen, an den ich meine Jungfräulichkeit verlieren werde, den Jungen, den ich angeblich liebe, wird mir mehr denn je klar, dass ich ihm die Wahrheit sagen muss. Unabhängig davon, ob Juliana es ihm petzen will oder nicht. Ich kann nicht mit Derrick schlafen, solange er nicht von Beckett und mir weiß.

Alles wird gut, da bin ich mir sicher. Er wird … mit der ganzen Sache klarkommen. Ich meine, es war doch nur ein einziger Kuss. Wie kann man sich denn wegen eines Kusses aufregen? Und wenn ich ihm die Wahrheit sage – dass Beckett mich geküsst hat –, dann sollte das für Derrick in Ordnung sein. Oder nicht? Ich meine, vermutlich verschwendet er keinen Gedanken mehr an Beckett, sobald er weiß, dass wir ganz sicher miteinander schlafen werden.

»Ich hasse diesen Schlappschwanz«, murmelt Derrick, als wir die Straße entlanggehen. Na gut, *er* geht. Ich humple. Mein Knöchel tut echt verdammt weh. Also, richtig schlimm. Ich schaue ihn mir an und stelle fest, dass das Pflaster, das Beckett draufgemacht hat, schon ganz durchnässt ist. Na toll. Oh mein Gott! Ich hab eine offene Wunde! Wie soll ich denn so in einen Whirlpool steigen, in dem … alle möglichen Körperflüssigkeiten treiben?

Vermutlich ist da ein Schild an der Wand, das einen anweist, sich abzubrausen, ehe man in den Whirlpool steigt. Aber mal ehrlich, wer tut das denn ernsthaft? Ich weiß jedenfalls, dass ich das nicht vorhatte. Was hätte es auch für einen Sinn? Alle anderen tun es ja auch nicht, es wäre also reine Zeitverschwendung, sich zu säubern, wenn man dann in den ekligen Whirlpool steigt. Außerdem brauche ich ja meine eigenen Körperbakterien, damit die die fremden Bakterien, die da rumschwimmen, bekämpfen. Ich stelle mir vor, wie mein Immunsystem anderer Leute Keime abwehrt. Meine Bakterienarmee trägt pinke Kampfanzüge und die fremden Eindringlinge sind total eklig, wie kleine, widerliche Kugeln aus grauen Flusen. So wie das Zeug im Wäschetrockner.

Wie auch immer. Ist ja auch egal, weil ich nämlich mit einer offenen Wunde auf keinen Fall in einen Whirlpool steigen kann. Das wäre einfach unverantwortlich. Also keine Chance. Auf den Whirlpool-Teil war ich aber eh nicht so scharf.

Wir können ja einfach nur das Zimmer nutzen.

»Du, hör mal«, sage ich. »Heute Morgen ist was … na ja, Komisches passiert.«

»Wenn ich dem noch mal begegne, haue ich ihm eine rein.«

Ich runzle die Stirn. »Du hast ihn doch eben erst gesehen?«

Derrick wirkt durcheinander, als hätte er irgendwie vergessen, dass ich auch noch da bin. »Ist doch klar, dass ich ihn nicht direkt vor deinen Augen vermöble«, meint er. »Denkst du, ich würde vor den Augen meiner Freundin eine Prügelei beginnen? Außerdem müsste ich ihm dann vielleicht ernsthaft wehtun. Und auf dich könnte es verstörend wirken, wenn du siehst, wie viel Zorn in mir steckt.«

»Klar, weil du ja kein zorniger Mensch bist«, sage ich zustimmend.

»Doch, das bin ich«, meint er. »Zumindest bin ich das heute Abend. Ich mag es nicht, wenn sich jemand an meine Freundin ranmacht.«

Herrje. Na dann. »Okay«, sage ich. Ich räuspere mich und versuche es erneut. »Ich denke ... Ich will sagen, ich denke, wir sollten da noch über eine Sache reden. Es gibt da etwas, das ich dir sagen muss.«

»Okay.« Derrick dreht sich um und sieht mich an. »Was denn?« Offenbar fällt ihm der Ausdruck in meinem Gesicht auf, weil sein Blick sofort sanfter wird. »Alles in Ordnung? Was ist denn los, stimmt was nicht? Ist es dein Bein?« Er schaut runter auf meinen Knöchel und seine Augen weiten sich. »Oh Gott«, sagt er. »Wie sieht das denn aus?«

Ich schaue ebenfalls runter. Ein Blutrinnsal schlängelt sich an meinem Bein nach unten und sammelt sich in meinem Schuh. Ein paar Mädchen, die alle die gleichen T-Shirts einer Studentinnenverbindung tragen, sehen mich an und ziehen die Nasen kraus, dann machen sie einen großen Bogen um mich herum, während sie sich auf dem Gehweg an uns vorbeischieben.

»Das sieht ja gar nicht gut aus.« Derrick beugt sich runter und zieht das Pflaster vorsichtig ab, um die Wunde zu inspizieren. »Sie schließt sich nicht«, stellt er fest.

»Ist schon gut. Das trocknet bestimmt, bis wir im Hotel sind.« Da ich jetzt schon mal angefangen habe, ihm die Sache zu gestehen, will ich es schnell hinter mich bringen. Ich will bloß noch, dass es vorbei ist.

Derrick richtet sich wieder auf. »Ich glaub nicht, dass du es noch ins Hotel schaffst«, meint er. »Bei jedem Schritt reißt die Wunde wieder auf.«

»Aber sobald ich mich setze, sollte es doch gehen.«

Er schüttelt den Kopf. »Ich glaube nicht.«

»Was soll ich denn dann tun?«

Ich bin mir nicht sicher, aber ich habe den Eindruck, dass jetzt ein genervter Ausdruck über sein Gesicht huscht. »Wir werden dich ins Krankenhaus bringen müssen.«

»Sieht mir hier aber nach einer eher zwielichtigen Gegend aus«, sage ich, als wir eine halbe Stunde später mit dem Taxi vor der Notaufnahme vorfahren.

»Hier ist gar nichts zwielichtig«, sagt Derrick. Er greift in seine Brieftasche und zieht ein paar Banknoten raus. Die reicht er dem Taxifahrer. Ganz sicher bin ich mir nicht, aber ich glaube zu sehen, wie Derrick die Augen verdreht. Warum verdreht er denn die Augen, ausgerechnet jetzt, wo ich am schwächsten bin?

Ich schaue aus dem Taxifenster. Okay, schätze, Derrick hat recht. Das hier ist keine schlechte Gegend, sie ist nur etwas großstädtischer. In Strandnähe gab es kein Krankenhaus, daher mussten wir mit dem Taxi reinfahren ins Zentrum von Sarasota.

»Kommst du dann?«, erkundigt sich Derrick. Er steht schon draußen neben dem Taxi und sieht zu mir rein, als wäre ich total bescheuert.

»Ja.« Ich greife nach seiner ausgestreckten Hand und rutsche auf dem Sitz nach vorne, bis meine Beine zur Tür raushängen. Dann stehe ich auf. Ich spüre ein seltsam reißendes Gefühl am Knöchel, und als ich runterschaue, erwarte ich eigentlich, dass die Wunde wieder aufgerissen ist. Aber sie ist immer noch mit einem frischen Pflaster bedeckt, das Derrick im Drogeriemarkt für mich besorgt hat, während wir auf das Taxi warteten. Inzwischen sickert da allerdings auch schon wieder Blut durch.

»Kannst du gehen?«, will Derrick wissen.

»Ja.« Na gut. Ich kann hoppeln. Wir hopsen also auf die Tür zu. Wir hoppeln rein in den Empfangsbereich. Wir hoppeln auf den Aufnahmeschalter zu. Dann hoppeln wir rüber in den Wartebereich und setzen uns mit dem Formular, das die Schwester uns zum Ausfüllen gegeben hat.

»Die rufen jetzt bestimmt meine Mom an«, sage ich.

»Na und? Du hast doch eh schon mit ihr telefoniert.«

»Ja, schon.« Meine Mom rief zufällig an, als wir auf dem Weg hierher waren. Es war eine Erleichterung festzustellen, dass mein Handy wenigstens noch ansatzweise funktioniert, auch wenn das Display hinüber ist. Ich hab ihr erzählt, dass ich eine winzige Schnittwunde abbekommen hätte und dass ich auf dem Weg zum Arzt sei, um sie ansehen zu lassen. Sie fand das noch nicht mal so schlimm, obwohl ich ihr ein Foto von der Wunde zugeschickt hab, damit sie sich ein Bild machen konnte. War gar nicht so einfach, auf dem kaputten Handy eine SMS zu schreiben. Ich musste höllisch aufpassen, dass ich mir bei der Tipperei keine Glassplitter in den Finger einziehe.

»Und wen kümmert das dann?«

Ich zucke die Schulter und fülle das Formular aus, froh, dass ich meinen Krankenversicherungsausweis in der Tasche habe.

Derrick bringt die Unterlagen zurück zum Schalter, dann setzt er sich wieder und wippt nervös mit dem Bein.

»Alles okay?«, frage ich.

»Klar.« Er wirft einen Blick auf die Uhr. Mir entgeht nicht, dass er genervt ist, weil wir jetzt hier sind, aber er gibt sich alle Mühe, sich nichts anmerken zu lassen. Obwohl, vielleicht ist er ja auch wegen mir genervt. Wir haben uns ein klein wenig gestritten, während wir aufs Taxi warteten. Derrick wollte unseren Kursleiter, Mr Beals, anrufen, um ihn über das zu informieren, was geschehen war. Ich fand die Idee echt lächerlich. Wenn wir nämlich unseren Kursleiter angerufen hätten, dann hätten wir sicher warten müssen, bis jemand von der Schule kommt und uns ins Krankenhaus begleitet. Zuerst hätten wir vermutlich einen Unfallbericht ausfüllen müssen fürs Schularchiv und schließlich hätten wir mit irgendeinem von den Lehrern ins Krankenhaus fahren müssen.

Derrick fand es zu gefährlich, das vor den Lehrern zu verheimlichen. Er war der Ansicht, wenn sie es auf andere Weise rausfänden, würden wir riesigen Ärger kriegen. Daraufhin hab ich zu ihm gesagt, dass er es ruhig riskieren könne, mich ins Krankenhaus zu bringen, wenn er das Risiko auf sich genommen hatte, ein »Cuddle-and-bubble« für uns zu buchen (ja, genau das waren meine Worte). Und *dann* sagte ich noch, dass wir ja immer noch in das von ihm ausgesuchte Hotel fahren könnten, wenn wir hier schnell fertig sind. Der Streit war echt so was von überflüssig. Welcher Typ setzt denn die Chance aufs Spiel, mit seiner Freundin zu schlafen, indem er einem Lehrer erzählt, was passiert ist? Das ergibt doch keinen Sinn.

Aber egal. Spielt ja jetzt auch keine Rolle mehr. Denn wenn ich mich hier im Wartebereich umschaue, sieht es so aus, als würden wir eine ganze Weile hier verbringen. Die Hütte ist voll. Ich fange an, die ganzen anderen Patienten im Geiste zu katalogisieren, und frage mich, wer von ihnen wohl schlechter dran ist als ich und deshalb sehr wahrscheinlich vor mir drankommt.

Der Typ in der Ecke gehört auf jeden Fall dazu. Er trägt ein langärmeliges Karohemd und sitzt vornübergebeugt im Rollstuhl, den Kopf in den Händen, als hätte er Kopfschmerzen und könnte die Qualen nicht länger ertragen. Dann ist da noch ein kleiner Junge in einem Feuerwehrschlafanzug, der sich auf dem Schoß seiner Mutter zusammengerollt hat. Sein Gesicht wirkt fiebrig, der Blick glasig. Das Kind sollte auf jeden Fall vor mir drankommen.

»Ich schätze, wir werden eine Weile warten müssen«, stelle ich fest.

»Ach, was du nicht sagst.«

»Deswegen musst du mich doch nicht gleich so blöd anpampen«, entgegne ich. »Ist doch nicht meine Schuld, dass ich mich verletzt habe.«

Er schnaubt. Na ja, so halb. Die Art Schnauben, von dem er vermutlich hofft, ich höre es nicht.

»Was?«, frage ich. »Findest du schon?«

»Tja, du bist doch diejenige, die ihr Handy hat fallen lassen.«

Da ist was dran. Ich frage mich, was er wohl sagen würde, wenn er wüsste, dass ich es in Wahrheit vor lauter Wut auf den Boden gepfeffert habe. Dann wäre er ganz bestimmt der Ansicht, dass ich an allem schuld bin. »Ist ja auch egal«, grummle ich. »Du brauchst nicht so gemein zu sein zu mir.«

»Hey, tut mir leid«, sagt er. Er streckt die Hand aus und

greift nach der meinen. »Ich bin nur enttäuscht. Hab eben nicht erwartet, dass der Abend so läuft.«

»Ich doch auch nicht!«, kontere ich.

Er sieht mir direkt in die Augen, und ich geb mir alle Mühe, nicht sauer zu sein auf ihn. Stattdessen denke ich daran, dass er mich, als wir uns gerade kennengelernt hatten, ständig nach der Schule auf einen Hamburger eingeladen hat, und ich fand es toll, dass er immer die Ketchuptütchen für mich öffnete. Mein Herz krampft sich zusammen. Ich liebe ihn. Oder etwa nicht? Wie kann ich den einen lieben und einen anderen küssen? Bin ich vielleicht zu jung, um zu wissen, was Liebe ist? Das behauptet meine Mom nämlich ständig. Quinn hat das auch immer gesagt. Dass Liebe nicht nur auf Hormonen basiert, die verrücktspielen, sondern dass man auch eine gemeinsame Geschichte braucht, man sich ein Leben mit jemandem zusammen aufbauen muss, ehe man sagen kann, dass man denjenigen liebt.

Aber waren dann nicht nur die Hormone schuld, dass ich Beckett geküsst habe? Bestimmt war es so. Ich kenne Beckett doch gar nicht. Bin ich deswegen zu jung für die Liebe? Weil ich es nicht verhindern kann, dass ich mit anderen Jungs knutsche?

Ich spüre, wie in meinen Augen Tränen brennen, und ehe ich es verhindern kann, kullern sie mir auch schon über die Wangen.

»Hey, tut mir leid«, sagt Derrick. »Das meine ich ernst. Bitte nicht weinen.«

Am liebsten würde ich ihm vorwerfen, dass er gemein zu mir ist, aber ich tu es nicht. Wie kann ich ihn beschuldigen, gemein zu sein, nach allem, was ich getan habe?

Seine Finger schließen sich fester um meine Hand. »Ich werde mich bessern. Versprochen.«

»Nein.« Ich schüttle den Kopf. »Das hab ich nicht verdient.« Mit einem Mal spüre ich, wie sich etwas in mir aufstaut – nämlich das, was ich eigentlich loswerden wollte, als ich mein Handy zerschmettert habe. Doch es hat nicht funktioniert. Die Anspannung ist immer noch da – bloß dass es jetzt noch schlimmer ist. Ich muss es Derrick sagen. Ich muss es ihm gestehen, sonst platze ich noch. Mein Kopf wird explodieren und sich über den gesamten Wartebereich verteilen, direkt vor dem Kind mit dem Feuerwehrpyjama. Der Junge wird den Schock seines Lebens kriegen.

»Was meinst du damit, du hast es nicht verdient? Das ist doch Quatsch. Klar hast du das.« Derrick wischt mir ein loses Haar aus dem Gesicht. »Tut mir leid, dass ich gesagt habe, du seist selbst schuld an deiner Verletzung. Natürlich kannst du nichts dafür.«

»Nein, ich …« Ich hole tief Luft. Irgendwie ist es so, als würde ich am Rand einer Klippe stehen. Ich schaue runter in den Abgrund. Ich weiß, dass es kein Zurück gibt. Ich bin den Berg hochgestiegen. Und jetzt komme ich nicht mehr runter, es sei denn, ich springe. »Derrick, ich hab mein Handy selbst zerdeppert.«

»Ich weiß.«

»Nein, ich meine, ich hab es nicht versehentlich fallen lassen. Ich hab es auf dem Pflaster zerschmettert. Mit voller Absicht.«

»Du hast dein Handy *absichtlich* kaputt gemacht? Warum?«

»Weil ich Katie Wells auf dem Klo begegnet bin.«

Derrick schüttelt den Kopf. »Ich hab keinen Schimmer, wovon du redest.« Nervös schaut er runter auf meine Wunden. »Wie viel Blut, denkst du, hast du verloren, Lyla? Vielleicht sollte ich der Schwester Bescheid geben.«

»Nein. Es ist nicht … Mir geht's gut. Ich versuche dir hier was zu sagen.« Gott, kann er nicht einfach die Klappe halten und eine Sekunde zuhören? »Ich bin auf dem Klo Katie Wells über den Weg gelaufen. Und dann war ich total sauer auf sie.«

»Warum denn?«

»Weil sie mit Beckett da war.« Mein Herz schlägt jetzt schneller, das Blut rauscht nur so durch meinen Körper. Alles fühlt sich total heiß an und Derricks Griff um meine Hand lockert sich.

»Aber warum warst du denn sauer auf sie?«

Ich erwidere nichts darauf.

»Magst du Beckett denn?«

»Nein.« *Keine Ahnung.*

»Dann verstehe ich das nicht.«

»Derrick, er hat … Beckett hat mich geküsst.«

Ich erwarte, dass er jeden Moment explodiert. Doch stattdessen senkt sich über die ganze Szene ein unheimliches Schweigen. Selbst die Krankenhausgeräusche scheinen irgendwie in den Hintergrund zu treten und leiser zu werden. Ich kann jetzt nur noch das leise Murmeln des Fernsehgeräts in der Ecke hören und die langsamen Atemzüge von dem Mann im Rollstuhl.

Eine gefühlte Ewigkeit verharrt alles in dieser Stille.

»Wann?«, will Derrick schließlich wissen.

»Heute Morgen am Strand.«

»Heute Morgen?« Er wirkt verblüfft. »Aber heute Morgen warst du doch mit mir zusammen.«

»Davor. Du hast noch geschlafen. Er … er ist zu meinem Zimmer gekommen und hat mir erzählt, Quinn sei …«

»Du bist mit ihm rausgegangen aus dem Hotel?« Jetzt lässt er meine Hand los. »Er ist zu dir gekommen und du bist mit ihm *weggegangen?*«

»Er hat mir erzählt, Quinn stecke in der Klemme. Und dass wir ihr helfen müssten.«

»Wen interessiert denn, was er dir erzählt hat, Lyla?« Seine Stimme schraubt sich jetzt eine Oktave höher, und die Mutter, die in der Ecke ihren Sohn festhält, wirft uns einen drohenden Blick zu. Vielleicht will sie nicht, dass ihr Sohn Zeuge wird von häuslichem Unfrieden.

»Sprich bitte leise«, zische ich.

»Ach, du willst mir sagen, was ich zu tun habe?« Er atmet langsam und tief ein und bläht dabei die Nasenflügel. »Und dann was? Er hat dich geküsst? Warum hast du mir nichts davon erzählt? Dann hätte ich ihm den Hintern versohlt, als ich die Chance dazu hatte.«

Er steht auf und fängt an, auf und ab zu laufen.

»Setz dich«, sage ich.

Er nimmt wieder Platz.

»Es war nicht …« Ich schlucke. »Es war nicht so, wie du denkst.« *Hör auf, hör auf, hör auf.* Alarmglocken schrillen in meinem Kopf, die mir sagen wollen, dass ich es nicht tun soll, dass ich sofort aufhören soll, in dieser Sekunde, weil sonst was richtig Schlimmes passiert.

»Ach ja?«, meint er sanft. »Und wie war es dann?«

Lüg ihn an, lüg ihn an, lüg ihn an. Eine Stimme in meinem Kopf versucht mich dazu zu bringen, ihn anzuschwindeln, ihm zu sagen, Beckett habe mich geküsst, Beckett sei ja so ein Arsch, dass er das getan habe, und dass ich den Kuss nicht erwidert hätte. Ich bin kurz davor, zwischen Derrick und mir alles zu ruinieren, und wofür? Wegen eines dämlichen Kusses? *Wirf das nicht weg, wirf das nicht weg, hör auf, hör auf, hör auf.*

»Er … er hat mich geküsst, und ich habe den Kuss erwidert.« Derrick ist neben mir wie erstarrt, doch er sagt immer noch keinen Ton. Ich hab das Gefühl, mich in einem Albtraum zu befinden, von der Sorte, wo man vergeblich versucht, aufzuwachen, es aber nicht schafft. Einen Augenblick lang würde ich die Worte am liebsten zurücknehmen, sie ungeschehen machen, ihm erklären, ich hätte nur einen Witz gemacht. Doch es ist zu spät. Ich habe ihm die Wahrheit gestanden und daran lässt sich jetzt nichts mehr ändern.

»Du hast den Kuss erwidert?«, wiederholt er schließlich.

»Ja.«

»Und dann warst du sauer auf ihn, weil er mit Katie in den Klub kam.«

»Ja.«

Wieder Stille.

»Magst du ihn?«, fragt er mich wieder.

»Nein. Weiß nicht.«

Er sieht mich an, und in seine Augen tritt ein schmerzvoller Ausdruck, etwas, das auf ein gebrochenes Herz hindeutet, und ich will nach seiner Hand greifen, doch er zieht sie zurück. Am liebsten würde ich vor ihm auf die Knie gehen und ihn um Vergebung anflehen. »Nicht«, sagt er, und seine Stimme klingt kalt. »Tu es nicht.«

»Derrick, bitte. Ich … Ich will nicht, dass uns irgendwas auseinanderbringt.«

Er macht so ein komisches Geräusch, fast wie ein Lachen, nur dass es kein richtiges Lachen ist. Es ist, als hätte er einen Lacher unterdrückt. »Ernsthaft? Du willst nicht, dass uns irgendwas auseinanderbringt, küsst aber einen anderen Typen, und dann wolltest du heute Abend auch noch mit mir schlafen? Wolltest du es mir überhaupt sagen, bevor wir es tun?«

»Klar.« *Vielleicht.*

Er antwortet nichts darauf.

Nach einer Weile sage ich: »Es hatte nichts zu bedeuten.« Die Worte klingen hohl, selbst in meinen Ohren. Und noch während ich sie ausspreche, wird mir klar, dass sie nicht wahr sind. Klar hatte es was zu bedeuten. Es hatte sehr viel zu bedeuten. Es bedeutet, dass ich meinen Freund betrogen habe. Es bedeutet, dass ich mich zu Beckett hingezogen fühle. Es bedeutet, dass ich ihn gern genug mag, um ihn zu küssen und um mich aufzuregen, weil er mit Katie in den Klub gekommen ist. All das bedeutet es.

»Tja, dann«, meint Derrick. »Für mich hat es schon was zu bedeuten.«

Und damit steht er auf und geht.

Tja. So sieht es also aus. Jetzt sitze ich hier völlig mutterseelenallein im Wartebereich eines Krankenhauses. Mein Freund hat mit mir Schluss gemacht. Ist doch so, oder? Vielleicht wollte er ja auch nur ein bisschen spazieren gehen. Doch ich weiß, dass es nicht wahr ist. Er macht nicht nur einen Spaziergang. Er kommt nicht wieder zurück. Ich hab ihm gestanden, dass ich einen anderen Jungen geküsst habe, und das war's jetzt. *Finito.* Erledigt. Aus und vorbei. Tschüss.

Die Frau mit dem kleinen Jungen lächelt mir mitleidig zu.

Doch ich erwidere ihr Lächeln nicht. Was hätte ich denn wohl zu lächeln? Vermutlich sterbe ich hier in diesem Krankenhaus. Vielleicht krieg ich eine Infektion am Bein wegen der ganzen widerlichen Bakterien, die hier drinnen rumschwirren. Ich hab das mal im Fernsehen gesehen. Dass Krankenhäuser tatsächlich die gefährlichsten Orte sind, an denen man sich aufhalten kann, weil da alle möglichen Keime lauern.

Erst werden sie mir mein Bein amputieren, und dann werden sie mir sagen, dass ich wieder gesund bin. Aber weit gefehlt – die Infektion wird sich schon über meinen ganzen Körper ausgebreitet haben, und dann gibt ein Organ nach dem anderen den Geist auf, bis die Entzündung schließlich bei meinem Kopf ankommt. Und am Ende wird mein Herz ganz schwarz und faulig, was ja auch angemessen ist. Schwarz, schwarz, schwarz. Und es wird mir ganz recht geschehen. So geht es einem nun mal, wenn man seinen perfekten Freund betrügt – man stirbt an verfaultem Herzen.

Ich fange an zu heulen. Erst ganz leise, bis schließlich heftige Schluchzer meinen Körper schütteln. Anfangs denke ich, ich flenne, weil mein Herz gebrochen ist. Und das ist es tatsächlich. Doch dann wird mir klar, dass es anders gebrochen ist, als ich dachte. Es ist nicht gebrochen, weil Derrick und ich vielleicht nicht mehr zusammen sind.

Nein, es ist gebrochen, weil ich wirklich dachte, wir würden für immer zusammen sein. Alle meine Träume, alle meine Hoffnungen, alles, was wir uns zusammen aufgebaut haben, ist Vergangenheit. Und da wird mir klar, dass ich niemals einen anderen geküsst hätte, wenn ich ihn wirklich geliebt hätte. Obwohl, das stimmt nicht so ganz. Ich liebe ihn schon. Doch nur, weil man jemanden liebt, heißt das noch lange nicht, dass es auch funktioniert. Im Gegenteil. Es bedeutet lediglich, dass man vielleicht eine Chance hat. Und mal ehrlich, eine Chance ist nicht gerade viel.

Jetzt schniefe und flenne ich hemmungslos, und mir ist klar, dass die Leute hier im Wartebereich mich für verrückt halten müssen. Sie alle haben mitgekriegt, was los war, wie ich Derrick alles erzählt habe, wie er gedroht hat, Beckett zu vermöbeln, und dann rausgegangen ist. Die denken bestimmt, ich gehöre zu der Sorte Menschen, die andere Leute mit reinziehen in ihren Irrsinn, wenn man versucht, ihnen zu helfen.

Aber trotzdem. Man möchte doch meinen, irgendwer würde mir wenigstens ein Taschentuch anbieten oder so was in der Art.

Warum bin ich überhaupt hier? Ach so, ja, mein Bein blutet, aber ich bin mir sicher, das hört von allein wieder auf. Muss es doch. Ich werde bestimmt nicht wegen einer läppischen kleinen Wunde verbluten. Das geht ja wohl nicht.

Ich frage mich, ob der Mann in der Ecke den Rollstuhl selbst mitgebracht hat oder ob er dem Krankenhaus gehört. Vielleicht geben die mir ja auch einen und dann könnte mich ein Zivi oder ein Pfleger nach draußen schieben und mit mir auf das nächste Taxi warten. Vermutlich werde ich was unterschreiben müssen, von wegen, ich gehe auf eigenen Wunsch, entgegen dem ärztlichen Rat, doch wen kümmert das? Im Moment ist so ein ärztlicher Rat wirklich das geringste meiner Probleme.

Wieder fange ich an zu heulen.

Und in dem Moment kommt Beckett zur Tür reinspaziert und ändert alles.

DREIZEHN

Das kommt so unerwartet, dass ich erst gar nicht glaube, dass er wirklich hier ist. Es ist nur so … falsch, wie wenn man einem Lehrer oder so im Supermarkt über den Weg läuft. Jeder hat seinen angestammten Platz in unserem Leben und Beckett gehört für mich nun mal zur Schule oder allenfalls noch zum Hotel.

Aber hierher gehört er ganz und gar nicht, in dieses Krankenhaus.

Er trägt immer noch sein Kluboutfit, das schwarze T-Shirt und die Jeans und die glänzenden Schuhe. Nur dass er jetzt nicht mehr ganz so lässig geht wie in dem Moment, als er in den Klub kam. Jetzt ist da etwas Entschlossenes in seinem Schritt, etwas, das mir sagt, dass er bereit ist, die Dinge in die Hand zu nehmen. Fast als befände er sich auf einer Mission.

Er sieht sich suchend im Wartebereich um, bis er meinem Blick begegnet. Dann kommt er auf mich zumarschiert.

»Hi«, sagt er.

»Hi.«

Er setzt sich neben mich, nicht auf den Platz, auf dem

Derrick noch vor Kurzem saß, sondern auf der anderen Seite. Kommt mir vor wie eine Art kranke Metapher.

»Was tust du denn hier?«, frage ich und wische mir mit dem Handrücken über die Augen, in der Hoffnung, er möge nicht mitkriegen, dass ich geheult habe.

»Ich war auf der Suche nach dir.«

»Woher wusstest du, dass ich hier bin?«

Er zuckt die Schulter. »Wusste ich gar nicht. Das ist hier schon die dritte Notaufnahme, in der ich nachsehe. Du weißt aber schon, dass es drei andere Krankenhäuser gibt, die näher gewesen wären, oder?«

»Das hier ist das am besten bewertete in ganz Sarasota«, versichere ich ihm. »Wenn man dem *U.S. News and World Report* glauben will. Derrick hat im Internet nachgesehen.«

»Klar hat er das.« Beckett sieht sich um. »Wo steckt er?«

»Wer?«

»Derrick.«

»Oh.« Ich schlucke und atme zittrig ein. »Er ist gegangen.«

»Er ist *gegangen?«* Beckett sieht mich an, und ich zwinge mich, seinem Blick zu begegnen. »Herrje«, sagt er, als er mein Gesicht sieht. Er streckt die Hand aus und umfasst ganz sanft mein Kinn. »Hast du etwa geweint?«

»Nein.«

»Du Schwindlerin.«

»Ja.«

Er sieht mich immer noch an, mustert mein Gesicht.

Ich würde am liebsten wegschauen, aber es geht nicht. Wieder einmal verliere ich mich in seinen Augen, wie jedes Mal, wenn er mich so ansieht. So als wäre ich das einzige Mädchen auf dem gesamten Planeten, als wäre ich ihm das Wichtigste und Wunderbarste auf der ganzen Welt.

»Du hast es ihm gesagt.« Es ist eine Feststellung, keine Frage.

Ich nicke.

»War er sauer?«

»Klar war er sauer.«

»Und dann hat er dich einfach hier sitzen lassen?«

»Er war stinksauer«, sage ich und frage mich, warum ich ihn eigentlich verteidige.

»Na und? Er hätte dich nicht einfach so hier sitzen lassen dürfen. Man lässt niemanden in der Notaufnahme allein.« Er sieht sich um im Wartebereich und mustert die Ansammlung an Verletzten und Kranken. »Selbst dann nicht, wenn es das beste Krankenhaus in ganz Sarasota ist, zumindest dem *U.S. News and World Report* zufolge.«

Ich lächle.

Beckett steht auf und kehrt eine Sekunde später mit einem Taschentuch und einem Becher voll Wasser zurück. Dann sieht er zu, wie ich mir die Nase putze und einen Schluck trinke.

»Das ist echt peinlich«, sage ich.

»Warum?«

»Weil ich total verrotzt und verschwollen bin, und weil das jetzt schon das zweite Mal heute Abend ist, dass du dich um mich kümmern musst.«

Er zuckt die Schulter. »Macht mir nichts aus.«

Ich hole tief Luft. »Warum bist du so nett zu mir?«

»Was meinst du?«

Ich will wissen, warum er hier ist. Warum er drei verschiedene Krankenhäuser nach mir absucht. Denn so was tut man doch nicht, es sei denn, man mag denjenigen richtig gern, oder? So was tut man nur, wenn man sich etwas aus demjenigen macht. Man tut es nur, wenn man die ganze Zeit an diesen Menschen denken muss. Und in dem Moment dämmert mir, wie sehr ich möchte, dass er mich gernhat.

Mir doch egal, dass ich ihn noch nicht lange kenne, mir doch egal, dass es vielleicht nur die Hormone sind, die hier aus mir sprechen. Ich will, dass er mich mag. Weil ich ihn mag. Warum auch immer, ich hab ihn echt gern. Und ich wünsche mir, dass er genauso empfindet.

»Lyla …«, setzt er an.

»Lyla McAfee?«

Ich drehe mich um und sehe, wie die Schwester mit einem Klemmbrett dasteht und mich aufruft.

Ich rapple mich also hoch und Beckett erhebt sich mit mir. Er legt mir den Arm um die Hüfte, damit ich mich beim Gehen an ihm abstützen kann.

»Ich komme mit dir«, sagt er.

Zwei Stiche. Ich brauche zwei Stiche.

Was echt übel ist, wenn man es sich genau überlegt. Eigentlich ist das nichts, zwei Stiche. Zwei Stiche bedeuten, dass man sich Schmerzmittel spritzen lassen muss und dann still dasitzen soll, während man das Gefühl hat, die würden einem die Haut runterziehen. Und hinterher erzählt man den Leuten dann: »Ich musste mit zwei Stichen genäht werden«, und alle sagen: »Oh.« Das war's dann, es kümmert keinen.

Wenn es wenigstens acht Stiche oder so wären, dann hätte ich immerhin was zu erzählen. Aber wenn ich acht Stiche gebraucht hätte, glaub ich nicht, dass ich noch hätte laufen können. Dann wäre das Blut vermutlich die ganze Zeit nur so aus mir rausgesprudelt und allein beim Anblick wäre ich in Ohnmacht gefallen.

Als ich fertig bin, zahle ich meine fünfzig Dollar Eigenbeteiligung für die Notfallbehandlung, und dann stehen Beckett und ich draußen und warten auf das Taxi, das er gerufen hat, damit es uns zurück ins Hotel bringt.

Wir reden nicht viel.

Im Grunde haben wir nicht viel geredet, seit ich ihn gefragt habe, warum er so nett ist zu mir. Er hat meine Hand gehalten, während sie meine Wunde zunähten, und mit dem behandelnden Arzt herumgewitzelt, um mich von dem abzulenken, was er mit mir tat. Nicht dass es allzu sehr wehgetan hätte – aber allein beim Gedanken, wie jemand eine Nadel durch mich durchsticht, wird mir ganz anders.

Als wir da in dem Arztzimmer waren, fand ich nichts dabei, dass Beckett bei mir war. Es war fast so, als spielte er eine bestimmte Rolle – er war da, um mir zu helfen, wie man jedem Menschen helfen würde, der was Schlimmes durchmacht. Aber jetzt, da wir vor dem Krankenhaus stehen, frage ich mich wieder, warum er nach mir gesucht hat.

Auf der Taxifahrt zurück ins Hotel herrscht Schweigen. Die Stille ist nicht unbedingt angespannt – eigentlich könnte man sie eher als nachdenklich beschreiben. Ich überlege bestimmt vier, fünf Mal, ob ich was sagen soll, aber ich bin mir nicht sicher, was ich sagen soll oder was ich sagen *möchte*.

Beim Hotel angekommen, will ich den Taxifahrer bezahlen, doch Beckett hält mich zurück.

»Ich mach das schon«, meint er, zieht ein Bündel Banknoten aus der Tasche und zählt das Geld ab.

»Nein, nein«, protestiere ich. »Du musst doch nicht …«

»Lyla, schon passiert.«

Nachdem das Taxi losgefahren ist, wird wieder alles ruhig. Der Mond scheint auf uns runter und die Palmen wiegen sich im Wind. Abgesehen davon aber herrscht absolute Stille. Inzwischen ist es so spät, dass selbst das Partyvolk längst im Bett liegt. In einigen der Hotelfenster brennt noch gedämpftes Licht, und auch mein ganzer Körper verlangt nur noch nach Schlaf. Ich fühle mich, als hätte man mich einmal gequetscht und ausgewrungen, sowohl körperlich als auch emotional.

»Tja«, sage ich. »Ähm. Danke. Dass du mir geholfen hast.«

»Hast du Lust, einen Spaziergang am Strand zu machen?«, fragt er.

»*Jetzt?*«

»Klar, jetzt.«

»Ist der Strand nicht geschlossen um die Zeit?«

Er verdreht die Augen. »Wie sollte man einen Strand denn schließen?«

»Keine Ahnung.«

»Und?« Er sieht mich abwartend an und ich erkenne Hoffnung in seinem Blick. Ich weiß, dass er gern möchte, dass ich mit ihm komme.

Trotzdem zögere ich. Ich bin mir nicht sicher, ob ich wirklich einen Strandspaziergang machen soll mit dem Jungen, der mich dazu verleitet hat, meinen Freund zu betrügen. Wie kann ich mir sicher sein, dass irgendwas von dem, was ich empfinde, real ist? Wie kann ich mir sicher sein, dass ich nicht nur einsam bin, dass ich nicht allein aus dem Grund mit Beckett zusammen sein möchte, weil ich Derrick vermisse?

Doch die Sache ist die, ich vermisse Derrick gar nicht. Zumindest nicht so, wie ich ihn eigentlich vermissen sollte. Tatsächlich ist das Einzige, das ich in Bezug auf die Situation mit Derrick empfinde … Erleichterung.

Was mich echt verwirrt. Wie kann ich denn erleichtert sein, dass zwischen Derrick und mir Schluss ist, wo ich doch bis vor wenigen Stunden noch meine Jungfräulichkeit an ihn verlieren wollte? Als ich zu dieser Abschlussfahrt aufgebrochen bin, konnte ich an nichts anderes denken als daran, dass ich Zeit mit ihm verbringen würde. Und jetzt stehe ich hier, nur wenige Tage danach, und bin erleichtert, dass wir uns getrennt haben. Ich dreh fast durch, so als wüssten mein Kopf und mein Herz beide nicht, was sie wollen.

»Komm schon«, sagt Beckett und macht einen Schritt auf mich zu. Er streckt die Hand nach meiner aus. »Wir müssen ja nicht lange bleiben. Ich bring dich dann gleich zurück auf dein Zimmer.«

Ein Zittern geht durch meine Finger und wandert über den Arm nach oben, obwohl es gar nicht kalt ist hier draußen. Ich nicke, und schon führt er mich runter zum Strand.

»Wir sollten uns mal was Neues überlegen«, sagt Beckett, als wir durch den Sand laufen.

»Wie?«

Er grinst. »Tut mir leid, war nur ein blöder Witz. Du weißt schon, weil wir doch heute Morgen auch schon am Strand entlanggelaufen sind.«

»Ach so. Stimmt.«

Ich atme tief die salzige Luft ein und sofort fühle ich mich besser. Ich ziehe meine Schuhe aus, nehme sie in die Hand und lasse mir vom kalten Wasser die Zehen kitzeln. Ich achte darauf, dass kein Wasser an meine Wunde kommt, doch nach ein paar Minuten tun mir die Füße weh. Wir haben einen Strandabschnitt erreicht, der vor einem der anderen Hotels liegt. Ein paar sehr bequem aussehende Sonnenliegen stehen dort nebeneinander mit Blick in Richtung Wasser.

»Willst du dich setzen?«, fragt Beckett mich.

Ich nicke. Als wir nebeneinander am Fußende einer der Liegen sitzen, berühren sich unsere Knie. Mein Handy fängt in der Tasche an zu vibrieren.

»Ich sollte wohl rangehen«, sage ich. »Ist vermutlich meine Mom.«

Doch als ich das Handy rausziehe, stelle ich fest, dass es nicht meine Mom ist. Es ist wieder diese bescheuerte E-Mail.

Vor dem Abschluss werde ich … lernen zu vertrauen.

Ich schüttle frustriert den Kopf und versuche, sie wegzudrücken. Dann aber macht mein Handy ein seltsames Geräusch und auf einmal ist der Text auf dem Display … festgefroren. Ich werfe den Kopf in den Nacken und lache. Klar. Klar bleibt jetzt ausgerechnet der Text auf dem Display hängen. Ich habe alles Erdenkliche getan, um diese E-Mail loszuwerden, und jetzt hängt das Ding. Vielleicht sogar für immer.

»Was ist denn so komisch?«, will Beckett wissen. Er schaut runter auf mein zersplittertes Display. »Du solltest dein Handy so gar nicht mehr benutzen. Du verletzt dich bloß wieder.«

Aber ich kann ihm nicht antworten, weil ich immer noch lache.

»Okay«, meint er und nimmt mir das Telefon aus der Hand. »Warum lachst du so?« Ich halte ihn nicht davon ab, mir das Ding wegzunehmen. Vielleicht hätte ich es tun sollen. Die E-Mail ist so was von peinlich, das ist ja fast so, als würde man zulassen, dass sich jemand deine Fotos aus dem Jahrbuch vom ersten Highschooljahr ansieht oder so. (Ich sehe auf Jahrbuchfotos nie gut aus. Liegt, glaube ich, an meinen Augen. Ich mach mir immer Sorgen, ich könnte im falschen Moment blinzeln, deshalb bemühe ich mich, sie offen zu halten, und sehe dann auf allen Fotos aus wie ein Reh im Scheinwerferlicht.)

»›Vor dem Abschluss werde ich … lernen zu vertrauen‹«, liest Beckett vor. Er schüttelt den Kopf und reicht mir mein Handy zurück. »Versteh ich nicht.«

»Diese dämliche Mail hab ich mir selbst mal geschrieben«, erkläre ich. »Als ich im ersten Highschooljahr war.« Das Wasser schwappt gegen meine Füße, weshalb Beckett die Hand ausstreckt und meine Beine hoch auf die Liege zieht. »Vorsicht«, sagt er. »Nicht dass noch Wasser an deine Wunde kommt.«

»Meine Wunde ist ja verbunden«, sage ich und lehne mich zurück. Der Himmel ist sternenklar, so klar, wie man es bei uns im Nordosten selten sieht. Die Sterne funkeln auf uns hernieder und mit einem Mal kommt mir alles ganz klein und unbedeutend vor. Die Trennung von Derrick. Dass ich mich am Knöchel verletzt habe. Selbst diese Abschlussfahrt, auf die ich mich so gefreut habe. Ich breite die Arme aus und atme ganz tief durch.

»Klar, aber du musst sie trotzdem sauber halten«, sagt Beckett.

»Was?«

»Deine Wunde.« Beckett schüttelt den Kopf. »Hast du nicht zugehört, was der Arzt gesagt hat?«

Ich kichere.

Beckett schaut mich komisch an. »Bist du sicher, dass die dir keine Schmerzmittel gegeben haben?«

»Ich bin mir sicher. Ist nur witzig, dass du jetzt der Vernünftige bist.«

»Ach, ja? Warum soll das witzig sein?« Er greift hinter sich, schnappt sich ein limettengrünes Kissen von der Liege und klemmt es sich in den Nacken. Dann lehnt er sich zurück, und ich drehe mich auf die Seite, damit ich ihm direkt ins Gesicht sehen kann.

»Keine Ahnung. Du kommst mir bloß nicht vor wie der vernünftige Typ.«

»Woher willst du denn wissen, was für ein Typ ich bin?«

»Tja, lass mich überlegen. Du fährst Motorrad, du küsst mich, obwohl du weißt, dass ich einen Freund habe, und jetzt willst du, dass ich mit dir am Strand abhänge, wo er doch eigentlich geschlossen ist.« Ich zähle sämtliche seiner Fehler an meinen Fingern auf.

»Na schön.« Er lehnt sich noch weiter zurück und streckt die Arme hinter sich. Sein T-Shirt wandert ein kleines Stück nach oben und gibt einen glatten Streifen gebräunter Haut frei, dessen Anblick mich schwindelig macht. Schnell wende ich den Blick ab. »Aber wenn es drauf ankommt, bin ich verantwortungsbewusst.«

»Ach ja? Wann denn zum Beispiel?«

»Na, ich kümmere mich doch echt ganz gut um dich, oder?«

»Bringen wir doch erst mal die Nacht rum«, sage ich, »dann sehen wir weiter.«

»Wieso, denkst du, ich vermassle es noch?«

Ich sage nichts darauf, lächle ihm nur zu. Er schüttelt den Kopf. »Ach, du hast echt kein Vertrauen.«

Wir liegen da und lauschen den Wellen, die sich am Ufer brechen. Ein sonderbar friedliches Gefühl ergreift von mir Besitz. Was eigentlich keinen Sinn ergibt – denn im Grunde sollte diese Nacht die schlimmste meines Lebens sein. Erst schneide ich mir das Bein auf, weil ich in einem Wutanfall mein Handy zerschmettere. Dann macht in der Notaufnahme mein Freund mit mir Schluss, weil er rausfindet, dass ich ihn betrogen habe. Und jetzt liege ich hier am Meer mit dem einzigen Menschen, der sich etwas aus mir zu machen scheint, und der ist gefährlich und nicht gut für mich, und ich kann nicht aufhören, an seinen Bizeps zu denken.

Doch irgendwie geht eine seltsame Ruhe damit einher, dass ich nun einen ganz neuen Tiefpunkt erreicht habe. Eine gewisse Überzeugung im Grunde, dass es jetzt nicht mehr schlimmer werden kann. Wie so oft ist die Erwartung, dass was Schlimmes passiert, weit übler, als wenn diese schlimmen Dinge dann tatsächlich passieren. Und jetzt in diesem Moment ist so ziemlich alles Schlimme längst eingetreten. Wenn man es sich recht überlegt, kann es also nur noch besser werden. Oder etwa nicht?

»Was hat es denn mit dieser Mail auf sich?«, will Beckett wissen.

»Hab ich dir doch gesagt, die hab ich mir selbst geschickt, als ich vierzehn war.«

»Und da hast du dir selbst gesagt, du willst lernen zu vertrauen?«

Ich nicke. »Ja.«

»Warum?«

»Warum was?«

»Warum hattest du das Gefühl, du müsstest lernen zu vertrauen?«

Ich zucke die Achsel. »Vermutlich weil meine Eltern nicht mehr wirklich miteinander geredet haben. Und daher hatte ich das Gefühl, alles läuft aus dem Ruder. Ich war vierzehn, ich musste irgendwas schreiben. Quinn und Aven haben es auch getan, also hab ich mitgemacht.«

»Ah.« Es gefällt mir nicht, wie er »ah« sagt. Er sagt das so, als steckte mehr dahinter, so als ergäbe es keinen Sinn, dass ich es geschrieben habe, bloß weil meine Freundinnen es auch taten. So als müsste da ein tieferer Sinn dahinterstecken, ein tieferer Grund, weshalb ich das geschrieben habe.

»Ich hab kein Problem mit dem Vertrauen«, sage ich.

»Das hab ich ja auch nicht behauptet.«

»Ich sag ja auch nicht, dass du sagst, es wäre so.«

Er lacht, dann dreht er sich auf die Seite und rutscht runter, sodass er direkt neben mir liegt.

»Hi«, sagt er.

»Hi.« Wie schon zuvor verliere ich mich in seinem Blick. Und wieder mal denke ich daran, wie er mich am Strand geküsst hat, wie sein Mund sich auf meinem anfühlte, wie die Sonne meine Haut streichelte, seine Hände an meinen Hüften, seine Brust an meine gedrängt.

Er hebt die Hand und schiebt mir eine Strähne aus dem Gesicht, dann wandern seine Finger in mein Haar und hinunter bis zum Nacken. Dort hält seine Hand inne, massiert sanft meine Haut.

Die Berührung jagt einen Stromstoß durch meinen Körper.

»Lyla«, flüstert er.

Ich liebe es, wie er meinen Namen sagt. Er lässt ihn exotisch und sexy und sehr weiblich klingen. Ich frage mich, ob er Katies Namen auch so sagt, aber im Grunde ist es mir egal. Es interessiert mich nicht, was er getan hat oder mit wem er zusammen war oder dass er vielleicht nicht gut ist für mich. Ich weiß nur, dass ich in diesem Moment einzig hier sein will, bei ihm, und ich wünsche mir so sehr, er würde mich küssen, dass ich es fast nicht mehr aushalte.

Doch er lässt sich Zeit. Er streichelt mein Haar und massiert mir den Nacken, streift mit den Fingern über meine Schultern und dann, als ich das Gefühl habe, ich platze gleich, legt er seine Lippen endlich auf meine. Sein

Körper drängt sich gegen mich, uns trennen nur noch zwei Schichten Kleidung, und trotzdem hab ich das Gefühl, das ist schon zu viel. Ich reibe mich an ihm und verliere mich ganz in diesem Kuss.

Es dauert eine Ewigkeit.

Die ganze Nacht.

Wir zwei, wie wir uns küssen und einander in die Augen sehen und uns unterhalten.

Er versucht gar nicht erst, weiter zu gehen, auch wenn ich derart scharf auf ihn bin, dass ich ihn wohl alles mit mir machen lassen würde. Stattdessen treibt er mich an den Rand der Ekstase. Das ist so scharf und sexy, ganz anders, als ich es mir je erträumt hatte, ganz anders, als ich es mir je hätte ausmalen können.

Und dann, kurz bevor es heller wird am Himmel, schlafe ich in seinen Armen ein.

VIERZEHN

Ich befinde mich im Wasser. Es muss so sein. Oder ich träume, dass ich schwimme. Wie auch immer, meine Wangen sind nass. Ich wische darüber.

»Verschwinde«, murmle ich.

»Nein, ich werde nicht verschwinden«, gibt eine wütende Stimme zurück.

Ich schlage die Augen auf, doch das grelle Morgenlicht blendet mich. Mein Nacken ist ganz steif und meine eine Gesichtshälfte fühlt sich voll komisch an. Mein Fuß ist eingeschlafen und ich rapple mich hoch. In der nächsten Sekunde fällt mir alles wieder ein. Der Klub. Wie ich mich am Fuß verletzt habe. Das Krankenhaus. Die Trennung von Derrick. Beckett. Der Strand. Das Küssen. Oh Gott, wie wir uns geküsst haben! Mit einem Mal merke ich, dass meine Lippen sich ganz roh und geschwollen anfühlen.

Ich blicke rüber zu Beckett, der neben mir liegt. Ganz langsam richtet er sich auf und blinzelt. Er sieht einfach zum Niederknien aus – das Haar ganz zerstrubbelt, die Klamotten knittrig, mein Gott, am liebsten würde ich ihn gleich wieder abknutschen.

»Hallo!«, sagt die wütende Stimme da wieder.

Ich schirme die Augen mit der Hand gegen die Sonne ab und sehe auf in Derricks Gesicht. »Hier steckst du also«, schnaubt er. »Ich hab die ganze Nacht lang versucht, dich zu erreichen.«

»Mein Handy ist hinüber«, erkläre ich. Dann stehe ich auf und falle wegen meines eingeschlafenen Fußes fast hin.

»Ich dachte, das funktioniert trotzdem noch.« Derrick wirft mir einen misstrauischen Blick zu, so als würde er annehmen, dass die ganze Sache mit dem Handy nur ein Trick ist, dabei hat er doch gesehen, dass es im Arsch ist.

»Erst schon, aber dann … dann ging es plötzlich nicht mehr.« Klingt voll lahm, selbst in meinen Ohren. Doch in dem Moment wird mir klar, dass ich ihm ja gar keine Rechenschaft schuldig bin. Ja, ich habe einen anderen Typen geküsst. Aber er hat mich mit einem aufgeschlitzten Bein in der Notaufnahme sitzen lassen!

»Wie geht's deinem Fuß?«, erkundigt er sich, als könne er Gedanken lesen.

»Schon besser.«

»Gut.« Derrick sieht mich an und seufzt dann. Er wirft einen kurzen Seitenblick auf Beckett, der einfach nur so dasitzt und kein Wort sagt. Stattdessen greift er sich eine Handvoll Sand und lässt ihn durch die Finger rieseln. Ich hatte eigentlich erwartet, falls diese Situation jemals eintritt – dass die beiden sich noch mal direkt gegenüberstehen –, würde sie weit explosiver ablaufen. Ich hatte erwartet, dass sie sich anbrüllen und sich prügeln, zumal

Derrick mich eben erst hier draußen mit Beckett zusammen gefunden hat, nebeneinander auf irgendeiner Sonnenliege schlafend. Doch so ist es nicht. Es liegt zwar eine gewisse Spannung in der Luft, versteht mich nicht falsch – aber die hat eher was Betretenes an sich, es ist nicht die Sorte Spannung, die sich jeden Moment in einer ausgewachsenen Keilerei entladen wird.

Und da wird mir erst wieder bewusst, dass es vorbei ist. Es ist wirklich, endgültig vorbei. Das mit Derrick und mir. Mein Herz schlägt mir bis zur Kehle.

»Können wir reden?«, fragt Derrick, seine Stimme klingt jetzt etwas sanfter.

Ich nicke, dann wende ich mich Beckett zu. »Ich bin gleich wieder zurück, okay?«

Beckett zuckt die Schulter. »Klar.«

Derrick und ich gehen ein Stück den Strand runter. Kommt mir fast vor wie ein Verbrechen, dass wir an einem solch wundervollen Tag ein so ernstes Gespräch führen. Tage wie dieser sollten netten Gesprächen und glücklichen Erinnerungen vorbehalten sein, da sollte man nicht über Trennungen sprechen. Wir gehen eine Weile schweigend nebeneinanderher, bis Derrick schließlich stehen bleibt und einen Stein aufhebt, der im Sand liegt. Er wirft ihn ins Wasser, und wir sehen beide zu, wie er über die Wasseroberfläche hüpft, ehe er verschwindet.

»Warum hast du mir nicht erzählt, dass du nicht glücklich bist?«, fragt er. »Wir hätten doch … Ich meine, wir hätten doch was dagegen tun können.«

»Ich weiß es nicht«, sage ich und schlucke. Bis ich hierherkam und Beckett traf, war mir ja noch nicht mal bewusst, dass ich nicht glücklich bin. Doch wenn ich in meiner Beziehung zu Derrick richtig glücklich gewesen wäre, hätte ich mich sicher nicht so zu Beckett hingezogen gefühlt. »Schätze, ich wusste gar nicht, dass ich nicht glücklich bin.«

Derrick nickt. Er atmet tief durch die Nase ein, schürzt dann die Lippen und verzieht sie zur Seite, wie er es immer tut, wenn er angestrengt über etwas nachdenkt. »Ich muss dir was gestehen.«

»Okay.« Sofort halte ich die Luft an und mache mich auf das Schlimmste gefasst.

»Juliana.«

»Ja?«

»Gestern Nacht. Sie ist zu mir gekommen, und wir … keine Ahnung, schätze, wir haben ein bisschen rumgemacht.«

Ich will schon fragen, ob er mit ihr geschlafen hat, doch im Grunde will ich es gar nicht wissen. Was spielt es denn für eine Rolle? Er gehört nicht mehr mir, auch wenn es immer noch wehtut. Es geht mich nichts mehr an, mit wem er schläft. »Ihr zwei … Ich meine, mochtest du sie schon länger?«

»Keine Ahnung. Schätze, irgendwie war da immer was zwischen uns. Ich mochte sie schon, als sie noch mit Brock zusammen war, aber dann kamen wir zwei zusammen, und dann …« Er lässt den Satz unvollendet.

»Hast du es deswegen immer wieder rausgezögert gestern Abend?«

»Was meinst du?«

»Du hast immer wieder gezögert. Mit mir zu schlafen, meine ich.«

Er schüttelt den Kopf. »Ich hatte Angst, mit dir zu schlafen. Ich meine, klar, es wäre ganz wunderbar gewesen, und ich wollte es auch, versteh mich nicht falsch. Es ging mir nur um dich. Ich wollte, dass es für dich perfekt wird.«

»Warum?«

»Weiß nicht.« Er schüttelt den Kopf. »Schätze, ich wollte, dass in unserer Beziehung alles perfekt läuft.«

Ich nicke. Irgendwie verstehe ich, was er meint. Ich habe all diese Erwartungen an ihn gerichtet und an uns, alles sollte perfekt sein. Doch letzten Endes gibt es so was wie Perfektion gar nicht. Daher bleibt nur eine seichte, oberflächliche Beziehung ganz ohne Substanz.

Derrick greift nach meiner Hand und meine Augen füllen sich mit Tränen.

So stehen wir eine Weile da und beobachten die Wellen.

»Freunde?«, fragt er schließlich.

»Klar. Für immer.« Doch noch während ich die Worte ausspreche, kommt es mir vor, als wäre es ein Ding der Unmöglichkeit – dass ich mit ihm befreundet bleibe. Wie soll aus dem Jungen, in den man einst glaubte, verliebt zu sein, ein guter Freund werden?

»Ich meine das ernst«, sagt Derrick, als würde er meine Skepsis spüren. Sein Blick wirkt aufrichtig, und so, wie er mich ansieht, fällt es mir schwer zu sprechen. Er war der erste Junge, der mich je so angesehen hat, der erste Junge, der mir das Gefühl gegeben hat, etwas Besonderes zu sein, der erste Junge, der mir je was bedeutet hat.

»Ich meine es auch ernst«, sage ich nun aufrichtig.

»Und wenn er dir jemals wehtut …« Er lässt die Drohung unausgesprochen.

»Oh, wir sind … wir sind kein Paar.«

»Trotzdem.« Er beugt sich vor und küsst mich sanft auf die Wange. »Pass gut auf dich auf, Lyla«, sagt er.

»Du auch.«

Dann nimmt er mich in die Arme und ich schließe die Augen und halte ihn ganz fest. Es ist das letzte Mal, dass ich seinen Körper so dicht an meinem spüren werde, und auch wenn ich keinen Zweifel daran habe, dass es das Richtige ist, dass es so sein soll, will ich ihn nicht loslassen.

Schließlich lösen wir uns voneinander.

Er drückt noch ein letztes Mal meine Hand.

Und dann geht er einfach davon.

Einen Augenblick setze ich mich in den Sand, ziehe die Knie an die Brust. Ich greife nach einem Stein, der im Sand liegt, und werfe ihn ins Wasser, genau wie Derrick es getan hat. Ich sehe zu, wie er durch die Luft fliegt, dann lege ich den Kopf auf die Knie und lasse mein Haar vors Gesicht hängen.

»Mach's gut«, flüstere ich leise.

Und dann stehe ich auf und mache mich auf die Suche nach Beckett.

Er ist nicht mehr da.

An der Sonnenliege hängt ein kleines Schild, auf dem steht: RESERVIERT FÜR PAM, und jetzt sitzt eine Frau darauf, von der ich nur annehmen kann, dass es sich um Pam handelt. Sie hat Zeitschriften und Getränke um sich herum ausgebreitet und sie trägt einen von diesen Badeanzügen mit einem Röckchen unten dran. Ich sehe mich um und frage mich, ob man Beckett wohl von hier verscheucht hat, und jetzt wartet er irgendwo anders auf mich. Aber er ist nirgends zu sehen.

Ich sehe am Imbissstand nach. Ich sehe bei den Toiletten nach. Ich schaue raus zur Sandbank, nur für den Fall, dass er beschlossen hat, einen kleinen Spaziergang dorthin zu machen. Ich suche sogar eine Gruppe Leute ab, die sich am Ufer versammelt haben, um nach Delfinen Ausschau zu halten. Delfine zu beobachten scheint mir zwar nicht so Becketts Ding, aber man weiß ja nie.

Er ist gegangen.

Die Worte gehen mir wieder und wieder durch den Kopf.

Er ist gegangen, er ist gegangen, er ist gegangen.

Wahrscheinlich ist er zurück ins Hotel, rede ich mir selbst ein. Ich beschließe, zu seinem Zimmer zu gehen und nachzusehen, ob er da ist.

Als ich den Kopfsteinpflasterweg vor unserem Hotel erreiche, wird mir erst bewusst, dass ich viel zu schnell laufe für meine Verletzung und für die Schuhe, die ich trage. (Diese verdammten hochhackigen Schuhe von gestern Abend. Wer hat überhaupt Absätze erfunden? Das gehört doch echt zu den Dingen, ohne die die Menschheit viel besser dran wäre. Wenn man erst mal weiß, dass es so etwas gibt, findet man sie so cool, dass man dafür einen Klumpfuß in Kauf nimmt oder sich bereitwillig einen Zeh abhackt, nur um sie tragen zu können. Wenn sie aber gar nicht erst erfunden worden wären, würde jeder einfach nur flache Schuhe tragen und sie noch nicht mal vermissen.) Vermutlich ist das die gerechte Strafe dafür, dass ich die ganze Nacht aus war und das Outfit vom Klub anbehalten habe.

Im Gehen sehe ich mich um, dabei verlangsame ich meine Schritte, um keine Aufmerksamkeit zu erregen. Ein Mann in einem gestreiften Anzug geht an mir vorbei, und ich frage mich, ob er wohl sieht, dass ich gerade nach einer wilden Nacht auf dem Heimweg bin. Na ja. Nicht so ganz. Ich meine, wenn man am Strand schläft, ist das was anderes als ein One-Night-Stand. Oder? Sollte ich mich jetzt schämen? Der Mann wirft mir einen missbilligenden Blick zu, dann schüttelt er den Kopf. Oh mein Gott! Ich muss mich also wirklich schämen! Ich frage mich, ob die Tatsache, dass ich gerade auf dem Weg zum Zimmer des Jungen bin, mit dem ich rumgemacht habe, um ihn anzubrüllen, die Sache besser macht. Vielleicht schon.

Als ich die Hotellobby betrete, ist sie menschenleer. Hoffentlich sind sie alle unten am Strand und genießen den letzten warmen Sommertag. Denn wenn hier noch irgendwelche Leute von der Schule rumhängen und mitkriegen, was ich gleich vorhabe, dann wird das ganz schön peinlich, so viel ist sicher.

Bei Becketts Zimmer angekommen, hebe ich die Hand, um anzuklopfen, halte aber dann doch inne. Was, wenn Derrick da drinnen ist? Was, wenn Derrick vom Strand aus direkt hierher ist, und jetzt liegt er auf dem Bett und heult sich meinetwegen die Augen aus dem Kopf, und dann komme ich an und klopfe und will aber zu Beckett? Das wäre ja echt fies und grausam.

Je länger ich tatenlos hier rumstehe, desto mehr komme ich zu dem Schluss, dass es keine so gute Idee ist. Ich will mich schon umdrehen und zurück zum Aufzug gehen, als ich etwas höre. Die Stimme eines Mädchens, im Inneren von Becketts Zimmer.

Sie spricht mit leiser, ernster Stimme und dann höre ich sie lachen.

Katie.

Ohne Zweifel.

Es ist dasselbe Lachen wie gestern auf dieser Toilette, ein sarkastisches kleines Lachen, so als hätte sie einen Witz gemacht, bloß dass sie die Einzige ist, die den witzig findet.

Dann höre ich eine zweite Stimme. Eine männliche diesmal. Eine männliche Stimme, die ich überall erkennen würde, weil sie mir erst vergangene Nacht süße Nichtigkeiten ins Ohr geflüstert hat. Okay, vielleicht nicht eben süße Nichtigkeiten. Was soll das überhaupt sein, süße Nichtigkeiten? Schätze, damit ist was Süßes gemeint, das nichts zu bedeuten hat. Und in dem Fall trifft es wohl absolut zu.

Obwohl Beckett gar nicht wirklich was Süßes gesagt hat. Aber meinen Namen hat er gesagt. Wieder und wieder, bis mir ganz schwindelig war.

Wut wallt in mir hoch. Ich klopfe an die Tür.

Drinnen wird es mit einem Schlag mucksmäuschenstill, so als fühlten sie sich ertappt.

Ha! *Klar* hab ich sie ertappt! Wenn er echt dachte, er könnte mich einfach so am Strand stehen lassen und sich mit Katie auf sein Zimmer verkrümeln, tja, dann soll er sich mal auf was gefasst machen.

Ich klopfe erneut.

»Wer ist da?«, ruft Katie.

Ich überlege schon, ob ich lügen soll. Aber was für einen Namen soll ich denn sagen? Außerdem kennen die beiden meine Stimme. Doch wenn ich zugebe, dass ich es bin, und sie machen mir nicht auf, dann wäre das ja ultrapeinlich. Hmmm. Vielleicht sage ich besser gar nichts.

Eine halbe Sekunde später reißt Beckett die Tür auf.

»Hi«, sagt er, und komischerweise scheint er sich zu freuen, mich zu sehen.

»Sieh an, sieh an«, sage ich. »Wen haben wir denn da?«

Ist total bescheuert. Klar. Ich meine, schließlich bin ich hierhergekommen. Nicht umgekehrt. Wenn überhaupt, dann sollten die beiden das sagen. Echt total peinlich.

»Wie meinst du das?«, fragt er verwirrt.

»Kannst du dir das nicht denken?« Ich linse an ihm vorbei ins Zimmer. Keine Spur von Derrick, zum Glück, aber das dachte ich mir schon. Derrick würde sich niemals hier aufhalten, solange Beckett mit Katie hier ist. Und wenn doch, hätte er mir eine SMS geschickt, um mich das wissen zu lassen. Weil Derrick nämlich nett ist. Nicht der Richtige für mich, aber nett.

Katie sitzt auf dem Bett in der Ecke und zieht ein selbstgefälliges Gesicht. Sie ist zurückgelehnt und hat die Beine vor sich ausgestreckt. Ihre Füße wirken winzig und perfekt, die Zehennägel hat sie knallpink lackiert. Wie ich sie hasse.

»Hallo, Lyla«, sagt sie. »Was willst du denn hier?«

Beckett macht einen Schritt aus dem Zimmer und schließt die Tür hinter sich. »Lyla«, sagt er. »Hör zu, sie wollte nur …«

»Hör auf«, sage ich. »Spar dir das.« Damit drehe ich mich um und mache mich auf den Weg zurück in mein Zimmer. Ich will ihn noch nicht mal mehr anbrüllen. Stattdessen will ich einfach nur, dass er verschwindet. Doch der verdammte Bastard folgt mir jetzt auch noch.

»Lyla«, sagt er und legt mir die Hand auf den Arm. »Warte. Lass mich das erklären.«

Ich schnelle herum. »Was willst du erklären? Dass du

mich einfach so am Strand stehen lässt, um mit ihr zusammen zu sein?«

»Sie ist von sich aus auf mich zugekommen«, sagt er, »und hat gefragt, ob sie mit mir reden könne. Also hab ich beschlossen, sie mit hierher zu nehmen. Ist doch keine große Sache. Ich hab ihr gerade erklärt, dass …«

»Logo«, sage ich. »Und deswegen bist du gestern Abend auch mit ihr in den Klub gegangen.«

»Was? Das bin ich doch gar nicht. Wir sind uns nur zufällig draußen vor der Tür begegnet. Ich bin in den Klub, weil ich gehört hatte, dass du da bist, und ich wollte dich sehen. Draußen bin ich ihr dann begegnet, sie hat sich meine Hand geschnappt und ist mit mir rein.«

»Und du hättest sie nicht abwimmeln können?«

Er schüttelt den Kopf, so als müsse er erst mal einen klaren Kopf kriegen. »Du hast recht. Das hätte ich tun sollen. Schätze, ein Teil von mir wollte dich eifersüchtig machen. Aber genau das ist es ja, was ich schon die ganze Zeit versuche, dir zu erklären. Ich hab sie hierher mitgenommen, um ihr zu sagen, dass sie mich in Ruhe lassen soll.« Er macht einen Schritt auf mich zu, doch ich weiche zurück.

»Du wolltest mich eifersüchtig machen? Und deshalb kreuzt du mit einem anderen Mädchen auf? Wow, du bist ja wirklich ein totales Arschloch.«

»Ich hab gesagt, vielleicht wollte ein Teil von mir dich eifersüchtig machen.« Er holt tief Luft, dann wird sein Ton weicher. »Hör zu, lass mich mit ihr reden, und dann unterhalten wir uns weiter. Ich lad dich zum Frühstück ein, es gibt da einen total netten Laden …«

»Mit dir geh ich nirgends hin.«

»Warum denn nicht?«

»Weil du ein Arsch bist.« Ist er doch, oder? Plötzlich bin ich mir nicht mehr so sicher. Das Ganze klingt doch, als würde er ständig nur mit mir spielen, und das verwirrt mich total.

Beckett sieht aus, als hätte ich ihm eine Ohrfeige verpasst, und am liebsten würde ich alles zurücknehmen. Ich will mich bei ihm entschuldigen, ihm sagen, dass ich gar nicht finde, dass er ein Arschloch ist, dass ich bloß vollkommen durcheinander bin, dass ich nicht aufhören kann, an ihn zu denken, dass ich noch nie zuvor so für jemanden empfunden habe und es mich ganz wahnsinnig macht und ich überhaupt nicht mehr ich selbst bin.

Doch ehe ich was rauskriege, verhärten seine Züge sich. »Oh, das ist ja echt so was von erwachsen, Lyla. Du nennst mich ein Arschloch? Was ist denn mit dir?«

»Was soll mit mir sein?« Ich bin schockiert, dass er den Spieß jetzt umdreht. Was zum Teufel hab ich ihm denn getan?

»Ausgerechnet du wirfst mir vor, was falsch gemacht zu haben? Du warst es doch, die was mit mir angefangen hat, obwohl du einen Freund hattest!«

»Du hast mich geküsst!«, kontere ich. »Was sollte ich denn tun?«

»Du hast den Kuss erwidert«, wirft er mir vor. Er schüttelt den Kopf. »Hast du je darüber nachgedacht, dass nicht immer alles schwarz und weiß ist, Lyla? Dass die Dinge manchmal komplizierter sind, dass es auch gewisse Grauzonen gibt?«

»Ich hab keinen Schimmer, wovon du redest«, sage ich und bemühe mich um einen selbstbewussten Ton. Doch meine Stimme gerät ins Stocken. Ist es wahr? Habe ich keinen Schimmer von Dingen, die in den Grauzonen existieren? Ein Bild von Quinn und Aven, wie sie auf dem Rasen draußen vor der Schule stehen, schießt mir durch den Kopf, und ich erinnere mich, wie ich den beiden gesagt habe, sie sollen verdammt noch mal aus meinem Leben verschwinden. Hab ich damals auch bloß Schwarz und Weiß gesehen? Hab ich mich geweigert, länger mit ihnen befreundet zu sein, sie aus meinem Leben verbannt, obwohl wir das vielleicht, ganz vielleicht, hätten klären können?

Beckett streckt die Hand aus und nimmt meine Tasche. Dann greift er rein und zieht mein Handy raus. »Das hier«, meint er. »Davon rede ich.«

Er hält es hoch, zeigt mir die E-Mail, die ich vor fast vier Jahren an mich selbst geschickt habe.

Vor dem Abschluss werde ich … lernen zu vertrauen.

»Was hat das denn mit der ganzen Sache zu tun?«

»Es hat sehr viel damit zu tun! Du musst lernen, den Leuten zu vertrauen, Lyla! Das hast du selbst geschrieben!«

»Ich vertraue den Leuten doch!«, entgegne ich. »Zumindest denen, die mein Vertrauen verdient haben.«

»Ach, so wie Derrick?«, fragt er. Er wirft den Kopf in den Nacken und lacht los. »Gott, du bist ja so was von naiv, Lyla. Was, denkst du, hat Derrick so getrieben an dem Tag, als du die ganze Zeit nach ihm gesucht hast?«

»Er war mit seinen Kumpels zusammen.« Trotzig recke ich das Kinn hoch und fordere ihn damit heraus, mir das Gegenteil zu beweisen.

»Klar, mit seinen Kumpels«, meint Beckett. »Aber Juliana war zwischendurch auch mit dabei, Lyla. Ich wette, davon hat er nichts erwähnt, nicht wahr?«

Ich schlucke. »Das ist gelogen. Du lügst doch nur, um mir wehzutun.«

»Und warum sollte ich das tun?«

»Weil du so etwas nun mal tust, Beckett! Du lügst, nur um die Menschen zu verletzen. Wie Katie. Bestimmt lügst du sie auch an.«

»Und du bist ja ach so ehrlich, wie, Lyla? Du hast meinen Kuss dort am Strand erwidert. Du hast mich geküsst, obwohl du einen Freund hattest, und hast so getan, als würde es dir nichts bedeuten, obwohl das durchaus der Fall war.« Er schüttelt den Kopf. »Jemandem zu vertrauen heißt nicht, dass alles perfekt ist, Lyla. Vertrauen lernen bedeutet, dass du den Leuten vertraust, selbst wenn sie nicht perfekt sind, selbst wenn die Dinge mal nicht ganz glattlaufen.«

»Du hast doch keinen Schimmer, wovon du redest«, sage ich und gebe mir alle Mühe, nicht loszuheulen.

»*Du* hast keinen Schimmer, was zwischen Katie und

mir läuft«, gibt er zurück. »Ja, ich bin gestern Abend mit ihr in den Klub rein. Und der einzige Grund, weshalb ich mich mit ihr überhaupt abgegeben habe, war der, dass ich traurig war deinetwegen. Weil ich dachte, du wärst zurückgegangen zu Derrick, dass ich nie wieder Zeit mit dir würde verbringen können.« Er schüttelt den Kopf. »Ich hab's verbockt. Manchmal passiert mir so was, Lyla. Ich vermassle Sachen. Das passiert jedem mal, selbst dir, selbst Derrick.« Wieder ein Kopfschütteln. »Aber das ist es, was man in solchen Augenblicken tut – darum geht es, wenn man wirklich vertraut. Man redet über die Probleme, man versucht sie zu lösen.«

Ich bin so wütend, dass ich keinen Ton rauskriege. Wie kann er es wagen, sich vor mich hinzustellen und von Dingen zu reden, von denen er keine Ahnung hat? Wie kann er es wagen, von Fehlern zu sprechen, die ich vielleicht begangen habe, von den Dingen, die in meiner Beziehung zu Derrick vielleicht nicht so gut gelaufen sind? Er hat doch keinen Schimmer davon, was ich mit Derrick gemacht habe, oder was ich für ihn fühle, oder ob ich ihm vertraue oder nicht.

»Was gibt dir das Recht, dich vor mir aufzubauen und mich zu verurteilen?«, fauche ich.

Noch einmal schüttelt er den Kopf, doch jetzt sieht sein Gesicht kein bisschen wütend mehr aus oder angespannt. Er wirkt nur noch traurig. »Das ist es ja, Lyla«, meint er. »Ich verurteile dich gar nicht. Und ich wünschte, du würdest das verstehen.«

So stehen wir da, von Angesicht zu Angesicht, hier draußen auf dem Flur, und ich hab wieder einmal das Gefühl, als würden sich gleich Türen schließen, als käme der Ball auf dem Netz zu liegen und könnte auf jeder Seite runterfallen. Und wenn ich jetzt das Richtige sage, wenn ich mir die Blöße gebe und ihm zugestehe, dass er recht hat, würde ich das bekommen, was ich mir so sehr wünsche.

Doch dann ist der Moment vorüber, und mir wird klar, was ich hier vor mir habe.

Einen Jungen, der sich nichts aus mir macht.

Einen Jungen, der sich nur für sich selbst interessiert.

»Gib mir mein Handy«, sage ich.

Er hält es mir hin und ich reiße es ihm aus der Hand.

Ich schaffe es gerade noch zurück in mein Zimmer, ehe die Tränen zu fließen beginnen.

FÜNFZEHN

Ich liege auf meinem Bett und heule und tu mir selbst leid, und zwar eine gefühlte Ewigkeit, auch wenn es vermutlich nur eine Stunde ist. Ich heule wegen allem. Wegen Derrick, wegen Beckett, wegen mir selbst. Wegen dieser dämlichen Abschlussfahrt, auf die ich mich so sehr gefreut habe. Weil ich so dumm war, auf irgendwas zu hören, was Beckett gesagt hat, und weil ich mich in meinen eigenen Gefühlen so getäuscht habe. Ich wollte mit Derrick schlafen! Fast hätte ich meine Jungfräulichkeit an jemanden verloren, mit dem ich kurz vor der Trennung stand. Wie konnte ich mich bloß so irren? Und wenn ich tatsächlich so falschlag, wie kann ich mir dann selbst noch vertrauen, wenn es um irgendwas anderes in meinem Leben geht?

Lag ich mit dieser E-Mail tatsächlich richtig? Muss ich wirklich erst lernen, den Menschen zu vertrauen, inklusive mir selbst? Hatte Beckett recht, was mich angeht? Sehe ich die Dinge lediglich schwarz und weiß?

Ich denke zurück an meine Beziehung zu Derrick und frage mich, ob da irgendwelche Anzeichen waren, die ich übersehen habe.

Als wir uns kennenlernten, dachte ich tatsächlich erst, er wäre nicht schlau genug für mich. Okay, stimmt nicht ganz. Er war schon schlau. Er *ist* schlau. Er schreibt gute Noten und lernt viel und ist verantwortungsvoll. Es war eher so … wir waren intellektuell nicht auf einer Wellenlänge. Wenn wir uns unterhielten, hatte ich nicht selten das Gefühl, dass ich lieber über was Tiefsinnigeres reden oder diskutieren würde, und das tat er nicht, nicht mit mir. Oder wenn wir uns einen lustigen Film ansahen – da lachte er immer eher über physischen Humor, wenn Leute stolperten oder über die eigenen Füße fielen, und ich lachte immer eher über sarkastische Dialoge.

Soll nicht heißen, dass die eine Sorte von Humor besser wäre als die andere, es war nur komisch, dass wir nicht die gleichen Dinge witzig fanden. Oder nein, nicht komisch, nur irgendwie … keine Ahnung, es gab einfach keinen gemeinsamen Nenner.

Ich seufze und rolle mich auf den Rücken, sodass ich an die Decke starre. Ich strecke die Zehen. Die Reinigungsleute müssen heute Morgen hier gewesen sein, weil die Bettwäsche sich ganz frisch und sauber anfühlt und noch steif ist. Ich hasse nagelneue saubere Bettwäsche. Es ist mir lieber, wenn ich schon ein oder zwei Mal darin geschlafen habe, dann ist sie weicher. Die Bettwäsche hier fühlt sich fremd an.

Mein ganzer Körper fühlt sich mit einem Mal fremd an. In meinem Kopf herrscht das reinste Chaos. Mein Gehirn ist wie ein Trapez, das vor und zurück schwingt und völlig außer Kontrolle ist. Ich kann nicht aufhören, über mein Leben nachzudenken und darüber, dass alles vielleicht eine einzige große Lüge war.

Was für ein Glück, dass ich fast noch ein Kind bin. Klar, mit siebzehn ist man schon ziemlich reif, aber es ist einem noch nicht gestattet, allzu viele eigenständige Entscheidungen zu treffen. Man stelle sich vor, ich dürfte mir jetzt schon einen Beruf aussuchen. Oder einen Ehemann. Dann wäre ich vermutlich längst mit Derrick verheiratet und hätte jetzt eine Affäre. Es grenzt wirklich an ein Wunder, dass ich die Schule noch nicht abgebrochen habe. Offenbar bin ich total verrückt. Und das bringt meine Gedanken zum Rasen.

Die Tür zum Zimmer geht auf und Aven kommt reinspaziert.

Sie wirft mir einen Blick zu, dann durchquert sie den Raum und wirft sich auf ihr Klappbett. Wir liegen beide einen Augenblick schweigend da. Nach ungefähr zehn Minuten denke ich, dass sie eingeschlafen ist. Ich will gerade nachsehen, als die Tür erneut aufgeht und Quinn ins Zimmer kommt.

Sie lässt sich ebenfalls aufs Bett fallen. Doch anders als Aven verhält sie sich nicht still.

»Warum liegt ihr beiden denn bloß so da?«, will sie wissen.

»Ich bin deprimiert«, meint Aven.

»Ich bin müde«, sage ich.

»Das Leben ist echt beschissen«, sagt Aven.

»Ich will nach Hause«, sage ich.

»Geht mir genauso«, meint Quinn. »In allen genannten Punkten.«

Am liebsten würde ich die beiden fragen, was bei ihnen denn nicht stimmt. Aber das ist so eine Art unausgesprochene Regel, dass das nicht geht. Es geht mich nichts an. Wir sind nicht mehr befreundet. Und außerdem, das Letzte, worauf ich jetzt Lust habe, ist, Quinn und Aven alles anzuvertrauen, was zwischen Derrick und mir geschehen ist. Und zwischen Beckett und mir.

»Wisst ihr was?«, meint Quinn, die sich jetzt hochrappelt auf die Ellbogen. »Das ist doch lächerlich.«

»Was ist lächerlich?«, frage ich und will fast noch hinzufügen: *Dass wir drei zusammen in einem Zimmer sind?* Aber ich will Avens Gefühle nicht verletzen und auch keinen Streit heraufbeschwören. Von Streitigkeiten hatte ich genug in den letzten paar Tagen, das reicht für 'ne Weile, vielen Dank auch.

»Dass wir hier in Florida sind und nur in diesem Hotelzimmer rumhängen. Wir sollten rausgehen und was erleben.«

»Klingt anstrengend«, sage ich.

»Klingt deprimierend«, meint Aven.

Quinn steht auf und wirft mit einem Kissen nach mir und schleudert dann ein zweites auf Aven. »Hoch mit euch«, sagt sie. »Wir gehen aus.«

Ich richte mich auf und sehe sie ungläubig an. »Wir drei? Zusammen?«

Sie legt den Kopf schief. »Hast du vielleicht jemand anderen, mit dem du was unternehmen könntest?«

»Nein, aber …« Ich spreche nicht weiter und wäge ab, was schlimmer ist. Hier im Zimmer rumsitzen und mir selbst leidtun oder was mit Quinn und Aven unternehmen. Zu meiner Verblüffung stelle ich fest, dass ich es gar nicht so schlimm fände, was mit Quinn und Aven zu machen. Klingt sogar ganz gut. Mit einem Mal vermisse ich die beiden. Ich vermisse sie so sehr, dass es wehtut.

»Ich bin dabei«, sagt Aven zufrieden und springt aus dem Bett.

»Ich auch.« Ich stehe ebenfalls auf, und noch während ich das tue, werfe ich einen Blick in den Spiegel über dem Schreibtisch. Wow. Ich sehe ja wüst aus. Mein Haar ist auf einer Seite total platt gedrückt, vermutlich weil ich auf dieser Sonnenliege geschlafen habe. Meine Klamotten sind ganz knittrig, mein Gesicht fleckig, und meine Augen sind total rot. Ich sehe aus, als würde ich gleich über jemanden herfallen und/oder eine Bank ausrauben. »Aber kann ich mir erst das Gesicht waschen?«

»Klar«, meint Quinn.

Ich wasche mich also, bürste mir das Haar und ziehe ein rot-grau gemustertes Sommerkleid über. Dann schiebe ich meine Füße in die Flipflops und gehe zurück ins Zimmer.

»Okay«, sage ich. »Ich bin so weit.« Ich schnappe mir meine Tasche, die auf dem Stuhl liegt, und lege mir den Riemen über die Schulter. Mir wird klar, dass ich das hier schon unzählige Male getan habe – dass ich Quinn und Aven auf mich warten lasse, ehe wir irgendwohin gehen. Es fühlt sich so natürlich an und seltsam zugleich.

Doch dann fange ich an, mich zu fragen, ob es wirklich eine so gute Idee ist, ob Quinns leicht dahingesagte Bemerkung, von wegen, wir sollten alle gemeinsam ausgehen, nicht vielleicht doch in einem schrecklichen Desaster endet.

Quinn und Aven und ich sehen einander nervös an, und mir entgeht nicht, dass sie beide das Gleiche denken müssen wie ich. Doch was sollen wir jetzt tun? Keine von uns will hier die Spielverderberin sein, diejenige, die zugibt, dass sie zu nachtragend ist, um den Tag mit den anderen beiden zu verbringen.

Denn dies zuzugeben würde bedeuten, dass es einem immer noch etwas bedeutet. Es würde bedeuten, dass die eigenen Gefühle verletzt wurden und dass diese Verletzungen derart schlimm waren, dass nicht einmal denkbar ist, dass wir drei einen einzigen Tag zusammen sind.

Dabei haben wir drei die letzten zweieinhalb Jahre so getan, als würde uns das alles nicht interessieren.

Klar war das gelogen.

Aber keine will die Erste sein, die das zugibt.

SECHZEHN

Als unsere Freundschaft im zweiten Jahr an der Highschool in die Brüche ging, war gerade Oktober, was es irgendwie noch schlimmer machte. Normalerweise legte man sich nicht gleich zu Beginn des Schuljahres mit den besten Freundinnen an. Zu Beginn des Schuljahres beschäftigte man sich eher damit, wie man die nächsten zehn Monate über die Runden bringen sollte, welche Kurse eher schwierig werden könnten und in welche Jungs man sich vergucken würde.

Oktober war keine gute Zeit für Streitigkeiten unter Freundinnen. Und keine gute Zeit dafür, dass Eltern verkündeten, sie würden sich scheiden lassen, aber genau das geschah damals.

Das alles kam jedoch nicht ganz unerwartet.

Ich meine, ich bin ja nicht dämlich. Meine Eltern stritten sich zwar nicht, aber sie … redeten auch nicht wirklich miteinander. Mein Dad schlief schon so lange ich denken konnte bei uns im Gästezimmer. Und als sie sich dann mit mir hinsetzten und mir erzählten, sie wollten sich trennen, da wusste ich, was es zu bedeuten hatte – sie würden sich scheiden lassen.

Ich frage mich, ob sie mit der Trennung so lange gewartet hatten, bis ich praktisch schon fast von zu Hause ausgezogen war, doch ich wollte nicht fragen. Es war viel zu deprimierend, sich vorzustellen, meine Eltern hätten ihr Leben verschwendet, nur um zu warten, bis ich alt genug war, um mit einer Scheidung klarzukommen. Dabei hätte es mir gar nichts ausgemacht, wenn sie sich schon vorher hätten scheiden lassen.

Daher zuckte ich damals nur mit den Schultern und meinte, es wäre in Ordnung. Und das war es auch. Es stand außer Frage, bei wem ich wohnen würde – klar wäre das meine Mom. Mein Dad und ich hatten uns nie sonderlich nahegestanden. Es war nicht so, als hätten wir uns gehasst oder so was. Er war nicht fies als Vater. Bloß war er so gut wie nie da. Er war Chirurg, was in meinen Augen nie was Besonderes war, es hatte nichts Glamouröses oder Aufregendes an sich. War halt ein Beruf wie jeder andere. Er arbeitete oft bis tief in die Nacht, und dabei nahm er noch nicht mal lebensrettende Operationen vor, wie man das im Fernsehen sieht, wo sie die Leute um drei Uhr nachts mit einer Schusswunde in die Notaufnahme schieben und dann das Chaos losbricht.

Er war eher für Routineeingriffe zuständig – Gallenblase, Blinddarm, vielleicht noch der ein oder andere Darmverschluss. Er rackerte sich ab bis zur Erschöpfung, und auch wenn ich genau weiß, dass er immer schon Arzt hatte werden wollen, glaube ich nicht, dass er mit seinem Leben zufrieden war. Nicht im Geringsten.

Jedenfalls meinten meine Eltern, ich solle mir keine Sorgen machen, mein Dad würde eine Stelle in New Hampshire antreten, würde sich dort aber ein Haus nehmen, damit ich ihn besuchen kann, wann immer ich will. Genau das sagten sie – wann immer ich will. Nichts Konkretes, so was wie jedes zweite Wochenende oder hin und wieder an Weihnachten. Ich meinte nur, das klinge gut, und dann ging mein Vater wieder zur Arbeit, und meine Mom und ich aßen zu Abend, und dann machte ich Hausaufgaben und ging anschließend ins Bett.

Es war gegen zwei Uhr morgens, als ich es hörte. Das leise Weinen aus dem Wohnzimmer. Erst dachte ich, es wäre meine Mom. Sie nahm sich die Dinge manchmal etwas zu sehr zu Herzen, und da dachte ich mir, sie fühlte sich mies wegen der Scheidung.

Ich zog meine Hausschuhe an und schlich die Treppe runter. Doch es war nicht meine Mom. Es war mein Dad. Er hatte immer noch seine OP-Klamotten an und saß auf der Couch, derselben Couch, auf der sie mir vor wenigen Stunden verkündet hatten, dass sie sich scheiden lassen würden.

Er hatte den Kopf in die Hände gestützt und heulte hemmungslos.

Am liebsten hätte ich mich umgedreht und wäre zurück nach oben gerannt – es fühlte sich seltsam an, so als wäre ich ein Eindringling und hätte etwas mitgekriegt, das ich nicht hätte sehen sollen. Mir war klar, dass mein Dad nie im Leben gewollt hätte, dass ich ihn so heulen sehe.

Doch es war zu spät. Er hatte mich bemerkt.

»Hey, Lyla«, sagte er.

»Hi.« Betreten stieg ich von einem Bein aufs andere. »Ähm, alles okay mit dir?« Ich überlegte, ob ich ihm etwas anbieten sollte – Tee oder ein Stück Kuchen vielleicht –, aber irgendwie fühlte sich das nicht richtig an. Wie konnte ich meinem eigenen Vater in seinem eigenen Haus Tee oder Kuchen anbieten, während er auf der Couch saß und flennte? Die ganze Szene war echt abstrus.

»Nein, nein, alles gut.« Dann sah er mich mit unendlich traurigen Augen an. Das fand ich damals ziemlich schockierend. Ich hätte nie gedacht, dass mein Dad derart traurig aussehen könnte. Verdammt, ich hätte nicht mal gedacht, dass er ein Mensch ist, der Gefühle zeigen kann. »Lyla«, sagte er, »es tut mir leid, dass ich dir kein besserer Vater war.«

»Das stimmt doch gar nicht«, sagte ich. »Du warst ein toller Vater.« Das war natürlich gelogen. Er war kein toller Vater gewesen, aber mal im Ernst, was hätte ich denn anderes sagen sollen? Man kann seinem Vater nichts anderes sagen, als dass er seine Sache gut gemacht hat, wenn er mitten in der Nacht in Tränen aufgelöst auf dem Sofa sitzt. Und es war ja nicht so, als wäre er ein schrecklicher Vater gewesen – er hat mich niemals angebrüllt, hat mich nie geschlagen, hat immer dafür gesorgt, dass ich was zu essen und Klamotten und alles andere hatte, was ich brauchte. In puncto Väter kannte ich eine ganze

Reihe anderer Leute, die weit schlimmer dran waren als ich.

»Nein«, sagte er kopfschüttelnd, »war ich nicht. Und jetzt … jetzt bist du erwachsen und ich bin …« Wieder fing er an zu schluchzen und ich stand nur peinlich berührt da.

»Dad«, sagte ich schließlich. »Im Ernst, bitte, du musst dich nicht schlecht fühlen.«

»Lyla«, sagte er wieder, nur dass er dieses Mal verzweifelt zu mir aufsah. »Komm mit mir.«

»Wie?«

»Komm mit mir. Nach New Hampshire. Bitte. Ich kann nicht … Ich schaff das nicht allein. Ich habe dieses Haus, dieses riesige Haus, und ich will nur … du solltest mitkommen. Komm und wohn bei mir.«

Ich wusste nicht, was ich sagen sollte. Die Bitte war einfach lächerlich. Klar würde ich nicht mit ihm kommen und bei ihm leben. Ich kannte ihn doch kaum. Und er wusste kaum etwas über mich. Doch was soll man antworten, wenn einem jemand eine solche Frage stellt? Also hab ich gesagt, ich würde drüber nachdenken.

Anschließend ging er ins Bett, und am nächsten Morgen, einem Samstag, erzählte ich Aven, was geschehen war.

Wir waren ein bisschen im Einkaufszentrum rumgestreunt und aßen gerade Pfannkuchen in einem Café, sie goss Sirup darüber und hielt mitten in der Bewegung inne.

»Und, gehst du mit ihm?«, wollte sie wissen.

»Ich weiß es nicht«, antwortete ich ehrlich. »Ich … ich denke drüber nach.« Die Sache war die, ich dachte nun *tatsächlich* darüber nach. Ich kannte meinen Dad zwar kaum, aber meine Mutter und ich hatten auch nicht eben das beste Verhältnis. Es kam mir vor … ich weiß nicht, wie eine Chance. Ich hatte mich gerade von einem Typen getrennt – einem Loser namens Marco Price, der mit mir rumgeknutscht und dann so getan hatte, als wäre es nie geschehen, was sich in meinem verblendeten Zehntklässlerinnenhirn anfühlte wie eine Trennung und nicht wie das, was es wirklich war – eine stinknormale Abfuhr. Deshalb hatte ich das Gefühl, ein bisschen Abstand würde mir guttun.

»Bitte erzähl niemandem davon«, bat ich sie.

»Natürlich nicht.«

Und trotzdem erzählte sie es jemandem. Nämlich Quinn.

Aven meinte später, sie hätte gedacht, als ich sagte, sie solle es niemandem erzählen, hätte das nicht für Quinn gegolten. Hatte es aber doch. Weil Quinns Mom nämlich mit meiner Mutter befreundet war. Und Quinn hat es dann auch gleich ihrer Mutter erzählt. Und Quinns Mom hat dann zu meiner Mom gesagt, wie leid es ihr tue, zu hören, dass ich mit meinem Dad nach New Hampshire ziehen will.

Und da ist meine Mom ausgeflippt.

Sie fing an zu heulen und zu toben und flehte mich an,

nicht zu gehen. Ich hab zu ihr gesagt, ich würde es nicht tun. Aber trotzdem war ich sauer. Sauer auf Quinn, weil sie es ihrer Mom erzählt hatte, sauer auf Aven, weil sie es an Quinn weitergetratscht hatte.

Klar hatte keine von ihnen irgendeinen Schimmer, dass ich wütend war. Ich hab den ganzen Tag auf keine ihrer SMS oder Anrufe reagiert, weil ich Angst davor hatte, mit ihnen zu reden.

Wenn ich jetzt so daran zurückdenke, war das wohl ein Fehler.

Als ich dann am Montagmorgen zur Schule kam, warteten sie schon draußen vor der Tür auf mich.

»Hey«, sagte Aven. »Wo hast du denn die ganze Zeit gesteckt?«

»Ja, wir haben gestern den ganzen Tag versucht, dich zu erreichen.« Quinn schrieb gerade eine SMS auf ihrem Handy, und als sie dann aufblickte, muss sie den Ausdruck auf meinem Gesicht bemerkt haben. »Was ist denn los? Ist was passiert?«

Mein Plan war gewesen, ganz cool zu tun. Sie mit ruhiger Gleichgültigkeit zu begrüßen und dann einfach mal abzuwarten, was passiert.

Doch stattdessen ist mir der Kragen geplatzt.

»Wie konntest du es ihr erzählen?«, brüllte ich Aven an. »Ich hab dir doch gesagt, du sollst es niemandem erzählen!«

»Wie?« Sie runzelte die Stirn und machte ein verwirrtes Gesicht.

»Du hast es Quinn erzählt! Das, was ich dir über meinen Dad erzählt hab.«

»Lyla, ich dachte doch nicht, dass du damit auch Quinn meinst. Wir drei erzählen uns doch alles.« Mir entging allerdings nicht der Anflug von Zweifel, der über ihr Gesicht huschte, das leise Aufflackern von Schuld in ihrem Blick, der mir sagte, dass ihr sehr wohl bewusst war, zumindest in gewisser Hinsicht, dass das, was sie getan hatte, falsch gewesen war.

»Warte, beruhige dich erst mal«, meinte Quinn. »Lyla …«

Aber es war zu spät. Ich hatte mich schon das ganze Wochenende um Ruhe bemüht, doch wie sich rausstellte, war das alles nur Fassade. Ich war wie ein Serienkiller, der das ganze Wochenende mit Warten verbracht hat, der völlig unbeteiligt tut, ehe er all seinen Hass an den Leuten auslässt und ihnen wehtut. Ich dachte, ich hätte mir nur in Ruhe darüber klar werden wollen, wie ich mich fühlte – doch in Wirklichkeit hatte das alles bloß so vor sich hingeköchelt, bis ich kurz vorm Überbrodeln war.

»Du«, sagte ich und wandte mich an Quinn. »Wie konntest du es deiner Mom weitererzählen?«

Der gleiche Ausdruck wie bei Aven legte sich auf ihr Gesicht. »Woher weißt du das?«

»Ich weiß es, weil sie es meiner Mom erzählt hat! Und jetzt ist meine Mom am Ausflippen!« Inzwischen brüllte ich die beiden regelrecht an, laut genug, dass ein paar

Leute es mitkriegten. Wenn ich das noch weiter trieb, würde wahrscheinlich ein Lehrer nach draußen kommen und dazwischengehen. Fast wünschte ich mir, dass das passiert, fast wünschte ich mir, die Leute würden uns zusehen, wie wir eine Szene machten. Ich wollte, dass es für das, was die beiden getan hatten, Konsequenzen gab, und in der Schule Ärger zu kriegen, schien mir eine einigermaßen passende Bestrafung.

»Du hast es deiner Mom erzählt?«, fragte Aven an Quinn gewandt. »Warum zum Teufel tust du denn so was? Deine Mom hat ja wohl die größte Klappe auf der ganzen Welt.«

»Hat sie nicht«, widersprach Quinn und reckte das Kinn in die Luft. »Und ich hatte doch keinen Schimmer, dass sie es an deine Mom weitertratschen würde.«

»Keine von euch kann ein Geheimnis für sich behalten!«, kreischte ich. »Ist euch eigentlich klar, dass meine Eltern mich jetzt beide hassen?« Das war natürlich übertrieben. Keiner von ihnen hasste mich. Meine Mom hatte sich furchtbar aufgeregt, ja, aber ich hatte ihr erklärt, dass ich das nur gesagt hätte, damit mein Dad sich besser fühlt, dass Quinn und Aven da was missverstanden haben müssten.

Zu meinem Dad hatte ich nichts gesagt, weil er kein Wort mehr darüber verlor, nach dem Abend, an dem wir uns im Wohnzimmer unterhalten hatten.

»Hey«, meinte Aven, »jetzt beruhigen wir uns erst mal alle wieder.«

Dann klingelte es zur ersten Stunde und wir sahen einander an. »Wir reden in der Mittagspause darüber«, sagte sie. »Wir lassen den Nachmittagsunterricht einfach sausen. Es sei denn …« Sie holte tief Luft. »Es sei denn, ihr wollt gleich irgendwo hingehen?«

Quinn sah mich an und nickte. »Ich bin dabei.« Für sie war es ein Riesending, den Unterricht zu schwänzen, was bewies, wie viel ihr daran lag, über all das zu reden und die Sache zu klären. Quinn hasste es, Dinge zu tun, die gegen eine Regel verstießen.

Ich zögerte. Erst wollte ich schon mit ihnen reden. Ich brauchte sie. Sie waren im Grunde die einzige Konstante in meinem Leben. Zwischen meinen Eltern, da war alles immer so … zerbrechlich gewesen, es hätte jeden Moment auseinandergehen können. Und offenbar hatte ich da richtiggelegen, weil sie es ja mit der Scheidung gar nicht mehr erwarten konnten.

Doch ich war viel zu verletzt. Ich wollte mich nicht hinsetzen und mit Aven und Quinn reden und mir von ihnen erklären lassen, warum sie mich enttäuscht hatten. Daher schüttelte ich den Kopf. »Ich will nicht.« Fast wollte ich schon ein »vielleicht später« hinzufügen, doch stattdessen sagte ich nur: »Haltet euch raus aus meinem Leben.«

Und dann ging ich rein ins Schulgebäude.

Später erhielt ich eine Sammel-SMS, in der sie mich baten, mich am Nachmittag mit ihnen zu treffen, um zu reden, aber ich ignorierte es. Ich wollte sie beide nur noch vergessen, so tun, als wäre nichts geschehen. Eine Weile versuchten sie noch anzurufen und schrieben mir. Doch ich schenkte dem keinerlei Beachtung. In gewisser Hinsicht war mir klar, dass ich mich wegen der Scheidung meiner Eltern zurückzog. Ich wollte mich einfach nicht damit auseinandersetzen. Ich dachte, irgendwann würde ich schon auf eine von ihren SMS antworten, wir würden uns versöhnen, und alles würde wieder sein wie früher. Ich dachte, irgendwann würde ich ihnen verzeihen. Doch bis ich endlich so weit war, hatten sie aufgegeben. Und ich wusste nicht, was ich dagegen tun konnte.

Wir stellen für den heutigen Tag zwei Regeln auf.

Kein Wort über den Streit. Wir sind uns alle einig darin, dass wir das, was zwischen uns passiert ist, nicht wieder durchkauen wollen. Keine persönlichen Fragen.

Und wir reden nicht über die E-Mails, die wir uns geschickt haben.

»Könnte schwierig werden«, warne ich die beiden, als wir raustreten auf den Bürgersteig vor dem Hotel.

»Nicht schwieriger, als uns ein Zimmer zu teilen«, sagt Quinn.

»Stimmt auch wieder.«

Die erste Hälfte des Vormittags verbringen wir mit einem Spaziergang am Strand, bei dem wir Muscheln sammeln, bis nichts mehr in unsere Taschen passt. Dann schlendern wir am Ocean Boulevard in Siesta Key entlang, machen einen Zwischenstopp auf dem Bauernmarkt und kaufen uns wunderschöne hellblaue Glasflaschen mit weitem Hals, in die wir unsere Muscheln füllen.

»Wisst ihr noch, wir haben immer schon die gleichen Sachen gekauft«, meint Aven, als sie den Korken in ihre Flasche steckt. Sie hält sie hoch gegen das Licht, sodass die Sonne vom Glas reflektiert wird.

»Wir wollten doch nicht über die Vergangenheit reden«, sage ich, hab aber einen Kloß in der Kehle. Klar erinnere ich mich auch noch gut, wie wir alle immer das Gleiche kauften. Wir gehörten nicht zu der Sorte Mädchen, die es nicht mochten, wenn andere die gleichen Sachen hatten. Uns gefiel es, dass wir einander ähnlich waren.

»Wollt ihr was zu Mittag essen?«, fragt Quinn und übergeht Avens Bemerkung.

»Klar.«

Wir machen uns auf den Weg zu einem Restaurant, bei dem man draußen sitzen kann. Alles auf der Karte sieht verdammt lecker aus, also bestellen wir uns ein paar Vorspeisen, die wir uns teilen.

»Die Fisch-Tacos bitte ohne Sour Cream«, sagt Quinn, als wir die Bestellung aufgeben. »Stimmt doch, oder?«

Ich nicke. Tatsächlich mag ich keine Sour Cream. Und ich freue mich, dass sie daran gedacht hat.

»Ist das zu fassen?«, meint Aven, als wir an unseren Frozen Virgin Strawberry Daiquiris nippen. »Hättet ihr je gedacht, dass wir am Ende unserer Abschlussfahrt zusammen hier sitzen?«

»Nein«, geben Quinn und ich aufrichtig zu.

Aven holt tief Luft. »Ich weiß ja, dass wir nicht über die Vergangenheit reden wollten, und ihr müsst ja nicht ins Detail gehen, aber ... habt ihr gemacht, was in euren E-Mails stand?«

Ich mache den Mund auf und will schon protestieren, ihr sagen, dass wir über diese Dinge nicht reden wollten und dass wir es besser lassen sollten. Erstens haben wir dafür Regeln aufgestellt, und zweitens begeben wir uns auf sehr dünnes Eis. Wenn wir jetzt über eine Sache reden, reden wir am Ende auch über alles andere.

Doch dann denke ich mir wieder, warum zum Teufel denn nicht? Hab ich denn irgendwas zu verbergen? Soll Aven mich doch fragen, was sie will. »Ja«, sage ich und sehe dabei Quinn direkt in die Augen. Soll sie mich doch davon abhalten, zu antworten. »Und ihr?«

»Ja«, sagt auch Quinn und hebt trotzig das Kinn.

»Ja«, sagt Aven schließlich.

Ich warte ab, ob eine von ihnen das weiter ausführt, mir erzählt, was passiert ist, doch das tun sie nicht. Selbst Aven hält ausnahmsweise mal die Klappe.

Als wir dann doch wieder reden, ist es nichts weiter als total gestelzter Smalltalk. Doch nach und nach werden unsere Gespräche wieder lockerer, bis wir gegen Ende des Essens lachen und Witze reißen und Klatsch und Tratsch über unsere Mitschüler austauschen, über Promis und Mode reden und darüber diskutieren, ob Quinn sich die Haare kurz schneiden lassen soll oder nicht.

Erst als wir jede einen Eisbecher mit Keksstücken in uns reinschaufeln, sagt Quinn: »Wir sollten es noch mal tun.«

»Was tun?«

»Wir sollten noch ein Versprechen ablegen. Warum denn nicht? Wir sind hier immerhin wieder an einem Strand.«

Was sie da sagt, ist derart seltsam – zumal es ausgerechnet von Quinn kommt –, dass es mich fast zum Lachen bringt. Sie muss uns verarschen. Aber eigentlich klingt sie, als wäre es ihr absolut ernst damit. Eigentlich wirkt sie fast ein bisschen schüchtern dabei. Zaghaft, so als hätte sie Angst, wir könnten Nein sagen.

»Klar«, sage ich und zucke die Achsel, als wäre das kein großes Ding. »Von mir aus.«

»Okay«, meint Aven.

Wir beschließen, das mit den E-Mails dieses Mal zu lassen und es stattdessen auf die klassische Weise zu machen: Wir schreiben unsere Versprechen auf und gehen sofort daran, sie umzusetzen, statt wieder erst mal fast vier Jahre lang zu warten. Wir kaufen Papier, lila Stifte und ein Feuerzeug in einem Souvenirshop, gehen zurück zum Strand, und jede von uns schreibt genau einen Satz auf.

Ich verspreche …

Ich überlege.

Was Versprechungen mir selbst gegenüber betrifft, bin

ich ja nicht eben ein As. Doch vielleicht liegt das daran, dass meine Vorhaben zum Scheitern verurteilt sind. Vertrauen zu lernen, das ist schon ein großes Versprechen, erst recht, wenn einem gar nicht klar ist, wie immens die Probleme sind, die man damit hat. Und trotzdem hab ich mir fast vier Jahre Zeit dafür gegeben.

Ich nehme also das Blatt Papier und schreibe …

Ich verspreche, dass ich lerne … glücklich zu sein.

Als wir alle mit Schreiben fertig sind, falten wir die Blätter zusammen.

»Bereit?«, fragt Quinn und hält das Feuerzeug hoch.

Ich werfe Aven einen Blick zu, frage mich, ob sie jetzt verlangt, dass wir uns die Sätze gegenseitig laut vorlesen. Doch selbst ihr ist offenbar klar, dass das zu weit ginge. Wir sind nicht mehr beste Freundinnen. Und auch wenn wir gerade ein paar nette Stunden miteinander verbracht haben, bedeutet das nicht, dass wir das Recht haben, zu erfahren, was die anderen denken.

Wir sehen zu, wie das Papier aufflammt und dann auseinanderfällt, ehe es im Sand gänzlich verbrennt. Die Asche mischt sich mit dem Meerwasser, dann spülen die Wellen die Reste fort.

Zu dritt sitzen wir im Sand und sagen nicht viel, beobachten lediglich den Sonnenuntergang.

Ich verspreche, dass ich lerne … glücklich zu sein.

Dieses Mal wird es keine E-Mail geben, die mich an diesen Schwur erinnert. Ich werde selbst daran denken müssen.

Wir bleiben am Strand, bis die Sterne allmählich das schwarze Tuch, das sich über den nächtlichen Himmel gesenkt hat, durchdringen. Dann stehen wir auf und gehen zurück ins Hotel.

SIEBZEHN

Am nächsten Morgen ist jeglicher Frieden, der zwischen Quinn, Aven und mir herrschte, wie weggefegt. Es ist fast so, als würde man nach einer durchzechten Nacht aufwachen, nachdem man mit jemandem geschlafen hat, dann rüberschauen und feststellen, dass man verrückt gewesen sein muss.

(Nicht dass ich jemals dermaßen betrunken gewesen wäre, dass ich mich auf so was eingelassen hätte. Aber ich hab genügend Filme gesehen, um zu wissen, wie das so läuft.)

Als ich aufwache, steht Quinn schon vor der Frisierkommode, bereit für den Tag.

»Hat eine von euch mein Glätteisen benutzt?«, will sie wissen und sieht uns vorwurfsvoll an.

Aven sitzt in T-Shirt und kurzer Hose auf dem Bettrand und blinzelt verschlafen, während sie ihr Handy checkt. »Ich nicht«, meint sie.

»Es ist nämlich nicht mehr da«, sagt Quinn. »Und da ich es nicht benutzt habe, muss es eine von euch gewesen sein.«

Ich überlege krampfhaft, versuche mich zu erinnern,

was ich mit dem Glätteisen gemacht habe, das ich tatsächlich gestern benutzt habe. »Ich glaub, es könnte im Schrank unter dem Waschbecken sein«, sage ich.

Quinn seufzt, als wäre das ein schweres Vergehen, dann marschiert sie ins Badezimmer und holt das Glätteisen.

Sie legt es in ihren Koffer, dann dreht sie sich zu uns um. »Ihr beeilt euch jetzt besser. Sonst kommt ihr zu spät.« Damit rollt sie ihren Koffer zur Tür hinaus auf den Flur.

Ich seufze und werfe einen Blick auf die Uhr. Wir treffen uns alle unten in der Lobby, um mit dem Bus zurück zum Flughafen zu fahren. In zwanzig Minuten sollen wir unten sein.

»Ist es okay für dich, wenn ich als Erste dusche?«, fragt Aven. »Ich brauch nicht lang.«

»Nein, schon gut«, sage ich und beschließe, das mit dem Duschen einfach zu lassen. Warum mich groß säubern, wenn ich nachher eh in ein widerliches Flugzeug steige? »Lass mich bloß kurz Zähne putzen.« Ich gehe ins Bad, pinkle, wasche mir das Gesicht, putze mir die Zähne und binde mein Haar zurück zu einem Pferdeschwanz. Dann schlüpfe ich in eine Yogahose, ein Tanktop und einen Kapuzenpulli.

Als ich fertig bin, wartet Aven schon draußen vor der Badezimmertür mit Duschgel und Shampoo in der Hand.

»Wir sehen uns unten«, sage ich verlegen, als sie an mir vorbeigeht.

Als ich endlich runterkomme in die Lobby, herrscht dort das reinste Chaos. Die Kids sind total außer Rand und Band, rennen durch die Gegend, reden, albern herum und so weiter. Ich verziehe mich in eine Ecke und gieße mir einen Becher Kaffee aus der Kanne auf dem Tisch ein. Normalerweise hasse ich den Geschmack von Kaffee, aber ich hab das Gefühl, ich muss irgendwas tun, ich brauch irgendwas, worauf ich mich konzentrieren kann.

Ich entdecke Derrick in der anderen Ecke, wie er sich mit Juliana unterhält. Ich beobachte die beiden einen Augenblick, registriere, wie sie über etwas lacht, das er sagt. Dann fällt mir wieder ein, dass er ja neulich, als er verschwunden war, mit ihr zusammen war. Ich muss daran denken, wie er telefonierte, als ich zu ihm aufs Zimmer kam, und er mir weismachen wollte, es sei seine Mom.

Hat er da in Wirklichkeit mit Juliana telefoniert? Doch zu meiner Überraschung muss ich feststellen, dass es mir im Grunde egal ist. Derrick gehört nicht mehr mir. Er ist nicht länger mein Freund. Und wenn er sich dieses Wochenende mit anderen Mädchen unterhalten hat, noch während wir zusammen waren, tja, dann ist es eben so, ich habe nicht wirklich ein Recht, sauer zu sein. Immerhin hab ich einen anderen Jungen geküsst.

Ich nehme den Pappbecher und gehe nach draußen. Dort warte ich auf der Bank vor dem Hotel, bis es Zeit ist, in den Bus zu steigen. Beim Einsteigen konzentriere ich mich auf meinen Kaffee und sehe zu, dass ich immer schön den Blick gesenkt halte. Ich will Derrick und Juliana nicht sehen und am allerwenigsten will ich Beckett sehen. Ich will nicht wissen, ob er in meiner Nähe sitzt, will nicht wissen, ob er mit Katie zusammen ist, ich will rein gar nichts wissen über ihn.

Am Flughafen mache ich es genauso, und auch im Flieger, und ich sorge dafür, dass ich immer was zu essen oder zu trinken habe, auf das ich mich konzentrieren kann, den Blick halte ich schön auf den Boden geheftet. Ich will jetzt nur noch nach Hause. Reisen ist ja eigentlich immer ermüdend, aber das hier fühlt sich an wie ein Marathon. Bus zum Flughafen. Flug zurück in den Nordosten. Bus zur Schule. Und dann muss ich noch warten, dass meine Mom kommt und mich abholt.

Ich hab ihr vorhin schon eine SMS geschickt, um ihr die Ankunftszeit mitzuteilen, doch als unser Bus endlich vor der Schule vorfährt, informiert sie mich in der Antwort darüber, dass sie beim meditativen Yoga aufgehalten wurde und deshalb ein bisschen spät dran ist.

Alle um mich herum sind glücklich und zufrieden und unterhalten sich und haben sonnengebräunte Gesichter. Sie alle umarmen ihre Eltern und erzählen ihnen von der Reise, während ich bloß so dastehe und mir selbst leidtue. Ich gehe zum hinteren Teil des Buses, wo man unser Gepäck abgeladen und an den Straßenrand gestellt hat.

Doch als ich dort ankomme, steht Beckett neben meinem Koffer.

»Oh«, meint er, als wäre er überrascht, mich zu sehen. »Ich wollte gerade … ich meine, den wollte ich dir gerade bringen.«

»Danke«, sage ich, »aber ich schaff das schon allein.« Damit packe ich den Koffergriff und rolle los, den Bürgersteig entlang und dann zurück zum Kreisverkehr, wo es immer noch zugeht wie im Irrenhaus.

»Lyla«, ruft Beckett mich.

Wieder einmal erlebe ich einen von diesen Augenblicken – wo alles auf der Kippe steht, und ich hab das Gefühl, wenn ich jetzt die richtige Entscheidung treffe, könnte ich alles ruinieren. Ich könnte jetzt weitergehen und Beckett einfach stehen lassen. Oder ich könnte mich umdrehen und mir anhören, was er zu sagen hat. Doch warum sollte ich das tun? Beckett ist ein Arsch. Er hat ja selbst gesagt, dass er es nicht mag, wenn man Erwartungen an ihn stellt. Wenn jemand dir so etwas über sich erzählt, sollte man das ernst nehmen. Das hab ich bei Oprah gehört und die hat es von Maya Angelou. Warum sollte ich mich noch mal auf so eine Quälerei einlassen? Ich fühle mich ja so schon schlecht genug.

Vor dem Abschluss werde ich … lernen zu vertrauen.

Doch gehört es nicht auch dazu, dass man weiß, wem man vertrauen kann? Beckett hat mir doch bewiesen, dass man ihm nicht trauen kann. Er ist mit Katie aufgekreuzt, kurz nachdem wir uns geküsst hatten. *Ach, komm schon. Er hat auch nichts Schlimmeres angestellt als du selbst, und das weißt du genau. Du hattest einen Freund, und trotz-*

dem hast du mit Beckett geknutscht, und dann lässt du ihn abblitzen und gibst auch noch ihm die Schuld. Genau wie er gesagt hat. Du benimmst dich echt wie ein verwöhntes Balg und nutzt jede Gelegenheit, sauer auf ihn zu sein, bloß weil du Angst hast.

Ich drehe mich um.

»Na schön. Dann sag, was du zu sagen hast.«

ACHTZEHN

Als ich sie geschrieben hab – diese E-Mail an mich selbst –, hatte das Ganze nichts mit meinem Dad zu tun. Es war einer der ersten Tage an der Highschool, mehr als ein ganzes Jahr, bevor meine Eltern mir erzählten, dass sie sich scheiden lassen würden. (War ja nicht so, dass ich dachte, sie würden eine großartige Ehe führen – ich wusste, dass meine Eltern schon lange nicht mehr das Bett teilten, und ich wusste, dass mein Dad viel zu viel arbeitete, um überhaupt eine gut funktionierende Ehe führen zu können.)

Jedenfalls hatte ich mitnichten meinen Dad im Sinn, als ich diese E-Mail schrieb. Ich war gerade frisch auf der Highschool, und kurz zuvor hatte Evan Winters mich bei einer Party zum Schuljahrsbeginn geküsst und mir erzählt, ich sei das hübscheste Mädchen der ganzen Schule, was offensichtlich gelogen war, aber das war mir egal. Am nächsten Tag zeigte er mir die kalte Schulter und ging auf dem Schulflur an mir vorbei, als wäre nichts geschehen. Mein vierzehnjähriges Ich, das in solchen Dingen noch keinerlei Erfahrungen hatte, war am Boden zerstört. Ich verstand überhaupt nicht, wie Evan so was tun konnte, und mal ehrlich, die ganze Sache mit der Highschool kam mir allmählich auch vor wie der reinste Beschiss. Aven, Quinn und ich waren extrem enttäuscht davon, wie es so lief. Wir hatten gedacht, an der Highschool würden wir endlich zeigen können, wer wir sind, würden wir endlich die Chance bekommen, etwas zu *erreichen*.

Doch das Gegenteil war der Fall – die Schule war viel zu groß und schüchterte uns ein, die Kids schienen noch mehr Cliquen zu bilden als je zuvor, und die Jungs waren einfach nur Vollidioten.

Wir beschlossen, dass es an uns war, etwas aus uns zu machen. Daher gingen wir am darauffolgenden Wochenende zum Strand, um uns zu überlegen, welche Ziele wir uns bis zum Abschluss setzen wollten. Die wollten wir dann in eine E-Mail verpacken und so vordatieren, dass sie in knapp vier Jahren an uns selbst geschickt würde.

Ich schrieb also, dass ich lernen will, zu vertrauen. Damals ging es mir, soweit ich mich erinnere, ausschließlich um Evan. Ich hatte ja keinen Schimmer, dass das mit meinem Dad passieren würde. Ich wusste nicht, dass mein Dad vorhatte, uns zu verlassen; dass er später nie wieder erwähnen würde, dass er mich gebeten hatte, mit ihm zu kommen; dass er mich mehr oder weniger ignorieren würde, nachdem er gegangen war.

Das Einzige, was mir von ihm blieb, war das Tigeraugenarmband. Er hatte es mir ein paar Monate, bevor er ausgezogen war, geschenkt – damals meinte er, wann immer ich traurig oder deprimiert sei, solle ich daran denken, dass ich das Auge des Tigers besäße. Erst verstand ich das nicht so recht. Damals machte ich ja nicht unbedingt eine schwere Zeit durch. Doch dann rief mein Dad mir in Erinnerung, dass ich als Kind den Song *Eye of the Tiger* geliebt hatte, dass wir ihn in seinem Wagen immer ganz laut aufdrehten, sooft wir zusammen irgendwohin fuhren.

Ich erinnere mich noch vage daran, doch es war nicht so was wie »unser Ding«. Soweit ich weiß, war er für mich damals einfach nur ein ganz normaler Vater, der die Dinge idealisierte, die wir unternommen hatten, als ich jünger war. So wie damals, als meine Mom mir zu Weihnachten diese Sesamstraßen-DVD schenkte, *Bibos abenteuerliche Flucht* hieß die, und mir erzählte, die hätte ich mir mit drei Jahren so wahnsinnig gern angesehen.

Ich legte das Armkettchen in meine Schmuckschatulle und vergaß es. Mittlerweile habe ich allerdings fast den Eindruck, mein Dad wusste damals schon, dass er irgendwann gehen würde. Es war seine Art, mir zum Abschied einen gut gemeinten Rat mit auf den Weg zu geben, ehe er für immer verschwand. An dem Tag, an dem Quinn und Aven und ich uns zerstritten, ging ich nach Hause und legte das Armkettchen an. Und seitdem habe ich es nicht mehr abgenommen.

Über all diese Dinge denke ich nach, während ich darauf warte, dass Beckett mir endlich sagt, weshalb er meinen Namen gerufen hat, warum er mich aufgehalten hat.

Er lässt sich ganz schön Zeit damit.

Das Problem ist, dass immer noch ständig Autos anhalten vor der Schule – Eltern, die ihre Kinder von der Abschlussfahrt abholen. Der Kreisverkehr ist voller Fahrzeuge, und die Schlange zieht sich inzwischen schon fast bis hierher, wo Beckett und ich stehen, sodass wir kein bisschen ungestört sind.

Ich sitze auf dem Bordstein, er hockt neben mir. Mein Koffer steht auf der anderen Seite, beschützend umfasse ich den Koffergriff. Falls ich beschließe, schnell wegzurennen, bin ich also gewappnet. Nachdem der Großteil der Autos wieder weggefahren ist und nur noch ein paar Nachzügler beim Haupteingang rumstehen, redet Beckett endlich.

»Ich muss mich bei dir entschuldigen.«

»Wofür?«

»Na ja, eigentlich will ich dir eher was erklären.«

Ich warte ab, doch er sagt nichts weiter. »Dann red schon«, fordere ich ihn auf. »Ich höre.«

»Ich muss dir das mit Katie erklären«, sagt er nach einem weiteren Augenblick des Schweigens. Er holt tief Luft, lässt den Arm hängen und fummelt an seinen Schuhbändern herum. Es ist das erste Mal, dass ich ihn etwas tun sehe, das auch nur annähernd den Anschein erweckt, als wäre er nervös. Hat Beckett etwa Angst? Angst, mit mir zu reden?

»Katie und ich … Es tut mir leid, dass ich mit ihr in diesen Klub gekommen bin. Ich wusste ja, dass du da sein würdest, und als ich dich dann mit Derrick sah, keine Ahnung … Schätze, ich hatte *echt* gehofft, es würde dich ein klein wenig verletzen, wenn du mich mit einem anderen Mädchen siehst.«

Noch immer sage ich kein Wort.

»Nach diesem Kuss am Strand, als du … als du einfach so … zu mir aufs Zimmer kamst, um Derrick zu sehen, da bin ich irgendwie ausgerastet.«

»Du bist ausgerastet? Warum?«

»Weil ich dich gernhab, Lyla.« Er spielt weiter mit seinen Schuhbändern herum, dann wendet er mir sein Gesicht zu und sieht mich an. »Du bist interessant und wunderschön und klug, und du lässt dir nichts gefallen. Deshalb bin ich zu dir aufs Zimmer gekommen, um dir das mit Quinn zu sagen, obwohl mir im Grunde schon klar war, dass ihr nichts fehlt.« Er schüttelt den Kopf. »Ich wollte dich eifersüchtig machen mit Katie. Das war scheiße von mir, echt beschissen, und es tut mir leid. Es ist nur … Ich hatte echt das Gefühl, wenn du mich mit jemand anderem siehst, beschließt du vielleicht, dass du lieber mit mir zusammen bist. War 'ne dumme Idee und ich hätte auch Katie nicht so ausnutzen dürfen.«

»Hast du dich bei ihr auch schon entschuldigt?«

Er nickt. »Ich war gerade dabei, als du gestern zu mir aufs Zimmer kamst. Ich wollte mich bei ihr entschuldigen dafür, wie ich sie behandelt hatte, und ihr sagen, dass ich mit dir zusammen sein will. Ich hatte ihr bereits gestanden, dass wir uns geküsst haben und dass ich dich gernhabe, doch ich schätze, sie hat mir das nicht so ganz abgenommen.«

Mein erster Instinkt ist es, ihm an den Kopf zu werfen, dass er ein Dreckskerl ist. »Was du getan hast, war nicht richtig«, sage ich stattdessen.

Er nickt. »Ich weiß.« Er ist auf dem Bordstein näher an mich herangerückt, während wir da saßen, so langsam und unauffällig, dass ich es erst merke, als sein Bein sich gegen meines presst. »Aber krieg ich denn keine Bonuspunkte dafür, dass ich jetzt so ehrlich bin?«

Ich schüttle den Kopf. »Ich kann nicht ... ich meine, wie sollte ich dir je vertrauen?«

Er legt den Kopf schief, so als würde er ernsthaft darüber nachdenken. Dann streckt er die Hand aus und greift nach meiner. Er fühlt sich warm an und tröstlich und ich ziehe meine Hand nicht zurück. »Vertrauen muss man sich verdienen, das ist richtig«, sagt er. »Aber denkst du denn ... ich meine, könntest du mir nicht eine Chance geben?«

Vor dem Abschluss werde ich ... lernen zu vertrauen.

Ich denke darüber nach, was Beckett gesagt hat, von wegen, ich würde alles immer nur schwarz-weiß sehen. Ist das wahr? Betrachte ich die Dinge immer nur einseitig, sehe entweder das Gute oder das Schlechte darin? Und wenn ja, will ich das wirklich mein ganzes Leben lang so durchziehen?

Ich muss an die E-Mail denken, daran, dass sie das ganze Wochenende lang immer wieder aufgepoppt ist, dass sie jetzt für immer auf dem Display meines Handys festgefroren ist. Bin ich denn wirklich fähig, zu vertrauen? Oder ist es nur so, dass ich es wegen Derrick gar nicht erst lernen musste? Mit ihm war alles so … einfach. Wir mussten uns nie mit irgendwelchen Problemen herumschlagen, haben uns nie ernsthaft gestritten. War ich nur mit ihm zusammen, weil er keine echte Herausforderung war, weil ich mit ihm gar nicht erst auf die Idee gekommen bin, die Dinge auch anders zu sehen? Wenn ich so zurückblicke, dann kommt mir unsere Beziehung schon ziemlich oberflächlich vor. Irgendwie habe ich das Gefühl, dass Beckett und ich in den wenigen Tagen mehr durchgemacht haben als Derrick und ich in zwei Jahren.

»Lyla«, sagt Beckett wieder. Ich sehe ihn an und jetzt ist sein Gesicht nur noch wenige Zentimeter von meinem entfernt. »Bitte, ich … ich werde dir nicht wehtun. Das verspreche ich.« Ich weiß genau, dass er es ernst meint. Ich kann die Aufrichtigkeit in seinen Augen sehen, die Verletzlichkeit in seiner Stimme hören. Ich spüre, dass es ihm noch nie so ernst war mit einem Mädchen, dass er sich noch nie so die Blöße gegeben hat.

»Ich weiß nicht«, sage ich und tue so, als würde ich darüber nachdenken. »Ich meine, was werden die Leute an der Schule denken?«

»Die werden vermutlich entsetzt sein, dass aus mir auf einmal ein liebeskrankes Hündchen geworden ist.«

»Und was werden sie über mich sagen?«

Er beugt sich näher und haucht mir ins Ohr. »Ist mir

egal, was sie denken. Mich kümmert nur, was ich selbst denke. Und ich finde, du bist perfekt.«

Und dann küsst er mich und mit einem Mal ist alles nebensächlich.

Ich rufe meine Mom an, um ihr mitzuteilen, dass mich jemand nach Hause fahren kann. Klar erwähne ich mit keinem Wort, um wen es sich handelt. Zum Glück fragt sie auch nicht weiter nach – als sie rangeht ans Telefon, flüstert sie, als ob sie immer noch im Yogaunterricht ist und nicht will, dass die anderen Leute mithören. Sie geht vermutlich davon aus, dass Derrick mich nach Hause bringen kann, und wahrscheinlich ist sie nur erleichtert, dass sie mich nicht abzuholen braucht.

Beckett ist vom Flughafen mit dem Motorrad zurück zur Schule gefahren, aber mein Koffer passt nicht hintendrauf. Daher küsst er mich noch mal, fährt zu sich nach Hause, stellt das Motorrad ab und kommt im Wagen von seinem Dad zurück – einem Dodge Durango, der mir weit sicherer erscheint.

Auch wenn die Sonne schon langsam untergeht, ist es wärmer, als man es so spät am Nachmittag erwarten würde. Der Frühling hält langsam, aber sicher Einzug. Man spürt es in der Luft. Die Tage werden bereits länger, die Temperaturen wärmer, und es sind nur noch wenige Monate, dann ist das Schuljahr vorüber.

Anschließend werde ich aufs College gehen. Was wird dann aus mir und Beckett? Egal. Darüber kann ich mir jetzt echt keine Gedanken machen. Es liegt noch Monate entfernt, und außerdem – ich muss auf mich selbst vertrauen, dass ich dafür schon eine Lösung finden werde. *Wir* werden eine Lösung finden.

Erst merke ich gar nicht, dass ich eine leise Melodie vor mich hin summe, bis mir eins von den Kids, die wie ich noch immer vor der Schule herumstehen, einen schiefen Blick zuwirft.

»Tut mir leid«, sage ich. »Ich bin einfach nur glücklich.«

Mein Handy kündigt eine SMS an und ich ziehe es aus der Tasche.

Hey, Aven hier – bin auf dem Klo bei der Turnhalle eingesperrt, kannst du bitte kommen und …

Der Rest der Nachricht ist nicht zu lesen, weil die E-Mail immer noch auf dem Display festgefroren ist.

Ich seufze. Warum schreibt Aven eigentlich mir, wenn sie sich auf dem Klo einsperrt? Hat sie denn keine anderen Freundinnen, die sie anrufen könnte? Und wie kommt es überhaupt, dass sie sich da eingesperrt hat? Und woher weiß sie, dass ich immer noch hier bin?

Ich bin schon versucht, das einfach zu ignorieren. Doch was, wenn sie wirklich in der Klemme steckt? Was, wenn sie da eingesperrt ist auf dem Klo und nicht mehr rauskommt? Tja. Morgen früh käme sie auf jeden Fall raus. Da ist wieder Schule, irgendjemand würde sie finden.

Aber bringe ich das wirklich, dass ich sie einfach so über Nacht hier sitzen lasse? Wie erniedrigend ist das denn? Und außerdem, was, wenn es brennt oder so?

Ich seufze und schleppe meinen Koffer mit rein ins Schulgebäude. Als ich zur Toilette bei der Mädchenturnhalle komme, ist Quinn auch da.

»Hey«, sagt sie.

»Hi.« Ich runzle die Stirn. »Bist du … hat Aven dir auch eine SMS geschickt?«

»Ja, dass sie auf dem Klo eingesperrt ist?«

Verwirrt schauen wir einander an. Ich hebe die Schulter.

»Egal«, meint Quinn und stößt die Tür auf.

Ich folge ihr nach drinnen, doch der Raum ist leer.

»Aven?«, rufe ich, während ich mir ausmale, dass sie in einer der Toiletten ertrunken ist und nicht mehr rauskommt, um nach Luft zu schnappen. Keine Ahnung, wie genau das gehen soll. Aber trotzdem.

Ich öffne eine Klotür nach der anderen und Quinn folgt mir.

Doch ehe wir in allen Kabinen nachgesehen haben, geht die Tür zur Toilette auf, und Aven kommt reinspaziert.

»Aven!«, entfährt es Quinn. »Warum zum Teufel erzählst du uns, du wärst auf dem Klo eingesperrt?«

»Genau«, sage ich. »Ich hab mir Sorgen um dich gemacht.«

Doch Aven antwortet nicht. Sie dreht sich einfach nur um und schließt dann ganz seelenruhig die Tür hinter sich ab.

»Was zum Teufel tust du da?«, will Quinn wissen. Sie

geht zur Tür, doch Aven lächelt bloß und lässt den Schlüssel in ihrer Tasche verschwinden. Woher zum Teufel hat sie eigentlich den Schlüssel für das Klo hier?

»Ich bin es leid«, sagt Aven. »Ich bin es leid, dass wir keine Freundinnen mehr sind. Wir müssen uns endlich versöhnen.« Sie holt tief Luft und sieht uns entschlossen an. »Keine von uns verlässt diesen Raum, ehe das nicht passiert ist.«

Das nächste Buch erzählt die Geschichte von Quinn –
lest die folgenden Seiten, wenn ihr wissen wollt,
wie es weitergeht!

ONE MOMENT IN TIME

Er dreht sich zu mir um. »Willst du von hier verschwinden?«

»Was?«

»Willst du gehen?«

»Mit dir?«

»Ja, mit mir.«

»Ich kann doch nicht einfach so mit dir gehen«, sage ich. »Hab dich gerade erst kennengelernt, also vor ungefähr fünf Sekunden.« Denkt der echt, ich bin so blöd und geh mit einem Typen aus einem Klub mit nach Hause, über den ich rein gar nichts weiß? Das ist doch völlig krank. Auf diese Weise verschwinden Leute spurlos und/oder werden in tausend Teile zerstückelt, genau wie mein Bruder meinte.

»Fünf Stunden.«

»Was?«

»Wir haben uns vor fünf Stunden kennengelernt. Am Strand.«

»Ich kann nicht einfach mit dir gehen«, sage ich wieder. »Ich weiß rein gar nichts über dich.«

»Du kennst meinen Namen. Und du weißt, wo ich arbeite.«

»Aber das ist auch schon alles.«

»Stimmt«, sagt er ganz ernst. Er legt den Kopf schief

und tut so, als würde er darüber nachdenken. »Im Ernst, ich glaube, du hast recht. Was hätte es für einen Sinn, wenn wir beide was zusammen unternehmen? Schließlich bin ich ja ein komplett Fremder für dich und so.«

»Es würde wirklich keinen Sinn ergeben«, sage ich. »Es wäre einfach nicht klug.« Ich widersetze mich dem Drang, all die Gründe aufzulisten, warum es keine gute Idee ist, weil ich ihn nicht beleidigen will, indem ich andeute, er könnte ein psychopathischer Killer sein. Außerdem muss man so was nicht erklären. Findet er es etwa normal, dass Mädchen einfach so mit zu ihm nach Hause kommen? Er wirkt nicht überrascht, dass ich nicht mit ihm kommen will. Es scheint ihn nicht mal groß zu stören. Denkt er vielleicht, er findet locker eine andere, wenn ich ihm eine Abfuhr verpasse? Ich bin ein wenig gekränkt, aber auch ein bisschen nervös, so als würde ich mir hier eine Chance entgehen lassen. Was echt schlimm ist und mit Feminismus rein gar nichts mehr zu tun hat, also überhaupt nichts.

Und dann fällt mir diese bescheuerte E-Mail wieder ein.

Vor dem Abschluss werde ich … etwas Verrücktes tun.

Ja, etwas Verrücktes. Aber doch nicht etwas *Gefährliches*. So was Gefährliches wie mit einem Typen nach Hause zu gehen, den man gar nicht richtig kennt. So was Gefährliches wie mit einem Typen nach Hause zu gehen, den man gerade erst kennengelernt hat, und das noch dazu im Urlaub an einem fremden Ort. Zugegeben, er ist süß. Und im Grunde wirkt er recht harmlos, wenn auch ein bisschen großspurig. Aber trotzdem …

Denk doch nicht so viel darüber nach. Wie geht es dir denn damit? Was möchtest du gern tun?

Ich hole tief Luft.

Und dann, ehe ich es mir anders überlegen kann, drehe ich mich zu ihm um und sehe ihn an.

»Okay«, sage ich. »Dann verschwinden wir von hier.«

Lauren Barnholdt

One Moment in Time

ca. 320 Seiten, ISBN 978-3-570-31064-9

„Tu etwas Verrücktes vor dem Abi!“ Diese Mail an sich selbst löscht Quinn Reynolds umgehend – stammt sie doch aus einer Zeit, als Lyla und Aven, ihre Zimmergenossinnen auf dem Klassentrip in Florida, ihre besten Freundinnen waren und sie einen gemeinsamen Pakt geschlossen hatten. Aber die Aufforderung nagt an ihr. Denn schließlich – warum nicht? Ihr Liebesleben ist langweilig genug und YOLO. Also lässt sie sich auf sexy Florida-Boy Abram ein, den sie am Strand trifft. Doch der vermeintlich kurzweilige Sommerflirt erfüllt zwar den Pakt, aber er wird auch gefährlich für Quinns Herz …

30264

www.cbt-buecher.de

Lauren Barnholdt

Die verrückteste Nacht meines Lebens

ca. 288 Seiten, ISBN 978-3-570-30824-0

Eliza hat die Nase voll. Ihr Ex Cooper und seine chauvinistischen Freunde haben ihr Tagebuch geklaut! Aus Rache, weil Eliza unschöne Dinge über Cooper im Internet veröffentlicht hat. Der Tagebuch-Klau ist die ultimative Katastrophe, denn dort hat Eliza ihre geheimsten Ängste notiert. Und Cooper und seine Freunde verlangen, dass Eliza eine Nacht voller Mutproben besteht, wenn sie das Tagebuch je wiedersehen will. Also beißt Eliza die Zähne zusammen und stellt sich genau den Ängsten, die sie zu Papier gebracht hat. Und wie Amor es so will, trifft sie dabei ausgerechnet Cooper auf Schritt und Tritt ...

30050

cbt

www.cbt-jugendbuch.de